U0131529

百年·中国 名人演讲

我敬爱学问

老舍 著

中国文史出版社

写在前面

过去的一百年风起云涌，波澜壮阔；过去的一百年百花齐放，气象万千。百年动荡，百年征程，百年奋斗。在这一百多年里，来自四面八方的声音响彻历史的天空，我们静心梳理，摒除派别与门户之见，甄选有助于后人多方位展望来路的篇章，于是便有了这套"百年中国名人演讲"。

聆听这历史的声音，重温这声音的历史，对于我们认识中华民族一百年来的发展脉络，景仰浩瀚天河中耀眼的先哲星辰，增强继往开来的民族文化自信，都将大有裨益。

演讲者简介

老舍（1899—1966），原名舒庆春，字舍予，生于北京。中国现代著名小说家、文学家、戏剧家。1918年毕业于北京师范学校。1924—1937年间，先后任教于英国伦敦大学东方学院华语学系、新加坡华侨中学、齐鲁大学、山东大学，其间创作了长篇小说《老张的哲学》、以新加坡为背景的小说《小坡的生日》、长篇小说《大明湖》和长篇小说代表作《骆驼祥子》。1938年开始主持中华全国文艺界抗敌协会工作直至抗战胜利，其间创作了抗日题材长篇小说的代表作《四世同堂》。1946年3月应邀赴美讲学。1949年12月回国，曾任政务院文教委员会委员、中国文联副主席、中国作家协会副主席兼书记处书记、北京市人民政府委员、中国民间文艺研究会副主席、北京市文联主席等职，一度当选全国人民代表大会代表、中国人民政治协商会议全国委员会常务委员会委员。自1950年起，老舍写了一些歌颂新中国的作品，以话剧《龙须沟》为代表。1956年到1957年创作了《茶馆》。1966年8月在"文革"中遭到迫害。8月24日深夜自沉于太平湖，年六十七岁。

目 录

唐代的爱情小说[①]

1932 年 2—3 月

今天晚上我要讲的是唐代的爱情小说。未讲之前，我要先讲讲小说在中国文学中的地位，以及小说的发展概况。时常听人说，对于研究中国文学的人说来，小说和戏剧是无足轻重的。这种说法确有一定的道理。然而对于欧洲人说来，没有小说戏剧的文学就和没有接吻和格斗的影片一样枯燥无味。假如你们不去认真地研究为什么中国的文学概念与西方的截然不同，而只是简单地认为中国人欣赏不了戏剧与小说之美，那就太武断了。

"小说"一词，起源于周朝著名的哲学家庄子。但是庄子所谓的小说，原是"普通语言"的意思，和我们所谓的"小说"并不是一回事。目前这种概念的"小说"，是后来

---

① 本文系 1932 年 2—3 月老舍在华北协和华语学校讲座上的一篇演讲，题为 *T'ang Lover Stories*（唐代的爱情小说）。原为讲演的英文纪要，现由马小弥译为中文。

1

才有的。最早对"小说"一词加以解释的，是班固。他在他的天才著作《汉书》中说：最早开始写小说的，可能是古代的小官吏。他们把各地流传的故事搜集起来，多一半是街谈巷议之事。地位高的人不屑于写这种东西，但有人要写，他们也不加干涉，因为这些东西往往反映了下层人民的看法，有时也值得一看。

班固把小说的作用讲得很清楚。他的意思显然是说，历史学家在史书中列举小说，其目的是研究历史，而不是文学。当然他认为其中有些内容作为历史研究是有用的——比如，当时的民情。所以自汉以来，差不多所有的史书都要列举小说。

纪昀在《四库全书总目提要》中写道：自唐以来，涌现了许多小说作者。许多人写的是搜奇志怪、荒诞不经的神怪故事，使人读了有扑朔迷离之感。不过有的作品确是真才实学之作。因此，既然先人的惯例是不拘一格广泛搜罗图书，我们也不能因为一些书分类编纂得不好，或文笔欠佳，就不把它们考虑进去。

自汉至清所有的历史学家显然也都同意这一观点，他们认为在编史的时候，也不能忽略小说。但是很清楚，他们对小说的文学价值是不感兴趣的。

再看看职业作家对文学这个概念是如何理解的吧。要是去问一个老学究，他一定会毫不迟疑地回答，"文学乃传道之文也"。我们现在无法就"道"这个字展开充分讨论，暂时可以把它译作"原则"。唐代最著名的作家韩愈说：学的目的是寻道，文学的目的是释道。与韩愈齐名的柳宗元说道：文学是言道。这一类引语尚可列举许多。《文心雕龙》是学习中国文学的人必读之书，它的主题是解释文学的意义，然而它开卷第一章的题目却是"原道篇"。据称这本书的主旨是分析文学的风格、结构和起源，然而假如我们耐心地从头至尾把它看上一遍，就会发现它根本没有提及小说。中国哲学的根本是道，因此必须严肃认真地对之加以研究。既然文学是传道的媒介，那就必须肃穆庄重。文学不是美的艺术作品，而是仁和德的体现。中国的小说之所以少，就是由于把道学观念放在首位的缘故。这是否荒谬可笑，你们自己去判断吧。

要是我们想对唐代的小说做出恰当评价，就必须把上述概念弄清楚。从结构和情节看来，这些小说是极不完备的，写这些小说的人并没有想到要当个职业作家，也不认为写小说是件严肃的事情。当我们阅读这些小说，觉得它立意清新文笔优美的时候，我们不得不赞叹作者的天才，不用付出艰苦的劳动就能写出卓越的小说来。

现在我们来谈谈中国小说的历史发展。虽说从文学的角度看来，小说是无足轻重的，然而若是仔细加以观察比较，就会发现事物还是在不断的发展变化之中。《汉书》上只记载了十五则故事，全部失传。《隋书》增加到二百一十七则，多数得以留传至今。这说明，尽管小说并非正统，然而它还是有所发展的。

为了简而明地说清楚问题，我们可以把中国小说的发展分成三个阶段，即汉以前、汉至唐、唐以后三个时期。

汉以前时期的小说，其实不过是史学家和哲学家在其著作中插入的实例。小说往往采取寓言或讽喻的方式，用以说明特定的问题。例如，在《庄子》一书中，这类故事是很多的。从汉开始，小说才和哲学论文分家。因此汉代在小说史上可以说是初期阶段。不过汉时多志怪小说，到唐代，日常生活才成为通用的题材。在我们看来，这确是一大进步，我们可以从中窥见唐代社会生活的实际图景。

唐以后，小说的写作技巧更趋于成熟，最值得注意的是开始运用口语。用日常的口语来描述日常生活，是一明显的进步。

概括起来，唐以前，小说主要是搜神志怪；唐以后，题材趋于广泛，采用了口语。唐人小说居于承前启后的地位，内容涉及面很广，爱情故事更居于首位。在题材的广泛方面，唐人小说超过了以往，其浪漫的主题也对后世颇具影响。这就是唐人小说在中国小说史上的重要地位。

今晚我要着重讲讲唐代的爱情小说。为了方便起见，我从伦理、宗教、游侠和民间故事等几个角度分别加以阐述。

先讲讲它的伦理观念。一提起爱情，人们往往就想起了婚姻。一想到婚姻，自然就会联系到家庭。中国的文化是建筑在复杂的宗法制度之上的，这一宗法制度极其严酷，势力又大，绝对不容许婚姻自由。换言之，爱情和婚姻是毫无关系的，在安排婚事的时候，爱情必须绝对服从其他方面的考虑。父母之命是至高无上的，包办儿女的婚姻是父母的责任，也可以说是天职，外人无权干涉，子女也不能过问。拒绝按父母之命缔姻，不仅仅是造家庭的反，而且也是跟整个社会作对。在研究唐人小说的时候，我们还能窥见当时青年男女在宗法制度的专制统治下遭受的痛苦。

有两本书，一本是《北里志》，另一本是《教坊记》，内容是颂扬歌伎的，记叙年轻书生对她们的钦慕。《北里志》言道：歌伎都住在平康巷。应试的书生和中试候选的人，只要肯多花钱，都可以到平康巷去寻欢作乐。多数歌伎都善于应付，能诗会文。

唐代歌伎实际上都是些受过高等教育的女子。再看看那些文人学士的妻妾，就会觉得，举子们爱逛平康巷是毫不足怪的。正如中国人常说的，那些妻妾往往是"黄脸婆"，多数没有受过教育。歌伎们却知书识字，所以那些文人学士的狂放多少是情有可原的。

著名诗人白居易的弟弟白行简写的《李娃传》是个好例子，这则小说值得详细介绍。但因时间关系，只得从略。

很抱歉，为了节省时间，我不得不略掉这则小说的许多精彩部分。从好几个角度看来，这篇小说都是非常有意思的。首先，它大胆抨击了固有的宗法制度；再则，它用庄严的传记体记述了一位歌伎的身世，这也是很不寻常的，因为这种文体一向是只能用于高贵者的。作者说得很明白：男女之际，大欲存焉，情苟相得，虽父母之命，不能制也。他把父亲的蛮不讲理和姑娘对爱人的忠贞作了强烈对比，对父亲的权威和真正的爱情，作了截然不同的描述。

这类小说不论怎样真挚动人，向来被当作危险读物。反映正统观念的作品，则可以《会真记》为典型。

这篇小说的文字也许是唐代传奇中最优美的。这篇传奇据说是元稹自己的忏悔录。他爱上了一个姑娘，后来变心，抛弃了她。这则传奇中的男女主角都很聪明，在结合之初就看清楚了将来的结局。他不顾一切后果，如痴如狂地爱这个少女。一旦达到了目的，就清醒过来，考虑到底应当牺牲掉这位少女，还是不顾家庭社会的谴责而和她结婚。没有父母之命、媒妁之言的私自结合，社会是不承认其有约束力的。张生不具备这些条件，就和莺莺有了私情。那他该怎么办呢？如果他想挽回姑娘的名誉，就须含耻忍辱，为社会所不齿；如果他打算遵守礼教，就必须舍弃姑娘。最后，他决定为了维护他的社会地位而牺牲自己所爱的人。换言之，他为了服从社会传统，不仅放弃了自己的幸福，而且也牺牲了她的幸福，社会为此对他大加赞扬。

姑娘也明白自己的厄运。她对他说："始乱之，终弃之，固其宜矣。愚不敢恨。必也君乱之，君终之，君之惠也。"她很明白，社会是绝不会容许青年人在结婚之前就私行结合的。然而，只要男人肯舍弃那与他有私情的姑娘，社会是容许他有自新的机会的。女人就没有这种机会，无情的重担必须由她来承担。张生的行为会得到人们的赞许，而可怜的姑娘却得不到同情。

五百年后，在这一传奇的基础上，产生了一出戏，即《西厢记》。作者使张生与莺莺成为眷属，剧以"愿天下有情人皆成眷属"结尾。不幸的是，真的莺莺却无此可能。

人们也许会问：为什么中国不取消这一荒谬的宗法制度，实行婚姻自由？为了回答这个问题，我得先谈谈宗教方面的问题。中国的宗教精神和基督教及回教的精神是不同的。有文化修养的中国人，是从哲学或道学观念来看待宗教的，这和欧洲人的宗教观很不相同。没有文化的中国人则不分青红皂白，事事迷信。以上这两类人都迷信命运，并把这种观念运用在婚姻问题上。不幸的婚姻往往归咎于命，而不是父母。要是我们有勇气，可以反抗父母，然而谁敢违抗至高无上的命运呢？因此我们看见的这种消极的逆来顺受的服从，与其说是服从专制的父母，不如说是服从命运更为恰当。抱有宿命论的人一旦感到婚姻不如意，会认为违抗命运也徒劳无益，因而就听天由命，忘却了痛苦。他只看见天堂里闪现着光明，却不去注意现实生活的黑暗。

再举一则故事来说明这个问题。

以月下老人的故事，出自唐李复言《续幽怪录》的《定婚店记》为例。

由此可见，命运是无法违抗的。月下老人、神奇的红线到姻缘簿——中国旧式婚姻的各种要素都齐备了。终身大事要由虚无缥缈的神来主宰，青年男女必须规矩就范。服从长辈的意旨有时是难以忍受的，然而服从命运的安排也许能使人释然。从农夫到哲学家都信命，安于天命。中国人的与世无争，其基本原因就是对命运的驯服。从哲学观点看来，命运如一条载着生命前进的长河，随波逐流最是轻松愉快。从西方的观念看，这样做缺乏勇敢进取的精神，有时还会使人怯懦。

再看看宗教信仰的另一个方面。道教当然是中国最强大最普遍的宗教。它没有具体的教派组织，相当愚昧。法术、星相、符咒、占卜以及各种迷信活动，应有尽有，也因而广有群众。这些迷信成分当然也会反映在一般的文学中。然而当我们研究这类爱情故事的时候，就必须同时从宗教观点和心理观点来加以分析，因为写这类传奇的作者绝不会仅仅为描写爱情而来写它。当然，他们有时也会不自觉地流露出他们的心愿。比较原始的宗教普遍相信轮回转世之说，然而为什么狐狸会变美女，鬼怪会变美少年呢？为什么不变成可派实际用场的牛马呢？显然不幸的狐女和美少年更切合人们的想象。人们得不到婚姻自由，却想要逃避这种难以忍受的现实。青年男子不许擅自与少女交往，却可以驰骋想象力，邀请美丽的狐仙和妖冶的鬼女来赴宴。这样做在经济上也是很节省的，歌伎价昂，比用来写神仙故事的纸笔贵多了。

这一类传奇还有长孙绍祖的故事可以为例（略）。

现在我们来谈谈中国人对恋爱的看法，我所谈的恐怕会让我的听众失望。关于男主角如何如痴如狂地向女主角求爱，欧洲小说往往有生动的描写，而美国电影又往往过分渲染。真正的爱情往往是波澜起伏的，必要时需要采取侠义行动。然而中国的情人处在同样地位又作何举动呢？请看下面的例子就可以知道了。

以《无双传》王仙客的故事为例（略）。

唐代传奇中这一类的故事还很多。情人们遇到无法解决的困难时，就会出现有超人本领的英雄，救了他们。而他们自己则无须进行斗争。乍一看，这仿佛是胆小无能，其实不过是顺应传统。中国的教育思想是要训练青年成为人上人，温良恭俭让。勇敢的将军不过像条狗，它的主人才是温文儒雅、有帝王之相、哲人风度的谆谆君子。在英雄故事里，多数英雄都是忠顺的奴才或头脑简单之辈，出身也比较卑微。因此中国爱情故事里的英雄往往不是恋人们自己，而是助情人们摆脱困境的局外人。

最后我还要举一则故事为例，这类故事最值得注意的地方是它吸收了神话和民间传说的内容。这类故事你们一看就会明白。

以《妒妇河》的故事为例（略）。

最后，我还想就唐人小说的语言文字，以及这些小说对后世作品的影响再略讲几句，结束我的讲话。

我想打个比方，唐朝有如一位站在东方文化之中的美女。从唐诗，我们可以窥见她柔美胸中的美丽幻梦。唐代的爱情小说则更接近于实际生活。小说的作者都是有名的诗人学者，有能力栩栩如生地描述他们的生活环境。简言之，他们能绘出一幅极其美丽动人的图画。语言文字也十分优美，即使我们认为情节过于单薄，结构也略嫌松散，但是它的语言文字在中国文学中将永放异彩。

唐代无疑是中国的浪漫时代。几乎所有的小说题材后来在元、明时代都被剧作家采用，作为构思戏曲的素材。从结构方面看，当然戏曲比唐代小说更加精练动人，然而不能忘记这些戏曲的灵感确实来自唐人小说。

为了充分说明我的主题，按理说应有更充分的时间加以展开。我想我今天能做到的，只是告诉你们从各个角度看来，唐人小说都是值得注意的。

我的创作经验①

1934 年 4 月 8 日

好吧，假如我要有别的可说，我一定不说这个题目。

我敬爱学问，可是学问老不自动地搬到我的脑子里来住；科学实验室，哼，没进去过。我只好说经验。不管好坏，经验是我自己的，我要不说，别人就不知道；这或者也许有点趣味。

创作的经验，这也得解释一下。创作出什么，与创作得怎样，自然是两回事。格外的自谦是用不着的，可是板着脸吹腾自己也怪难为情。我希望只说"什么"，不说"怎样"。不过万一我说走了嘴，而谈到我的创作怎样的好，请你别忘了这个——"不信也罢！"

在我幼年时候，我自己并没发现，别人也没看出，我有点作文的本事。真的，为做不好文章而挨竹板子倒是不断遇到的事。可是我不能不说我比一般的小学生多念背几

① 本文系老舍应邀在青岛市立中学所作的一篇演讲。

篇古文，因为在学堂——那时候确是叫作学堂——下课后，我还到私塾去读《古文观止》。《诗经》我也读过，一点也不瞎吹——那时候我就很穷（不知道为什么），可是私塾的先生并不要我的钱。

我的中学是师范学校。师范学校的功课虽与中学差不多，可是多少偏重教育与国文。我对几何、代数和英文好像天生有仇。别人演题或记单字的时节，我总是读古文。我也读诗，而且学着作诗，甚至于作赋。我记了不少典故。可惜我那些诗都丢了，要是还存着的话，我一定把它们印出来！看谁不顺眼，或者谁看我不顺眼，就送谁一本，好把他气死。诗这种东西是可以使人飞起来，也可以把人气死的。除了诗文，我喜欢植物学。这并非是对这种科学有兴趣，而是因为对花草的爱好；到如今我还爱花。

我的脾气是与家境有关系的。因为穷，我很孤高，特别是在十七八岁的时候。一个孤高的人或者爱独自沉思，而每每引起悲观。自十七八到二十五岁，我是个悲观者。我不喜欢跟着大家走，大家所走的路似乎不永远高明，可是不许人说这个路不高明，我只好冷笑。赶到岁数大了一些，我觉得这冷笑也未必对，于是连自己也看不起了。这个，可以说是我的幽默态度的形成——我要笑，可并不把自己除外。

五四运动，我并没有在里面。那时候我已做事。那时候所出的书，我可都买来看。直到二十五岁我到南开中学去教书，才写过一篇小说，登在校刊上。这篇东西我没留着，不能告诉诸位它的内容与文笔怎样。它只有点历史的价值，我的第一篇东西——用白话写的。

11

二十七岁，我到英国去。设若我始终在国内，我不会成了个小说家——虽然是第一百二十等的小说家。到了英国，我就拼命地念小说，拿它作学习英文的课本。念了一些，我的手痒痒了。离开家乡自然时常想家，也自然想起过去几年的生活经验，为什么不写写呢？怎样写，一点也不知道，反正晚上有工夫，就写吧，想起什么就写什么，这便是《老张的哲学》。文字呢，还没有脱开旧文艺的拘束。这样，在故事上没有完整的设计，在文字上没有新的建树，乱七八糟便是《老张的哲学》。抓住一件有趣的事便拼命地挤它，直到讨厌了为止，是处女作的通病，《老张的哲学》便是这样的一个病鬼。现在一想到就要脸红。可是它也有个好处，而且这个好处不容易再找到。它是个初出山的老虎，什么也不懂，什么也不怕。现在稍有些经验了，反倒怕起来。它没有使人读了再读的力量，可是能给暂时的警异与刺激。我不希望再写这种东西，或者想写也写不出了。长了几岁，精力到底差了一点。

《赵子曰》是第二部，结构上稍比《老张的哲学》强了些，可是文字的讨厌与叙述的夸张还是那样。这两部书的主旨是揭发事实，实在与《黑幕大观》相去不远。其中的理论也不过是些常识，时时发出臭味！

《二马》是在英国的末一年写的。因为已读过许多小说了，所以这本书的结构与描写都长进了一些。文字上也有了进步：不再借助于文言，而想完全用白话写。它的缺点是：第一，没有写完便收束了，因为在离开英国以前必须交卷；本来是要写到二十万字的。第二，立意太浅，写它的动机是在比较中英两国国民性的不同；这至多不过是种报告，能够有趣，可很难伟大。再说呢，书中的人差不多都是中等阶级的，也嫌狭窄一点。

《小坡的生日》，在文字上，是值得得意的；我已把白话拿定了，能以最简单的言语写一切东西了。这本小说在文字上给我回国以后的作品打定了基础，我不再怕白话了；我明白了点白话的力量。这本书是在新加坡写成四分之三，在上海写完的。里面那些写实的地方，我以为，总应该删去，可是到如今也没工夫去删改。

《大明湖》是在济南写的，幸而在"一·二八"被烧掉，因为内容非常的没有意思。文字有几段很好，可是光仗着文字之美是不行的。我没有留底稿，现在也不想再写它了。《猫城记》是《大明湖》的"妹妹"，也没多大劲。

《离婚》比较的好点，虽然幽默，可与《老张的哲学》大不相同了，我明白了怎样控制自己。

至于短篇，不过是最近两年来的试验。我知道我写不过别人，可是没法不写；大家都向我索稿，怎能一一报之以长篇呢，我又不是个打字机。这些东西——一大部分收在《赶集》里——连一篇好的也没有，勉强着写，写完了又没工夫修改，怎能好得了！希望发笔财，可以专去写东西，不教书，不必发愁衣食住，专心去写，写，写！"穷而后工"，有此一说，我不大相信。

《牛天赐传》是今年夏天赶出来的，既然是"赶办"，当然没好货；现在还在继续地刊录，我不便骂它太厉害了；何必跟自己死过不去呢。

八九年的工夫，我只有这么点成绩。在质上，在量上，都没有什么可以自满的。从各方的批评中看，有的人说我好，有的人说我不好。我的好处——据我自己看——比坏处少，所以我很愿意看人家批评我；人家说我不好，我多少得点益处。有时候我明知自己犯了毛病，可是没工夫去修正——还是得独得五十万哪！

我写得不多，也不好，可是力气卖得不少。这几本书都是在课外写的。这就是说：教书、办事之外，我还得写作。于是，年假暑假向来不休息，已经有七年了！我不能把功课或事情放在一边而光顾自己的写作，这么办对不起人。可我也不能干脆不写。那么，只好有点工夫就写；这差不多是"玩命"。我自幼身体就不强壮，快四十了还没有胖过一回；我不能胖，一年到头不休息，怎能长肉呢？可是"瘦"似乎是个警告，一照镜子便想起：谨慎点！所以我老是早睡早起，不敢随便。每天至多写两千字，不多写；多写便得多吃烟，我不愿使肺黑得和煤一样！几时我能有三个月不写一个字，那一定比当皇上还美！

写两千多字，不多写，这可只是大概地说，有时候三天连一个字也写不出！我不知道天下还有比这更难受的事没有，我看着纸，纸看着我，彼此不发生关系！有时候呢，很顺当，字来得很快。可是一天不能把想起来的都写下来，于是心里老想着这点事，虽然一天只准自己写两千多字，但是心并没闲着，吃饭时也想，喝茶时也想——累人！就是写完一篇的时候，心中痛快一下，可是这点痛快抵不过那些苦处。说到这里，我不想劝别人也写小说了！是的，我是卖了力气。这就应了卖艺人的话了："玩意是假的，力气是真的！"就此打住。

诗与散文①

1934 年 10 月 3 日

Arthur Symons② 说："Coleridge③ 这样规定：散文是'有美好排列的文字'；诗是'顶好的文字，有顶好的排列'。但是这不能证明为什么散文不可以是顶好的，有顶好的排列。一定而再现的律动，可以分别诗与散文。诗是比散文易于记诵的，因为它有重复的节拍，人们想某事值得记下来，或为它的美好（如歌或圣诗），或因它有用（像律法），便自然把它作成韵文。……在它的起源，散文根本不带艺术的味道，严格地说，它永远没有过，也永远不能

---

① 本文系老舍在山东大学向中文系学生发表的演讲。

② Arthur Symons，亚瑟·西蒙斯（1865—1945），英国诗人、文艺评论家。鲁迅、周作人和徐志摩等曾对其颇为推重。著有《象征主义文学运动》。

③ Coleridge，塞缪尔·泰勒·柯尔律治（1772—1834），英国浪漫主义诗人、文艺评论家，湖畔派代表。作有诗歌《古舟子咏》《克里斯特贝尔》和《忽必烈汗》等。

像韵文、音乐、图画那样变为艺术。它渐渐发现了它的力量；它发现了怎样将它实用之点炼化成美的；也学到了怎样去管束它的野性，远远地追随着韵文的一些规则。慢慢地它发展了自己的法则，可是因它本身的特质，这些法则不像韵文那样固定，那样有特别的体裁。……只有一件事散文不会做：它不会唱。散文与韵文有个分别，后者的文字被律动所辖，如音乐之音节，有的时候差不多只有音乐的意思。散文的喜悦，似乎使我们落在尘埃上，因为散文的区域虽广，可是没有翅儿。"

这些话并不新奇，因为许多人是以律动的不同来分类诗与散文的。但是我们要问问，散文与韵文的律动，到底有什么绝对的不同呢？假如回答不出这个，上段的话便不算圆满。因为分别两种东西，一定要指出两者绝对不同之点，不然便无从分别起。我们再用 Herbert Read① 的话看看吧："分别散文与韵文有两条路：

"（一）外表的与机械的：诗是一种表现，严格地与音律相关；散文是另一种表现，不是音律的规则，但从事于极有变化的律动。但是，以诗立论，这种分别，显然地只足以说明'韵语'，而韵语不必是诗，是人人知道的。——韵语实在只是一种形式，是，也许不是，曾受了诗的灵感。所以韵语并不是根本问题；它不过是律动的一个种类而已。抽象地说，它只是死板的、学院规法。这种规法永远没有与散文设立过；所以散文与韵文没有确定的不同。我们不

---

① Herbert Read，赫伯特·里德（1893—1968），英国诗人、艺术批评家和美学家。著有《艺术的真谛》《通过艺术的教育》。

能不追求'诗'字的更重要的意义。诗与散文之分别，永远不能是定形的。无论怎样分析与规定韵律音节，无论怎样解释声调音量，也永远不会把诗与散文的种种变化，分入对立的两个营幕里去。我们至多也不过能说散文永远不会遵一定音律，但这是消极的理由，而没有实在的价值。

"（二）心灵的分别：诗是一种心灵活动的表现，散文是另一种。诗是创造的表现，散文是构成的表现。创造的意思，即是独创的。在诗里，文字是在思想的动作中生产出或再生。这些文字是——用个柏格森的字——'蜕化'；文字的发展和思想的发展是同等的。在文字与思想之间，没有时间的停隔。思想便是文字，文字便是思想，思想与文字全是诗。构成的是现成的东西，文字在建筑者的四围，预备着被采用。散文是把现成的文字结构起来。它的创造功能限于筹划与设计——诗中自然也有这个，但在诗中这个是创造功能的辅助物。"

这个主张比西蒙氏（亚瑟·西蒙斯）的强，因为这足以说明，诗是创造的，不专以排列音韵为能事。由这我们可以看出好几点来：

一、既是诗的成功在思想与音律，而二者分不开的，则容易看出来什么是诗，什么不是诗。假若诗中的文字音律不是创造的，而只按一定的格式填成，便不是诗，虽然有诗的形式。凡有韵律的都可以叫作韵语，而韵语不都是诗。亚里士多德说过："诗人应为神话的制造者，不是韵律的制造者。"

二、我们这样说明诗与韵语之别，可以免去无谓的争执——如诗的格式应如何，诗是否应用韵等。照前面的道理说，诗的成立并不在遵守格式与否。诗的进展是时时在那里求解放，以中国诗说，四言后有五言，五言之后有七言，有长短句，最近有白话诗，这是打破格式的进展。好的律诗与白话诗，可以用一条原则评定，即合乎文字与思想，是否全是为创造的，而不在乎格律的相同与否。

三、据以上的理由说，诗的言语与思想是互相萦抱的，诗之所以为言语之结晶也就在此。在散文中差不多以风格自然为最要紧，词足达意有时比词胜于意还好些。诗中便不然了，它的文字与思想同属于创造的，所以它的感诉力要强烈得多。文字与思想不能分离，因而它的感诉力是直接的、极快的，如闪电忽至。中国祭文往往是用韵的，或者是利用这种道理吧！散文呢，能记住内容也就够了；读诗使你非记住文字不可。谁能把"剪不断，理还乱，是离愁，别是一般滋味在心头"的意思记住，而忘了文字呢？设若忘了这文字，意思也就忘了；因文字与思想恰恰不是多少相等，没有文字也没有意思。现在白话诗的缺点，即是忽略了文字的特质，而勉强用些外国体，或累赘的官话去写，只可算作了一半的诗。

四、言语和思想既不能分开，诗的形体也便随着言语的特质而分异。中国的言语本是简单的，所以诗句也是短的。勉强去学外国的诗格便多失败，因此译诗简直是一种不可能的事。因为丢了语言之美，诗已死了一半。

说到这里，我们又遇到一个问题，散文是否可以算创造呢？如小说，这个问题似应这样解决：从狭义的诗来说，小说是散文的，因为它不能全体有诗的美；但是从广义的诗来说，诗是创造的，小说也是诗的。它虽以散文为工具，可是它的思想人物，都合乎创造的条件，而且每在写景时，差不多是与诗无二。这样我们简直可以说，小说是追随诗的最有力的东西。它虽不能句句是诗，可是从大体上说，它是创造的。

中国民族的力量[1]

1934 年 10 月 22 日

今天所讲的题目，是《中国民族的力量》。因为刚从北平回来，一点没有预备，临时又找不着相当的题目，现在只好把以前在南洋的见闻说说。想不到的，在南洋还会看见那么多的中国人，简直使人难以相信那是外国的地方，苦力是中国人，做买卖的是中国人，行医当律师的也是中国人。现在西洋人是立在中国人的头上，可是，一切事业还仗着我们中国人。中国人虽在西人之下，但是在其他民族之上的。马来人什么也不干，只会懒，吃了几根香蕉就睡了；印度人也干不过中国人，他们都不如我们能耐劳吃苦。

我们也可以这样说一句：没有了中国人，便没有了南洋。这是事实，自自然然的事实。树是我们栽的，田是我们垦的，房是我们盖的，路是我们修的，矿是我们开的，

---

① 本文系老舍在山东大学上学期第五次总理纪念周上的演讲。

20

一切都是我们做的。毒蛇猛兽，荒林恶瘴，我们都不怕。我们是赤手空拳地打出一座南洋来，这是中国人开发南洋的功绩，是我们民族的伟大。

中国人与其他民族相比较，的确是伟大。我们可上可下，只要努力使劲，我们只有往上，不会退下。所差点，是缺乏教育，没有组织而已。说是毫无教育也不对，学校也很好，只是那边的事业都在广东、福建人手里，去教书的多是江浙与华北的人。当教员的没有地位，也打不进广东或福建人的圈里去。教员似乎是一些高等工人，雇来的；出钱办学的人们没有把他们放在心里。所以那种教育毫无感情，只是一种义务。

顶可喜的是南洋各色小孩都讲着漂亮的国语，他们差不多都很活泼。因为下课后便不大穿衣，身上黑黑的，健康色儿。他们都很爱中国。他们对先生们不大有礼貌，可不是故意的；他们爽直。先生们若能和他们以诚相见，他们便很听话。可惜事实上大家都不联合，彼此界限很深，结果得不到一种较好的教育。单说广东与福建人中间的成见与争斗便很厉害。所以我很希望将来政府能用力量去办教育，得到统一才会收效。

我们看看这几百年来，光脚到南洋的那些真正好汉，没钱，没国家保护，什么也没有。硬去干，而且真能干出事业来。他们才是真有劲的中国人。中国是他们的，南洋也是他们（的）。我们现在生活都过得很好，究竟能做出些什么工作来，实在可怜得很哪！

文学概论讲义

1930—1934 年

第一讲 引　　言

在现代，无论研究什么学问，对于研究的对象须先有明确的认识，而后才能有所获得，才能不误入歧途。比如一个人要研究中古的烧炼术吧，若是他明白烧炼术是粗形的化学、医药学和一些迷信妄想的混合物，他便会清清楚楚地挑剔出来烧炼术中哪一些是有些科学道理的，哪一些完全是揣测虚诞，从而指出中古人对于化学等有什么偶然的发现，和他们的谬误之所在。这是以科学方法整理非科学时代的东西的正路。设若他不明白此理，他便不是走入迷信煮石成金的可能，而梦想发财，便是用烧炼术中一二合理之点，来诬蔑科学，说些“化学自古有之，不算稀奇”的话语。这样治学便是白费了自己的功夫，而且有害于学问的进展。

中国人，因为有这么长远的历史，最富于日常生活的经验；加以传统的思想势力很大，也最会苟同地利用这些经验，所以凡事都知其当然，不知所以然，只求实效，不去推理，只看片段，不求系统，因而发明的东西虽不少，而对于有系统的纯正的科学建树几乎等于零。文学研究也是如此。作文读文的方法是由师傅传授的，对于文学到底是什么，以玩弄笔墨为事的小才子自然是不过问的，关心礼教以明道自任的又以"载道"呀，"明理"呀为文学的本质；于是在中国文论诗说里便找不出一条明白合理的文学界说。自然，文学界说是很难确定的，而且从文学的欣赏上说，它好似也不是必需的；但是我们既要研究文学，便要有个清楚的概念，以免随意拉扯，把文学罩上一层雾气。文学自然是与科学不同，我们不能把整个的一套科学方法施用在文学身上。这是不错的。但是，现代治学的趋向，无论是研究什么，"科学的"这一名词是不能不站在最前面的。文学研究的始祖亚里士多德便是科学的，他先分析比较了古代希腊的作品，而后提出些规法与原则。到了文艺复兴时期，人们抓住亚里士多德的理论来评量一切文学，便失了科学的态度，因为亚里士多德是就古代希腊文学而谈说文学，文艺复兴时代的文学自有它自己的历史与社会背景，自有它自己的生长与发展，怎好削足适履地以古断今呢？这不过是个浅显的例证，但颇足以说明科学的方法研究文学也是很重要的。它至少是许多方法中的一个。

也许有人说："文以载道"，"诗骚者皆不遇者各系其志，发而为文"，等等，便是中国文学界说，不过现在受了西洋文说的影响，我们遂不复满于这些国货论调了；其实呢，我们何必一定尊视西人，而卑视自己呢！要回答这个，我们应回到篇首所说的：我们是生在"现代"，我们治学便不许像前人那样褊狭。我们要读古籍古文，同时，我们要明白世界上最精确的学说，然后才能证辨出自家的价值何在。反之，我们依然抱着本《东莱博议》，说什么"一起起得雄伟，一落落得劲峭"，我们便永远不会明白文学，正如希望煮石成金一样的愚笨可怜。生在后世的好处便是能比古人多见多闻一些，使一切学问更进步、更精确。我们不能勉强地使古物现代化，但是我们应当怀疑、思考、比较，评定古物的价值，这样，我们实在不是好与古人作难。再说，艺术是普遍的、无国界的，文学既是艺术的一支，我们怎能不看看世界上最精美的学说，而反倒自甘简陋呢？

文学是什么，我们要从新把古代文说整理一遍，然后与新的理论比证一下，以便得失分明、体认确当。先说中国人论文的毛病。

一、以单字释词。《易》曰："物相杂，故曰文。"《说文》曰："文错画也，象交文。"这一类的话是中国文人当谈到文学，最喜欢引用的。中国人对于"字"有莫大的信仰，《说文》等书是足以解决一切的。一提到文学，赶快去翻字典；啊，文，错画也。好了，一切全明白了。章太炎先生也不免此病："文学者，以有文字著于竹帛，故谓之文，论其法式，谓之文学。"这前半句便是"文，错画也"的说明，后半句为给"学"字找个地位，所以补上"论其法式"四个字。文学是借着文字表现的，不错；但是，单单找出一个"字"的意思，怎能拿它来解释一个"词"呢！"文学"是一个词。词——不拘是由几个字拼成的——就好像是化学配合品，配合以后自成一物，分析开来，此物即不存在。文学便是文学，是整个的。单把"文"字的意思找出来，怎能明白什么是文学？果然凡有"文"的便是文学，那么铺户的牌匾，"天德堂"与"开市大吉，万事亨通"当然全是文学了！

再说，现在学术上的名词多数是由外国文字译过来的，不明白译词的原意，而勉强翻开中国字书，去找本来不是我们所有的东西的定义，岂非费力不讨好？就以修辞学说吧，中国本来没有这么一种学问，而在西洋已有两千多年的历史，亚里士多德是第一个有系统而科学地写《修辞学》的。那么，我们打算明白什么是修辞学，是应当整个地研究自亚里士多德至近代西洋的修辞专书呢？还是应当只看《说文》中的"辞：说也，从��辛，��辛犹理辜也。修：饰也，从彡，攸声"？或是引证《易经》上的"修辞立其诚，所以居业也"，就足以明白"修辞学"呢？名不正则言不顺，用《易经》上的"修辞"二字来解释有两千多年历史的修辞学，是张冠李戴，怎能有是处呢？

有人从言语构成上立论：中国语言本是单音的，所以这种按字寻义是不错的。其实中国语言又何尝完全是单音的呢？我们每说一句话，是一字一字地往外挤吗？不是用许多的词组织成一语吗？为求人家听得清楚，为语调的美好，为言语的丰富，由单字而成词是必然的趋势。在白话中我们连"桌""椅"这类的字也变成"桌子""椅子"了；难道应解作"桌与儿子""椅与儿子"么？一个英国人和我学中国话，他把"可是"解作"可以是的"，便是受了信中国话是纯粹单音的害处。经我告诉他："可是"当"but"讲，他才开始用辞典，由字典而辞典便是一个大进步。认清了这个，然后须由历史上找出辞的来源；修辞学是亚里士多德首创的，便应当去由亚里士多德研究起，这才能免了误会与无中生有。

二、摘取古语做证。中国人的思路多是向后走的，凡事不由逻辑法辩证，只求"有诗为证"便足了事。这种习惯使中国思想永远是转圆圈的，永远是混含的一贯，没有彻底的认识。比如说，什么叫"革命"？中国人不去读革命史，不去研究革命理论；先到旧书里搜寻，找到了："汤武革命"，啊！这原来是中国固有的东西哟！于是心满意足了；或者一高兴也许引经据典地作篇革命论。这样，对于革命怎能有清楚的认识呢！

文学？赶快掀书！《论语》上说："文学子游、子夏。"噢！文学有了出处，自然不要再去问文学到底是什么了。向后走的思路只问古人说过没有，不问对与不对，更不问古人所说的是否有明确的界说。古人怎能都说得对呢？都说得清楚呢？都能预知后事而预言一切呢？

段凌辰先生说得好：

"德行颜渊、闵子骞、冉伯牛、仲引，言语宰我、子贡，政事冉有、季路，文学子游、子夏。

"此所谓孔门四科也。文学与德行、言语、政事对举，殆泛指一切知识学问，与今日所谓文学者有别。故邢昺《论语疏》曰：'文章博学，则有子游、子夏二人也。'此解可谓达其旨矣。更以游、夏二子之自身证之。据《论语·阳货篇》：'子之武城，闻弦歌之声。'诗乐相通，子游似为文学之士。然乐本为儒家治世之具，其事亦无足怪。若证以《礼记·檀弓》，则子游实明礼之士耳。至于子夏，《论语·八佾》篇虽称其'可与言诗'，然据《史记·仲尼弟子列传》：'孔子既没，子夏居西河教授，为魏文侯师。'又汉代经师，多源出子夏，则子夏乃传经之士也。《论语》其他论文之处甚多，其义亦同于斯。如《学而篇》孔子曰：'行有余力，则以学文。'何晏《集解》引马融曰：'文者，古之遗文。'邢昺《疏》曰：'注言古之遗文者，则《诗》《书》《礼》《乐》《易》《春秋》六经是也。'是则六经为文矣。……'夫子之文章可得而闻也，夫子之言性与天道，不可得而闻也。'邢昺《疏》曰：'子贡言夫子之述作威仪礼法，有文彩形质著名，可以耳听目视，依循学习，故可得而闻也。'朱熹《论语集注》亦曰：'文章，德之见乎外者，威仪文辞皆是也。'是则所谓文章，又越乎述作文辞之外。与《八佾》篇称'周监于二代，郁郁乎文哉'，《泰伯》篇称'焕乎其有文章'，《子罕》篇称'文王既没，文不在兹乎'，兼礼乐法度而言，其义相类。故《公冶长》篇子贡问曰：'孔文子何以谓之文也？'孔子答曰：'敏而好学，不耻下问，是以谓之文也。'足见孔氏于'文'字之解释，固其广泛矣。……"（《中国文学概论》第二篇）

从上一段文字看，只拿古人一句话来解说学术的内涵是极欠妥当的，因为古人对于用字是有些随便的地方。

拿单字的意思解释词的，弊在错谬的分析；以古语证近代学术者，病在断章取义，只求不违背古说，而忘了用自己的思想。

三、求实效。中国人是最讲实利的，无论是不识字的乡民，还是博学之士，对事对物的态度是一样的——凡是一事一物必有它的用处。一个儒医的经验，和一个乡间大夫的，原来差不很多，所不同者是儒医能把阴阳五行也应用到医药上去。儒医便是个立在古书与经验之间求实利的一种不生不熟的东西。专研究医理也好，专研究阴阳五行之说也好，前者是科学的，后者是玄学的，玄学也有它可供研究的价值与兴趣。但是中国人不这样办，医术是有用的，阴阳五行也非得有用不可，于是二者携手，成为一种糊涂东西。

文人也是如此，他们读书作文原为干禄或遣兴的，而他们一定要把那抽象的哲学名词搬来应用——道啊、理啊等等总在笔尖上转。文学就不准是种无所为、无所求的艺术吗？不许。一件东西必定有用处，不然便不算一件东西；文学必须会干点什么，不拘是载道，还是说理，反正它得有用。

（一）文以观人。《文中子》说："文士之行可见，谢灵运小人哉！其文傲，君子则谨。"照这么说，在中国非君子便不许作文了。君子会作文不会，是个问题。可是中国人以为君子总是社会上的好人，为社会公益起见，"其文傲"的人是该驱逐出境的；这是为实利起见不得不如此的。

《诗史》曰："诗之作也，穷通之分可观：王建诗寒碎，故仕终不显；李洞诗穷悴，故竟下第。"这又由社会转到个人身上来了，原来评判诗文还可以带着"相面"的！文学与别的东西一样，据中国人看，是有实用的，所以掺入相术以求证实是自然的，不算怎么奇怪。说穷话的必定倒霉，说大话的必定腾达显贵，像西洋那些大悲剧家便都应该穷困夭死的。那"No struggle, no drama"① 在中国人看，是故意与自家过不去的。白居易有"野火烧不尽，春风吹又生"之句，于是顾况便断定他在那米贵的长安也可以居住了，文章的用处莫非只为吃饭么？

"文艺是纯然的生命的表现，是能够全然离了外界的压抑和强制，站在绝对自由的心境上，表现出个性来的唯一的世界。忘却名利，除去奴隶根性，从一切羁绊束缚解放下来，这才能成文艺上的创作。必须进到那与留心着报章上的批评、算计着稿费之类的全然两样的心境，这才能成真的文艺作品，因为能做到仅被在自己的心里烧着的感激和情热所动，像天地创造的曙神所做的一样程度的自己表现的世界，是只有文艺而已。"（《苦闷的象征》十三页）

拿这一段话和我们的穷通寿夭说比一比，我们要发生什么感想呢！

（二）文以载道明理。"《诗》三百，一言以蔽之，曰：思无邪！"这是中国文人读书的方法。无论读什么，读者必须假冒为善的声明："我思无邪！"《诗》中之《风》本来

---

① 英语，意为"没有斗争，便没有戏剧"。

是"出于里巷歌谣之作，男女相与咏歌，各言其情也"（朱熹）。它们的那点文学价值也就在这里。但是中国读诗的，非在男女之情以外，还加上些"刺美风化""诗以正言，义之用也"等不相干的话，不足以表示心思的正大。正像后世写淫书的人，也必在第一回叙说些劝善惩淫的话头，一样的没出息。有了这种心理，治文学的人自然忘了文学本身的欣赏，而看古文古诗中字字有深意、处处是训诫；于是一面忘了研究文学到底是什么，一面发了"若不仰范前哲，何以贻厥后来"的志愿。文以载道明理遂成了文人的信条。韩愈说"愈之志在古道，又甚好其文辞"，就是因为崇古的缘故，把自己也古代化了。周敦颐说："文辞，艺也。道德，实也。"这有实用的道德真真把文艺毁苦了！这种论调与实行的结果，弄得中国文学：1. 毫无生气，只是互相模拟；文是古的好，道也是古的好。2. 只有格体的区分，少主义的标树。把"道"放在不同的体格之下便算有了花样变化，主义——道——是一定不变的。3. 戏剧小说发达得极晚，极不完善，因为它们不古，不古自然也不合乎道，于是就少有人注意它们。4. 文学批评没有成为文艺的独立一支，因为文不过是载道之具，道有邪正，值得辩论；那对偶骈俪谀佞无实，便不足道了。

厨川白村说过："每逢世间有事情，一说什么，便掏出藏在怀中的一种尺子来丈量。凡是不能恰恰相合的东西，便随便地排斥，这样轻佻浮薄的态度，就有首先改起的必要吧。"这一种尺子或者就是中国的"道"么？诚如是，丢开这尺子，让我们跑入文学的乐园，自由地呼吸那带花香的空气去吧！

以上是消极地指出中国文人评论文学所爱犯的毛病，也就是我们所应避免的。至于文学是什么，和一些文学上的重要问题，都在后面逐渐讨论，先知道了应当避免什么，或者足以使我们讨论文学的时候不再误入歧途。

第二讲　中国历代文说（上）

在第一讲里，我们略指出中国文士论文的错误，是横着摆列数条，没管它们在历史上的先后。现在我们再竖着看一看，把古今的重要文说略微讨论一下。

先秦文论：文学，不论中外，发达最早的是诗歌。像《诗序》里的"言之不足，故嗟叹之；嗟叹之不足，故咏歌之；咏歌之不足，不知手之舞之，足之蹈之也"那样心有所感，发为歌咏，是在有文字之先，已有的事实。那么，我们先拿《诗经》来研究一下，似乎是当然的手续。《诗经》，据说是孔子删定的；这个传说的可靠与否，我们且不去管，孔子对于《诗经》很喜欢引用与谈论是个事实。

《诗》中的《风》本是"出于里巷歌谣之作，男女相与咏歌，各言其情也"（朱熹），它们的文学价值也就在这里。可是孔子———一位注重礼乐、好谈政治的实利哲学家———对于《诗》的文学价值是不大注意的；他始终是说怎样利用它。他用"《诗》三百，一言以蔽之，曰：思无邪！"（《论语·为政篇》）定了读《诗》的方法，于是惹起后世注《诗》的人们对于《诗》的误解："刺美风化"

是他们替"思无邪"作辩证的功夫，对于《诗》本身的文学价值几乎完全忘却。这是在思想方面，他已把文学与道德掺合起来立论。再看他怎从其他方面利用《诗》：

"不学《诗》，无以言。"（《论语·季氏篇》）《诗》的用处是帮助修辞的。

"入其国，其教可知也。其为人也，温柔敦厚，《诗》教也。"（《礼记·经解篇》）这是以《诗》为政治的工具。

"小子何莫学夫《诗》?《诗》，可以兴，可以观，可以群，可以怨；迩之事父，远之事君，多识于鸟兽草木之名。"（《论语·阳货篇》）《诗》不但可以教给人们以事父事君之道，且可以当动植物辞典用!

这样，孔子既以《诗》为政治教育的工具，为一本有趣的教科书，所以他引用诗句时，也不大管诗句的真意，而是曲为比附，以达己意，正如古希腊诡辩家的利用荷马。铃木虎雄①说得好：

"孔子当解释诗，对于诗的原意特别注重把来安上一种政教上的特别的意义来应用。……例如达到逸诗：'唐棣之华，偏其反而；岂不尔思，室是远而。'必评论说：'未之思也夫!何远之有!'（《论语·子罕篇》）原篇虽是说男女相思，因居室远而相背的，对于这下一转语，可说是相思的程度不够，倘若真相思便没有所谓远这一回事的，恰如利用所谓'仁，远乎哉?我欲仁，斯仁至矣'（《论

---

① 铃木虎雄（1878—1963），日本汉学家、文学批评家，被称为日本近代"中国文学研究的第一人"。

语·述而篇》）的意义一样。政教下的谈话成了干燥无味（之谈，而）由此得救了。又在《大学》里引《诗》云："邦畿千里，唯民所止。"（《商颂·玄鸟》）《诗》云："缗蛮黄鸟，止千丘隅。"（《小雅·鱼藻之什缗蛮》）也说："于止，知其所知，可以人而不如鸟乎。"（《大学》）掇拾'止'字以利用《大学》的'止于至善'……子夏问到《诗》里所说'巧笑倩兮，美目盼兮，素以为绚兮'是怎样解释，孔子答以：'绘事后素。'子夏遂说道：'礼后乎？'（《论语·八佾篇》）孔子又说子夏是'可与言《诗》'的，甚至称赞为'起予者商也'。但这种问答诗的原意已被遗却，只是借诗以作为自己讲学上的说话而已。"（《中国古代文艺论史》第一编第四章）

这"巧笑倩兮，美目盼兮，素以为绚兮"，是何等的美！可惜孔子不是个创作家，不是个文学批评家，所以没有美的欣赏。有孔子这样引领在前，后世文人自然是忽略了文学本身的欣赏，而去看古文古诗中字字有深意，处处有训诫，于是文以载道明理便成了他们的信条。

周代诸子差不多都是自成一家之言。他们的文字虽然很好，像老子的简练，庄子的驰畅，可是他们很少谈到文学，而且有些藐视孔门的好古饰辞的，像"仲尼方且饰羽而画，从事华辞"（《庄子·御寇篇》）之类，正是"老庄之作，管孟之流，盖以立意为宗，不以能文为本"（《文选序》）。只有孔子和他的几个门徒是以由考古传经而得致太平之术的，于是讨论诗文也成了他们的附带作业。他们是整理古著从而证明他们的哲学，对于文学的创作与认识是不大注意的。他们的功劳是保存了古礼古乐古诗，且加以研究；他们的坏处是把礼乐与文学全作了政治思想的牺牲品。"故正得失。动天地，感鬼神，莫近于诗。先王以是经夫妇，成孝敬，厚人伦，美教化，移风俗。"（《关雎序》）诗的用处越来越扩大了！他们能作得出：

> 日月忽其不淹兮，春与秋其代序；
>
> 惟草木之零落兮，恐美人之迟暮。
>
> 不抚壮而弃秽兮，何不改乎此度；
>
> 乘骐骥以驰骋兮，来吾道夫先路。
>
> （《离骚》）

那用"善鸟香草以配忠贞，恶禽臭物以比谗佞，灵修美人以媲于君，宓妃佚女以譬贤臣，虬龙鸾凤以托君子，飘风云霓以为小人"（王逸《楚辞·章句·离骚序》）来解释《离骚》的，也是深受孔门说《诗》的毒——这点毒气至今也没扫除净尽！

汉魏六朝文论：汉代崇儒，能通一艺以上者，补文学掌故缺。六艺都是文学，失去独立的领域。这时候传《诗》的人们，分头去宣传自家师说，《关雎》到底是说某夫人的事，《宛丘》到底是讥刺谁，是他们研究与争论的要点，《诗》已成了"经"，它的文学价值如何，没有什么人过问了。

这时代的文学作品要算赋最出风头。对于赋的批评有扬雄的：

"诗人之赋丽以则，辞人之赋丽以淫。"（扬子《法言·吾子篇》）

有司马相如的：

"合綦组以成文，列锦绣而为质，一经一纬，一宫一商，此赋之迹也。赋家之心，包括宇宙，总揽人物，斯乃得之于内，不可得而传。"（《西京杂记》）

前者由作家把赋分为两等——诗人的与辞人的，后者把赋的形体和作者的资格提及一下，二者全没说到赋在文学上的价值如何。

班固便简直不承认赋的价值，他说：

"……其后宋玉、唐勒。汉兴枚乘、司马相如，下及扬子云，竟为侈丽闳衍之词，没其风谕之义。"（《汉书·艺文志》）

赋本来是一种极笨重的东西，"竟为侈丽闳衍之词"的判断是不错的；但是以失古诗讽喻之义来打倒它，仍是以实效立论，没有什么重要的意义。所以铃木虎雄说：

"自孔子以来至汉末，都是不能离开道德以观文学的，而且一般的文学者单是以鼓吹道德的思想作为手段而承认其价值的；但到魏以后却不然，文学的自身是有价值的，思想已经在这时期发生了。所以我以为魏的时代是中国文学史上的自觉时代。"（《中国古代文艺论史》第二编第一章）

那么，我们就看一看魏晋六朝的文说：

曹家父子有很高的文学天才，论文也有独到之处。在曹丕的《典论·论文》里，有三点可以叫我们注意的：

（一）他说："夫文，本同而末异，盖奏议宜雅，书论宜理，铭诔尚实，诗赋欲丽。此四科不同，故能之者偏也，唯通才能备其体。"

这是清清楚楚指出文的内容不同，做法也就有别。说理的文自然以条理清楚为主，而诗赋便当写得美丽。他虽然没有说出为什么要如此，可是他真有了文学的欣赏，承认美是为文的要素之一。以前的人们是以体道而摹古，他现在是主张爱美的了。

"魏之三祖，更尚文词。忽君人之大道，好雕虫之小艺。下之从上，有同影响，竞骋文华，遂成风俗。江左齐、梁，其弊弥甚，贵贱贤愚，唯务吟咏。遂复遗理存异，寻虚逐微。竞一韵之奇，争一字之巧。连篇累牍，不出月露之形，积案盈箱，唯是风云之状。"（《隋书·李谔上书正文体》）这是后世守道明理者对"诗赋欲丽"的反攻，仍要把文学附属在道德之下，但适足以说明曹家父子对文学界的影响如何伟大了。

（二）《典论·论文》里又说："年寿有时而尽，荣乐止乎其身，二者必至之常期，未若文章之无穷。是以古之作者寄身于翰墨，见意于篇籍，不假良史之辞，不托飞驰之势，而声名自传于后。"

曹丕《与王朗书》里也说："生有七尺之形，死唯一棺之土。唯立德扬名，可以不朽，其次莫如著篇籍。"

这些话虽然没有说出文学是认识生命、解释生命的，可是承认了为文学而生活是值得的。自然这里的名利计较还很深，但因求不朽之名以致力文章，实足以鼓舞起创作的兴趣与勇气。

（三）曹丕又说："文以气为主。"气是什么？很难断定。但是我们至少可以从此语看出：为文的要件是由内心表现自己，不是为什么道什么理做宣传。这里至少是说文当以什么为主，不是文当说明什么，气必是在文内的，道理等是外来的。

以上三点虽仍未说明文学是什么，但是对于文学的认识，确已离开实效而专以文论文了。

以下讨论陆机的《文赋》：

陆机的《文赋》比近人的一开口便引"文，错画也"真高明得多了。他开口便是：

"伫中区以玄览，颐情志于典坟。遵四时以叹逝，瞻万物而思纷。悲落叶于劲秋，喜柔条于芳春。心懔懔以怀霜，志眇眇而临云。"

这是说文是感物激情而发的，不是什么"文者务为有补于世"。有深刻的观察，有敏锐的情感，有触于内心，那创作欲便起了火焰，便欲罢不能地非写不可，那写出来的便是物我的联合。所以：

"其始也，皆收视反听，耽思傍讯，精骛八极，心游万仞。……谢朝华于已披，启夕秀于未振。观古今于须臾，抚四海于一瞬。"

心有所感，便若痴若狂。想象与思维的联合，使心灵荡漾在梦境里。那方寸之地，忽然与宇宙同样的广大，上帝似的在创造一切，忽然缩敛，像一丝花蕊般细嫩，在春风里吻着阳光。于是：

"笼天地于形内，挫万物于笔端。始踯躅于燥吻，终流离于濡翰。理扶质以立干，文垂条而结繁。信情貌之不差，故每变而在颜，思涉乐其必笑，方言哀而已叹，或操觚以率尔，或含毫而邈然。"

我们再看他对技术方面怎样说：

"诗缘情而绮靡，赋体物而浏亮，碑披文以相质，诔缠绵而凄怆……"这是体格不同，当配以相当的文字。

"其为物也多姿，其为体也屡迁，其会意也尚巧，其遣言也贵妍，暨音声之迭代，若五色之相宣。"这是文辞音声应求妍美。

"或寄辞于瘁音，言徒靡而弗华，混妍蚩而成体，累良质而为瑕……"这是一些文病。

但是为文到底有一定的规则没有呢？他不肯武断地说。他只说：

"若夫丰约之裁，俯仰之形，因宜适变，曲有微情。或言拙而喻巧，或理朴而辞轻，或袭故而弥新，或沿浊而更清，或览之而必察，或研之而后精。"这似乎是说，文无定法，技有巧拙，要在审事达情，必求其适了。

统观全文，可以看出两个要点来：一、文学是心灵的产物，没有心情的激动便没有创造的可能。这个说法又比曹丕的以求不朽之名为创作的动机确切多了。二、作文的手段，如文字的配置、音声的调和等，是必要的，不如是，文章便不会美好。

发于心灵，终于技术，这是《文赋》的要义。陆机虽没能逐条详加说明（假如他不用赋体做这篇文章，他一定会解说得更透彻一些；自然，也许因为不用赋体，它便不会传流到现在），可是这些指示，对文学已有了相当的体认了解。我们可以替他下一条文学定义：

文学是以美好的文字为心灵的表现。

《后汉书》的著者范晔，主张"以意为主，以文传意"。（《范晔狱中与诸甥侄书》）同时他拿"性别宫商，识清浊，斯自然也"去讲究音调。

以意为主是重在讲说什么，便是要分别什么是该说的与什么是不该说的；这比以情为主的文学欣赏又低落了许多，因为文学的成功以怎样写出为主，说什么是次要的。况且传达"意"的自有哲学与科学，不必一定靠着文学。但是不论是文以情为主，是以意为主，他们——陆机、范晔——都由作家的立场来说文的主干是什么，不是替别人宣传什么文学以外的东西了；他们也全以为音调的讲究为必要的。

音调的讲究渐渐成了文学的重要问题。在《南齐书·陆厥传》里说：

"永明末，盛为文章。吴兴沈约，陈郡谢朓，琅琊王融，以气类相推毂，汝南周颙，善识声韵。约等文皆用宫商，以平上去入为四声，以此制韵，不可增减，世呼为'永明体'。"

沈约是四声八病的首创者，这种讲究看着虽然很纤巧，但是中国言语本是"声的言语"，声的调配实是叫文章美好的要件。当这"盛为文章"的时代，由主义而谈到技术上去，是当然的步骤。这四声八病的规定，虽叫文人只留意技术方面，可是这不能不算对言语的认识有了进步，文学本来是以言语为表现工具的，怎样利用工具的研究是应有的。沈约《答陆厥书》里说："自古辞人，岂不知宫羽之殊，商徵之别。虽知五音之异，而其中参差变动，殊昧实多。故鄙意所谓此秘未睹者也。以此而推，则知前世文士，便未悟此处。"这明明是说声韵的分析与利用是一种新的发现。

这技术上的讲求，自然不算什么了不得的事，但足以证明那时候文学确是成了独立的艺术，一字一声也不许随便用了。这正像乐器的改善足以帮助音乐进步，光线颜色的研究叫画家更足以充分地表现。自然，专修美工是不能产生出伟大作品的，但这不能不算是艺术进展中必有的一步。

现在我们看萧统的文说：他是很爱读书的人，他并且把所见过的文章选出来，作一部模范读本——《文选》。这个工作的第一步自然是要决定"什么是文"。他说：

"若夫姬公之籍，孔父之书，与日月俱悬，鬼神争奥，孝敬之准式，人伦之师友；岂可重以芟夷，加以剪截！"（《文选序》）

他一面推崇姬、孔，一面暗示出这些经艺根本不能算作纯文学，于是托词不敢芟夷剪截，轻轻地推在一边。

还有："老庄之作，管孟之流，盖以立意为宗，不以能文为本。今之所撰，又以略诸。"说理讲哲学的著作，不是为爱好文学而作的，也就不取。（打倒了"以意为主"）

"若贤人之美辞，忠臣之抗直，谋夫之话，辩士之

40

端……盖乃事美一时，语流千载；概见坟籍，旁出子史。若斯之流，又亦繁博，虽传之简牍，而事异篇章。今之所集，亦所不取。"这是说事实虽美，毫无统系，而且不是文学上有意的创作品，也就放在一边。

"至于记事之史，系年之书，所以褒贬是非，纪别异同；方之篇翰，亦已不同。"史书是记载事实的，也不是纯粹文学作品，所以也不取。

那么，什么样的作品才合格呢？只有：

"事出于沉思，义归乎翰藻"的方能被选。这个大胆的择取，便把经、史、子、杂说，全驱到文学的华室之外，把六艺即文学的说法根本推翻。有想象的，有整个表现的，有辞藻的，才能算文，不如此的不算。这个规定把"文"与"非文"从古籍里分析开，使在历史上与文学上"文"与"非文"截然分立，差不多像砌了一堵长墙，墙上写着：这边是文学，那边是文学以外的作品！这个"清党工作"真是非常勇敢的。大有益于文学独立的。

以下我们谈《文心雕龙》：

我们一提到文学理论与批评，似乎便联想到《文心雕龙》了。不错，它确乎是很丰富、很少见的一部文学评论。看它的内容多么花哨：

关于说明文学体质的有《原道》《征圣》《宗经》《正纬》等篇。

分论文体格式的有《辨骚》《明诗》《乐府》《诠赋》《颂赞》《祝盟》《铭箴》……

讨论修辞与作文法理的有《神思》《体性》《风骨》

《通变》《定势》《情采》……

但是，我们设若细心地读这些篇文章，便觉得刘勰只是总集前人之说，给他所知道的文章体格，一一地做了篇骈俪文章，并没有什么新颖的创见。看他在《原道篇》里说：

"傍及万品，动植皆文：龙凤以藻绘呈瑞，虎豹以炳蔚凝姿。云霞雕色，有逾画工之妙，草木贲华，无待锦匠之奇。"

这又是以"文"谈"文学"，根本没有明白他所要研究的对象。至于说：

"夫以无识之物，郁然有采，有心之器，其无文欤！"便牵强得可笑！动植物有"文"，所以人类便当有"文"；那么牛羊有角，我们便应有什么呢？

在《宗经》里："'经'也者，恒久之至道，不刊之鸿教也。故象天地，效鬼神，参物序，制人纪，洞性灵之奥区，极文章之骨髓者也。"

经是文章的骨髓，自然文士便不许发表自家的意见，只许依经阐道了——文学也便呜呼哀哉了！不怪他评论《离骚》那样伟大的作品也是：

"（故）其陈尧、舜之耿介，称汤、武之祗敬，典诰之体也。讥桀、纣之猖披，伤羿、浇之颠陨，规讽之旨也。虬龙以喻君子，云霓以譬谗邪，比兴之义也。每一顾而淹涕，叹君门之九重，忠怨之辞也。观兹四事，同于《风》《雅》者也。"（《辨骚》）

这样以古断今，是根本不明白什么叫创作。《诗》是

《诗》，《骚》是《骚》，何必非把新酒装在旧袋子里呢！

论到文章的体格，他先把字解释一下，如"诗者持也""赋者铺也""颂者容也"等等，然后把作家混含地批评一句，如"孟坚《两都》，明绚以雅赡；张衡《二京》，迅发以宏富"等等。前者未曾论到文学的价值——赋到底是体物写志的好工具不是？后者批评作品混含无当，作者执笔为文时可以有一两个要义在心中为一篇的主旨，批评者便应多方面去立论，不能只拿一两句话断定好坏。

至于章表奏启本来是实用文字，史传诸子本是记事论理之文，它们能作文学作品看，是因为它们合了文学的条件，不是它们必定都在文学范围之内。刘勰这样逐一说明，比萧统的把经史诸子放在文学范围之外的见识又低多了。

说到措辞与文章结构，这本来是没有一定义法的，修辞学不会叫人作出极漂亮的诗句，文章法则只足叫人多所顾忌因沿。法则永远是由经验中来的，经验当然是过去的，所以谈到"风骨"，他说："若能确乎正式，使文明以健，则风清骨峻，篇体光华。"这"正式"是哪里来的？不是摹古么？说到"定势"，他便说："旧练之才，则执正以驭奇；新学之锐，则逐奇而失正。势流不返，则文体遂弊。"这是说新学之锐，有所创立是极危险的。文学作品是个性的表现，每人有他自己的风格笔势，每篇文章自有独立的神情韵调，一定法程，便生弊病，所以《文心雕龙》的影响一定是害多利少的，因为它塞住了自由创造的大路。

总之，这本书有两大缺点：

一、刘勰的"道沿圣以垂文，圣因文而明道"是把文与道捏合在一处，是六朝文论的由盛而衰。

二、细分文体，而没认清文学的范围。空谈风神气势，并无深刻的说明。

这么看，《文心雕龙》并不是真正的文学批评，而是一种文学源流、文学理论、修辞、作文法的混合物。它的好处是把秦汉以前至六朝的文说文体全收集来，作个总结。假如我们看清这一点，它便有了价值，因为它很可以供给我们一些研究古代文学的材料。假如拿它当作一本教科书，像欧洲早年那样读亚里士多德的《修辞学》与《诗学》，便很容易断章取义，把文学讲到歧途上去。刘勰自己也说"铨序一文为易，弥纶群言为难"和"同之与异，不屑古今；擘肌分理，唯务折衷"。这弥纶群言，是他的功劳，虽然有时是费力不讨好。这唯务折衷，便失去了创立新说的勇气。

和《文心雕龙》的结构不同，而势力差不多相等的，有钟嵘的《诗品》，前者是包罗一切的，后者是专论诗家的源流，并定其品次。王世贞说："吾览钟记室《诗品》，折衷情文，裁量时代，可谓允矣，词亦奕奕发之，第所推源，出于何者，恐未尽然。"诚然，钟嵘对于各家作品强求来源，如李陵必出于《楚辞》，班婕妤又必发于李陵等，何所据而云然？他说："使味之者无极，闻之者动心，是诗之至也。"本来是极精到的话，可是他又说："诗有三艺焉：一曰兴，二曰比，三曰赋。文已尽而意有余，兴也。因物喻志，比也。直书其事，寓言写物，赋也。宏斯三义，酌而用之，干之以风力，润之以丹彩"，然后"味之者无极，闻之者动心，是诗之至也"（《诗品序》）。这分明是说以古体为主，加以自家的精力，才能成好诗；于是每评一人，便非指出他的来源不可。而且是来源越古的，品次也就越高——上品都是源出《国风》《楚辞》与古诗的。这个用合古与否作评断的标准，是忘却了文学是表现时代精神而随时进展的。

至于评论各家也不完全以诗为主眼，如提到李陵，他说："陵名家子，有殊才；生命不谐，声颓身丧。使陵不遭辛苦，其文亦何能如此。"这并没有论到李陵的诗的好处何在。就是以诗立论的，也嫌太空泛，如说曹植的诗是"骨气奇高，词采华茂，情兼雅怨，体被文质，粲溢古今，卓尔不群"，如说嵇康是"颇似魏文，过为峻切，讦直露才，伤渊雅之致。然托喻清远，良有鉴裁，亦未失高流矣"，使我们对于这些诗人并没有什么深刻的了解，只觉得这是些泛泛的批语而已。本来一篇诗的成就不是很简单的事，作家的人格、作风、情趣、技术都混合在一处，那么，只拿几个字来评定一个诗家的作品是极难的事，就是勉强地写出来，也往往是空洞的。况且，从诗的欣赏上立论，我们读诗的时候，它只给我们心灵的激动，并不叫我们随读随想哪一点是诗人的人格，哪一点是诗人的感情，而且是一个"整个"的。正如喝柠檬水一样，如果半瓶是苏打水，半瓶是柠檬汁，并没有调匀在一处，又有什么好喝呢。所以，就是有精细的分析，把诗人的一切从诗中剥脱出来，恐怕剥完了的时候，那诗的作用一点也不存在了。

钟嵘也知道："至乎吟咏情性，亦何贵于用事。'思君

45

如流水'即是即目。'高台多悲风'亦唯所见。'清晨登陇首'羌无故实。'明月照积雪'，讵出经、史。观古今胜语，多非补假，皆由直寻。"（《诗品序》）如果他始终抱定这个"直寻"来批评，当然强寻源流的毛病便没有了，对于诗的欣赏也一定更深切了。

至于把诗人分成若干等级是极难妥当的事。设若不把什么是诗人先决定好，谁能公平地给诗人排列次序呢？同时，诗人所应具备的性格、能力与条件，又太多了，而且对这些条件又是一人一个看法，怎能规定出诗人到底是什么呢？就是找出诗人必备的条件，还有个难题，什么是诗呢？这是文学理论中最困难的两个问题，不试着解决这个，而凭个人的主张来评定诗人与诗艺的等次，是种很危险的把戏。

他对于声律的讲求，有很好的见解：

"余谓文制，本须讽读，不可塞碍。但令清浊通流，口吻调利，斯为足矣。"（《诗品序》）

如果他抱定"直寻"和"口吻调利"来写一篇诗论，当比他这样一一评论，强定品次强得多了。以情性的自发，成为音调自然的作品，岂不是很好的理论么。

以上这些论调，无论怎样不圆满，至少叫我们看得出：自魏以后，文学的研究与解释已成了独立的，这不能不算是一个大进步。

第三讲　中国历代文说（下）

唐代文说：唐代是中国诗最发达的时代，有"诗中有画"的王维；有富于想象、从空飞来的李白；有纯任性灵、忠实描写的杜甫；有老妪皆解、名妓争唱的白居易；还有，噢，太多了，好像唐代的人都是诗人似的！在这么灿烂的诗国里，按理说应有很好的诗说发现了，而事实上谈文学的还是主张文以载道，好像作诗只是一种娱乐，无关乎大道似的。那以圣贤自居的韩愈是如此，那最会作诗的白居易也如此，看他《与元微之论作文大旨书》里说：

"诗之豪者，世称李、杜。李之作，才矣，奇矣。人不逮矣，索其风雅比兴，十无一焉。……"

其实李白的好处，原在运用他自己的想象，不管什么风雅比兴，孰知在这里却被贬为不明喻讽之道了！

他又说："仆常痛诗道崩坏，忽忽愤发，或食辍哺，夜辍寝，不量才力，欲扶起之！"

这是表明他为诗的态度——不是要创造一家之言，而是志在补残葺颓。

他接着说："及再来长安，又闻有军使高霞寓者，欲聘娼妓。妓大夸曰：'我诵得白学士《长恨歌》，岂同他妓哉？'由是增价。又足下书云：到通州日，见江馆柱间有题仆诗者，复何人哉？又昨过汉南日，适遇主人集众乐娱他宾，诸妓见仆来，指而相顾曰：'此是《秦中吟》《长恨歌》主耳。'自长安抵江西，三四千里，凡乡校、佛寺、逆旅、行舟之中，往往有题仆诗者。士庶、僧徒、孀妇、处女之口，每每有咏仆诗者。此诚雕虫之技，不足为多！然今时俗所重，正在此耳。"

他的诗这样受欢迎，本来足以自豪了，他却偏说："雕虫之技，不足为多。"那么，他志在什么呢？在这里：

"仆志在兼济，行在独善，奉而始终之则为道，言而发明之则为诗。谓之讽喻诗，兼济之志也，谓之闲适诗，独善之义也。故览仆诗，知仆之道焉。其余杂律诗，或诱于一时一物，发于一笑一吟，率然成章，非平生所尚者。"（白居易《与元微之论作文大旨书》）①

兼济与独善是道德行为，何必一定用诗做工具呢。恐怕那些在"士庶僧徒，孀妇处女之口"的，正是那发于一吟一笑的作品吧？

这个载道的运动，当然以"文起八代之衰，而道济天下之溺"的韩愈为主帅了。他的立论的基础是"道为内，文为外"。看他怎样告诉刘正夫：

"或问为文宜何师？必谨对曰：宜师古圣贤人。曰：古圣贤人所为书具存，辞皆不同，宜何师？必谨对曰：师其意，不师其辞。"（韩愈《答刘正夫书》）

这为文宜何师的口调，根本以文章为一种模拟的玩意，其结果当然是师古。所以他"学之二十余年矣，始者非三代两汉之书不敢观，非圣人之志不敢存"。这极端的崇古便非把自家的思想牺牲了不可。思想既有一定，那么文人还有什么把戏可耍呢？当然是师其意不师其辞了。把辞变换一下，不与古雷同，便算尽了创作的能事。其实，文章把思想部分除去，而只剩一些辞句——纵使极美——又有什么好处呢？

---

① 即白居易《与元九书》。

48

孔家的说诗，是以诗为教育政治的工具；到了韩愈，便宜将文学与道德黏合在一处，成了不可分隔的，无道便无文学。

道到底是什么呢？由韩愈自己所下的定义看，是："博爱之谓仁，行而宜之之谓义，由是而之焉之谓道。"（《原道》）他这个道不是怎么深奥的东西，如老子那无以名之的那一点。这个道是由仁与义的实行而获得的。这样，韩愈的思想根本不怎样深刻，又偏偏爱把这一些道德行为的责任交给文学，那怎能说得通呢！道德是伦理的，文学是艺术的，道德是实际的，文学是要想象的。道德的目标在善，文艺的归宿是美；文学嫁给道德怎能生得出美丽的小孩呢？柏拉图（Plato）是以文学为政治工具的，可是还不能不退一步说：

"假如诗能做责任的利器，正如它为给愉快的利器，正义方面便能多有所获得。"

但是，诗是否能这样脚踩两只船呢？善与美是否能这样相安无事呢？——这真是个问题！

"文起八代之衰"的功劳是在乎提高了散文的地位，但是这个运动的坏处是使"文"包括住文学，而把诗降落在散文之下；因为"文"是载道的工具，而诗——就是韩愈自己也有极美艳的诗句——总是脱不了歌咏性情，自然便不能冠冕堂皇地做文学的主帅了。因为这样看轻了诗，所以词便被视为诗余，而戏曲也便没有什么重要的地位。诗与散文的分别，中国文论中很少说到的。这二者的区分既不清楚，而文以载道之说又始终未被打破，于是诗艺往往要向散文求些情面，像白居易那样的"奉而始终之则为道，言而明之则为诗"，以求诗艺与散文有同等的地位，这是很可怜的。

那最善于作小品文字的柳宗元的游记等文字是何等的清峭自然，可是，赶到一说文学，他也是志在明道。他说：

"及长，乃知文者以明道，是固不苟为炳炳烺烺，务彩色、夸声音而以为能也。凡吾所陈，皆自谓近道，而不知道之果近乎远乎？吾子好道，而可吾文，或者其于道不远矣。……本之《书》以求其质，本之《诗》以求其恒，本之《礼》以求其宜，本之《春秋》以求其断，本之《易》以求其动，此吾所以取道之原也。"（《答韦中立论师道书》）

有了取道之原，文章不美怎么办呢？他说：

"文有二道：辞令褒贬，本乎著述者也；导扬讽谕，本乎比兴者也。著述者流，盖出于《书》之谟、训，《易》之象、系，《春秋》之笔削，其要在于高壮广厚，词正而理备，谓宜藏于简册也。比兴者流，盖出于虞、夏之咏歌，殷、周之风雅；其要在于丽则清越，言畅而意美，谓宜流于谣诵也。兹二者，考其旨义，乖离不合。故秉笔之士，恒偏胜独得，而罕有兼者焉。"（《杨评事文集后序》）

这又似乎舍不得文采动听那一方面，而想要文质兼备、理词两存，纵然"道"是那么重要，到底他不敢把"美"完全弃掷不顾呀。

这种忸怩的论调实在不如司空图的完全以神韵说诗，看：

"俯拾即是，不取诸邻。俱道适往，著手成春。如逢花开，如瞻岁新。真与不夺，强得易贫。幽人空山，过雨采蘋。薄言情悟，悠悠天钧。"（《二十四诗品·自然》）

这是何等的境界！不要说什么道什么理了，这"情悟"已经够了。再看：

"娟娟群松，下有漪流。晴雪满汀，隔溪渔舟。可人如玉，步屧寻幽。载瞻载止，空碧悠悠。神出古异，淡不可收。如月之曙，如气之秋。"（《清奇》）

这种具体地写出诗境，不比泛讲道德义法强么？他不说诗体怎样、效用怎样，他只说诗的味道有雄浑，有高古等等，完全从神韵方面着眼。这自然不足以说明诗的一切，可是很灵巧地画出许多诗境的图画，叫人深思神往，这比李白的"大雅久不作，吾衰竟谁陈？……我志在删述，垂晖映千春。希圣如有立，绝笔于获麟"的以作诗为希圣希贤的道途要高尚多少倍呢！

宋代文说：宋朝词的发达与白话的应用，都给文学开拓了新的途径，按理说这足以叫文人舍去道义，而创树新说了，可是，事实上作者仍是拿住"道"字不放手；那善于文词的欧阳修还是说：

"夫学者未始不为道，而至者鲜焉。非道之于人远也，学者有所溺焉尔。盖文之为言，难工而可喜，易悦而自足，世之学者，往往溺之；一有工焉，则曰：'吾学足矣。'甚者至弃百事，不关于心，曰：'吾文士也，职于文而已。'此其所以至之鲜也。……圣人之文虽不可及，然大抵道胜者，文不难而自至也。"（《答吴充秀才书》）

"道胜，文不难自至"，真有些玄妙。文学是艺术的，怎能因为"道胜"便能成功呢？图画也是艺术的一支，谁敢说"道胜，画遂不难而至"呢？

王安石便说得更妙了："尝谓文者，礼教治政云耳。""'言之不文，行之不远'云者，徒谓'辞之不可以已也，非圣人作文之本意也'。"（《上人书》）这简捷地把辞推开，而所谓文者只是一种有骨无肉的死东西。"且所谓文者，务为有补于世而已矣。所谓辞者，犹器之有刻镂绘画也。诚使巧且华，不必适用。诚使适用，亦不必巧且华。"假如这个说法不错，那"心在水精域，衣沾春雨时"便根本不算好诗，因为在水精域里有什么好？衣被春雨沾湿，岂不又须费事去晒干？

还是论诗的严羽有些见解：

"大抵禅道唯在妙悟，诗道亦在妙悟。且孟襄阳学力下韩退之远甚，而其诗独出退之之上者，一味妙悟故也。唯悟乃为当行，乃为本色。……天下有可废之人，无可废之言。诗道如是也。……夫诗有别材，非关书也。诗有别趣，非关理也。而古人未尝不读书、不穷理。所谓不涉理路、不落言筌者，上也。诗者，吟咏情性也。盛唐诸人惟在兴趣，羚羊挂角，无迹可求。故其妙处莹彻玲珑，不可凑泊，如空中之音、相中之色、水中之月、镜中之象，言有尽而意无穷。"（《沧浪诗话·诗辨》）

只这几句已足压倒一切，这才是对诗有了真正了解！"诗之道在妙悟"，是的；诗是心声，诗人的宇宙是妙悟出来的宇宙；由妙悟而发为吟咏，是心中的狂喜成为音乐。

只有这种天才，有这种经验，便能成为好句，所以"有可废之人，无可废之言"；道德与诗是全不相干的。道德既放在一边了，学理呢？学理是求知的，是逻辑的；诗是求感动的，属于心灵的，所以"妙不关于学理"。诗人的真实是经过想象浸洗过的，所以像水中之月、镜中之像。由兴趣而想象是诗境的妙悟，这么说诗，诗便是艺术的了。司空图和严羽真是唐宋两代谈文学的光荣。他们是在诗的生命中找出原理，到了不容易说出来的时候——谈艺术往往是不易直接说出来的——他们会指出诗"像"什么，这是真有了解之后，才能这样具体地指示出来。

宋代还有许多诗话的著作，但是没有像严羽这样切当的。在这里也就不多引用了。

元明清文说：元代的小说戏曲都很发达，可是对小说戏曲并没有怎么讨论过。王国维在他的《宋元戏曲史》里说："元杂剧之为一代之绝作，元人未之知也。明之文人，始激赏之，至有以关汉卿比司马子长者。"至于小说，直至金圣叹才有正式的欣赏宣传。元代文人的论断文学多是从枝节问题上着眼，像陈绎曾的《文筌》与《文说》，徐师曾的《文体明辨》等，都没有讨论到文学的重要问题上去。

到了明代，论文可分为两派：一派是注重格调的，一派是注重文章义法的。在前一派里，无论是论文还是论诗，都是厌弃宋人的浅浮，而想复古，像李梦阳的"诗宗盛唐"，王世贞的"文必两汉，诗必盛唐"。他们的摹古方法是讲求格调，力求形式上的高古堂皇。李梦阳说：

"诗至唐而古调亡矣。然自唐，调可歌咏，高者犹足被管弦。宋人主理不主调，于是唐调亦亡。黄陈师法杜甫，号大家；今其词艰涩不香色流动，如入神庙坐土木骸，即冠服与人等，谓之文可乎？夫诗比兴错杂，假物以神变者也。难言不测之妙，感触突发，流动情思，故其气柔厚，其声悠扬，其言切而不迫，故歌之心畅，而闻之者动也。宋人主理作理语，于是薄风云月露一切铲去不为。又作诗话教人，不复知诗矣。诗何尝无理，若专作理语何不作文而诗为耶？"（《缶音序》）

这段议论颇有些道理，末两句把诗与文的界分也说明了一点。设若他专从"难言不测之妙，感触突发……"上用功夫，他的作品当然是有可观的；可惜他只在形式上注意，并没有实行自家的理想，所以《四库总目·空同集提要》里说："句拟字摹，食古不化，亦往往有之。"

他对于文以载道也有很好的见解，他说："道，自道者也；有所为皆非也。"（梦阳《道录序》）又说："古之文以行，今之文以葩；葩为词腴，行为道华。"（梦阳《文箴》）根据这个道理，他攻击宋人的"无美恶皆欲合道传志"。他不小看"道"，但他决不愿因"道"而破坏了文学。但是，他因此而骂"宋儒兴，古之文废"，是他一方面攻击来人，一方面又不敢大胆地去改造，只是一步跨过宋代，而向更古的古董取些形式上的模范；这是他的失败。

王慎中初谈秦汉，谓东京以下无可取。后来明白了欧曾作文的方法，尽焚旧作，一意师仿。这是第二派——由极端的师古，变为退步的模拟，把宋文也加在模范文之内。那极端复古的是专在格调上注意，这唐宋兼收的注重讲求文章的义法。茅坤的《八大家文钞》便把唐宋八家之文当作古文。归有光便是以五色圈点《史记》，以示义法。

这两派的毛病在摹古，虽然注意之点不同。所谓格调，所谓义法，全是枝节问题，未曾谈到文学的本身。《四库提要》里说得很到家："自李梦阳《空同集》出，以字句摹秦汉，而秦汉为窠臼。自坤《白华楼稿》出，以机调摹唐宋，而唐宋又为窠臼。"

到了清代，论诗的有王士祯之主神韵，沈德潜的重格调，袁枚的主性灵。王的注重得意忘言、平淡静远，是忘了诗人的情感不一定永是恬静的。"空山不见人，但闻人语响"自然是幽妙之境了，可是杜甫的《兵车行》也还是好诗。诗中有画自是中国诗的妙处，可是往往因求这个境界而缺乏了情感，甚至于带出颓废的气象，正如袁枚说："阮亭于气魄、性情，俱有所短。"（《诗话》卷四）

沈德潜是重格调的，字面力求合古，立言一归于温柔敦厚。他对于古体近体都有所模范，而轻视元和以下的作品。他也被袁枚驳倒："诗有工拙，而无古今。"（《答沈大宗伯论诗书》）他更极有趣地说明："子孙之貌，莫不本于祖父，然变而美者有之，变而丑者亦有之，若必禁其不变，则虽造物亦有所不能。先生许唐人之变汉、魏，而独不许宋人之变唐，惑也！"沈的主张温柔敦厚，袁枚也有很好的驳辩，他说："艳诗宫体，自是诗家一格。孔子不删郑、卫之诗，而先生独删次回之诗，不已过乎！"又说："夫《关雎》即艳诗也，以求淑女之故，至于辗转反侧，使文生于今遇先生，危矣哉！"（《再答沈大宗伯书》）

袁枚可以算作最力最力的文学批评家。他对神韵说，只承认神韵是诗中的一格，但是不适宜于七言长篇等。对格调说，他不承认诗体是一成不变的。对诗有实用说，他便提出性灵来压倒实用。看他怎样主张性灵：

　　"诗者，人之性情也。近取诸身而足矣。"（《诗话·补遗》卷一）

　　"凡作诗者，各有身分，亦各有心胸。"（《诗话》卷四）

　　"凡作诗，写景易，言情难。何也？景从外来，目之所触，留心便得；情从心出，非有一种芬芳悱恻之怀，便不能哀感顽艳。然亦各人性之所近。"（《诗话》卷六）

　　他有了这种见解，所以他敢大胆地批评，把格调神韵等都看作片面的问题，不是诗的本体论。有了这种见解，他也就敢说"诗有工拙，而无古今"的话了。这样的主张是空前的，打倒一切的；他只认定性灵，认定创造，那么，诗便是从心所欲而为言，无须模仿，无须拘束，这样，诗才能自由，而文艺的独立完全告成了。

　　在论诗的方面有了袁枚，把一切不相干的东西扫除了去，可惜清代没有一个这样论文的人。一般文人还是舍不得"道"字，像姚鼐的"天地之道，阴阳刚柔而已。文者天地之精英，而阴阳刚柔之发也"（《复鲁絜非书》），曾国藩的"古之知道者，未有不明于文字者也"（《与刘孟容书》）这类的话，我们已经听得太多，可以不再引了。总之，他们作文的目的还是为明道，作文的义法也取之古人；内容外表两有限制，自然产生不出伟大的作品。值得一介绍的，只有阮元和章学诚了。

阮元说：

"昭明所选，名之曰文，盖必文而后选也，非文则不选也。经也，子也，史也，皆不可专名之为文也。"（《书梁昭明太子文选序后》）这是照着昭明太子的主张，说明一下什么是文。他又说：

"为文章者，不务协音以成韵，修词以达远，使人易诵易记；而唯以单行之语，纵横恣肆，动辄千言万字；不知此乃古人所谓直言之言，论难之语，非言之有文者也，非孔子之所谓文也。《文言》数百字，几于句句用韵。孔子于此发明乾坤之蕴，铨释四德之名；几费修词之意，冀达意外之言。要使远近易诵，古今易传。……不但多用韵，抑且多用偶。……凡偶，皆文也。于物，两色相偶而交错之，乃得名曰文；文即象其形也。"（《文言说》）

这是说明文必须讲究辞藻对偶，不这样必是直言，不是文。自然非骈俪不算文，固属偏执；可是专以文为载道之具，忽略了文章的美好方面，也是个毛病。况且，设若美是文艺的要素，阮元的主张——虽然偏执——且较别家的只讲明理见道亲切一些了。

章学诚的攻击文病是非常有力的，看他讥笑归有光的以五色圈点《史记》：

"……五色标识，各为义例，不相混乱：若者为全篇结构，若者为逐段精彩，若者为意度波澜，若者为精神气魄，以例分类，便于拳服揣摩，号为古文秘传。……夫立言之要，在于有物。古人著为文章，皆本于中之所见，初非好为炳炳烺烺，如锦工绣女之矜夸采色已也。富贵公子，虽醉梦中不能作寒酸求乞语，疾痛患难之人，虽置之丝竹华宴之场，不能易其呻吟而作欢笑，此声之所以肖其心，而文之所以不能彼此相易，各自成家者也。今舍己之所求，而摹古人之形似，是杞梁之妻善哭其夫，而西家偕老之妇，亦学其悲号，屈子之自沉汨罗，而同心一德之朝，其臣亦宜作楚怨也，不亦慎乎！"（《文史通义·文理》）

再看他攻击好用古字的人们：

"唐末五代之风诡矣！称人不名不姓，多为谐隐寓言。观者乍览其文，不知何许人也。如李曰'陇西'，王标'琅琊'，虽颇乖忤，犹曰著郡望也。庄姓则称'漆园'，牛姓乃称'太牢'，则诙嘲谐剧，不复成文理矣！"（《文史通义·繁称》）

看他指摘文人的死守古典，而忘记了所写的是什么：

"文人固能文矣，文人所书之人，不必尽能文也。叙事之文，作者之言也，为文为质，唯其所欲，斯如其事而已矣。记言之文，则非作者之言也；为文为质，期于适如其人之言，非作者所能自主也。……抑思善相夫者，何必尽识'鹿车''鸿案'；善教子者，岂皆熟记'画荻''丸熊'。自文人胸有成竹，遂致闺修皆如板印。与其文而失实，何如质以传真也！"（《文史通义·古文十弊》）

这些议论都是非常痛快、非常精到的。可惜，谈到文学本身，他还是很守旧的，如"战国之文皆源出于六艺"，又是牵强地找文学来源。"至战国而文章之变尽，至战国而后世之文体备"便是塞住文学的去路。他好像是十分明白摹古的弊病，而同时没有胆气去评断古代作品的真价值；

这或者是因为受了传统思想的束缚，不敢叛经背道，所以只能极精切地指出后世文士的毛病，而不敢对文学本身有所主张。因此，他甚至连文集也视为不合于古："呜呼！著作衰而有文集，典故穷而有类书。学者贪于简阅之易，而不知实学之衰，狃于易成之名，而不知大道之散。"（《文史通义·文集》）古无文集，后人就不应刊刻文集，未免太固执了；难道古人不会印刷术，今人也就得改用竹帛篆写吗？

最近的文说：新文学的运动，到如今已经有四五十年的历史，最显著而有成绩的是"五四"后的白话文学运动。白话文学运动，从这个名词上看，就知道这是文学革命的一个局部问题，是要废弃那古死的文字，而来利用活的言语，这是工具上的问题，不是讨论文学的本身。胡适先生在主张用白话的时候，提出些具体的办法：

一、不做"言之无物"的文字。

二、不做"无病呻吟"的文字。

三、不用典。

四、不用套语烂调。

五、不讲究对仗。

六、不做不合文法的文字。

七、不模仿古人。

八、不避俗语俗字。

这仍是因为提倡利用白话，而消极地把旧文学的弊病提示出来，指出新文学所应当避免的东西。中国文学经过这番革命、新诗、小说、小品文学、戏剧等才纷纷作建设的尝试。但是，设若我们细细考验这些作品，我们不能说新文学已把这"八不主义"做到，有许多新诗是不用中国典故了，可是，改用了许多古代希腊和罗马神话中的故事与人物，还是用典，不过是换了典故的来源。"言之无物"与"无病呻吟"的作品也还很多，不合文法的文字也在在皆是。这种现象，在文学革命期间，或者是不可避免的，其重要原因，还是因为这个文学革命运动是局部的，是消极的，而没有在"文学是什么"上多多地思虑过。就是有一些讨论到文学本身的，也不过是把西洋现成的学说介绍一下，我们自己并没有很大的批评家出来评判指导，所以到现在伟大的作品还是要期之将来的。

最近有些人主张把"文学革命"变成"革命文学"，以艺术为宣传主义的工具，以文学为革命的武器。这种主张是现代的文艺思潮。它的立脚点是一切唯物，以经济史观决定文学的起源与发展。俄国革命成功了，无产阶级握有政权，正在建设普罗列太里列①的文化。文艺是文化中的一要事，所以该当扫除有产阶级的产物，而打着新旗号为第四阶级宣传。

这种手段并不是新鲜的，因为柏拉图在他的《理想国》中也是想以文艺放在政治之下，而替政治去工作。就是中国的"文以载道"也有这么一点意味，虽然中国人的"道"不是什么具体的政治主义，可是拿文艺为宣传的工具是在态度上相同的。这种办法，不管所宣传的主义是什么，

① 英语 proletariat（无产阶级）的音译，简称"普罗"。

好与不好，多少是叫文艺受损失的。以文学为工具，文艺便成为奴性的，以文艺为奴仆的，文艺也不会真诚地伺候他。亚里士多德是比柏拉图更科学一点，他便以文艺谈文艺；在这一点，谁都承认他战胜了柏拉图。普罗文艺中所宣传的主义也许是很精确的，但是假如它们不能成为文艺，岂非劳而无功？他们费了许多功夫证实文艺是社会的经济的产儿，但这只能以此写一本唯物文学史，和很有兴趣地搜求出原始文艺的起源，对于文学的创造又有什么关系呢？文艺作品的成功与否，在乎它有艺术的价值没有，它内容上的含蕴是次要的。因此，现在我们只听见一片呐喊，还没见到真正血红的普罗文艺作品，那就是说，他们有了题目而没有能交上卷子，因为他们太重视"普罗"而忘了"文艺"。

第四讲　文学的特质

这一讲本来应称为"什么是文学"。什么是文学？恐怕永远不会得到最后的答案。提出几个文学的特质，和文学中的重要问题，加以讨论，借以得着个较为清楚的概念，为认识与欣赏文学的基础，这较比着是更妥当的办法。这个进程也不是不科学的，因为打算捉住文学的构成原素必须经过逻辑的手段，从比较分析归纳等得到那一切文学作品所必具的条件。这是一个很大的志愿，其中需要的知识恐怕不是任何人在一生中所能集取得满足的；但是，消极地说，我们有"科学的"一词常常在目前，我们至少足以避免以一时代或一民族的文学为解决文学一切问题的钥匙。我们知道，整个文学是生长的活物的观念，也知道当怎样留神去下结论，更知道我们的知识是多么有限，有了这种种的警惕与小心，或者我们的错误是可以更少一点的。文学不是科学，正与宗教美学艺术论一样地有非科学所能解决之点，但是从另一方面看，科学的研究方法本来不是要使文学或宗教等变为科学，而是使它们增多一些更有根据的说明，使我们多一些更清楚的了解。科学的方法并不妨碍我们应用对于美学或宗教学所应有的常识的推理与精神上的经验及体会，研究文学也是如此：文学的欣赏是随着个人的爱好而不同的，但是被欣赏的条件与欣赏者的心理是可以由科学的方法而发现一些的。

在前两讲中我们看见许多问题，文学中的道德问题、思想问题、形式与内容的问题、诗与散文的问题，和许多文学特质的价值的估定，美的价值、情感的价值、想象的价值等等。这些都是我们必须详细讨论的。但是，在讨论这些之前，我们要问一句，中国文学中有没有忽略了在世界文学里所视为重要的问题？这极为重要，因为不这么设问一下，我们便容易守着一些旧说而自满自足，不再去看那世界文学所共具的条件，因而也就不能公平地评断我们自家的文艺的真价值与成功何在。

中国没有艺术论。这使中国一切艺术吃了很大的亏。自然，艺术论永远不会代艺术解决一切的问题，但是艺术上的主张与理论，无论是好与坏，总是可以引起对艺术的深厚趣味，足以划分开艺术的领域，从而给予各种艺术以适当的价值；足以为艺术的各支对美的、道德的等问题作个通体盘算的讨论。柏拉图与亚里士多德的文学理论，在今日看起来，是有许多错误的，可是他们都以艺术为起点来讨论文学。不管他们有多少错误，他们对文学的生长与功能全得到一个更高大更深远的来源与根据，他们看文学不像个飘萍，不是个寄生物，而是独立的一种艺术。以艺术为起点而说文学，就是柏拉图那样轻视艺术也不能不承认荷马的伟大与诗人的须受了神明的启示而后才做得出好文章来。中国没有艺术论，所以文学始终没找着个老家，也没有一些兄弟姐妹来陪伴着。"文以载道"是否合理？没有人能作有根据的驳辩，因为没有艺术论作后盾。文学这样地失去根据地，自然便容易被拉去作哲学或伦理的奴仆。文学因工具——文字——的关系托身于哲学还算幸事，中国的图画、雕刻与音乐便更可怜，它们只是自生自灭，没有高深透彻的理论与宣传为它们倡导激励。中国的文学、图画、雕刻、音乐往好里说全是足以"见道"，往坏里说都是"雕虫小技"：前者是把艺术完全视为道德的附属物，后者是把它们视为消遣品。

设若以文学为艺术之一支便怎样呢？文学便会立刻除掉道德的或任何别种不相干的东西的鬼脸而露出它的真面目。文学的真面目是美的，善于表情的，聪明的，眉目口鼻无一处不调和的。这样的一个面目使人恋它爱它赞美它，使人看了还要看，甚至于如癫如狂地在梦中还记念着它。道德的鬼脸是否能使人这样？谁都能知道怎么回答这个问题。

这到了该说文学的特质的时候了，虽然我们还可以继续着指出中国文学中所缺乏的东西，如文学批评，如文学形式与内容的详细讨论，如以美学为观点的文学理论等等，但是这些个的所以缺乏，大概还是因为我们没有"艺术"这个观念。虽然我们有些类似文学评论的文章，可是文学批评没有成为独立的文艺，因为没有艺术这个观念，所以不能想到文学批评的本身应当是创造的文艺呢，还是只管随便地指摘出文学作品一些毛病。形式与内容的关系也是由讨论整个的艺术才能提出的，因为在讨论图画雕刻与建筑之美的时候，形式问题是要首先解决的。有了形式问题的讨论，形式与内容的关系自然便出来了。对于美学，中国没有专论，这是没有艺术论的自然结果。但是我们还是先讨论文学的特质吧。

　　文学是干什么的呢？是为说明什么呢——如说明"道"——还是另有作用？从艺术上看，图画、雕刻、音乐的构成似乎都不能完全离开理智，就是音乐也是要表现一些思想。文学呢，因为工具的关系，是比任何艺术更多一些理智分子的。那么，理智是不是文学的特质呢？不是！从几方面看它不是：（一）假如理智是个文学特质，为什么那无理取闹的《西游记》与喜剧们也算文艺作品呢？为什么那有名的诗、戏剧、小说，大半是说男女相悦之情，而还算最好的文艺呢？（二）讲理的有哲学，说明人生行为的有伦理学，为什么在这两种之外另要文学？假如理智是最要紧的东西，假如文学的责任也在说理，它又与哲学有何区别呢？（三）供给我们知识的自有科学，为什么必须要文学，假如文学的功用是在满足求知的欲望？要回答这些问题，我们不能不说理智不是文学的特质，虽然理智在文学中也是重要的分子。什么东西拦住理智的去路呢？情感。

为什么《西游记》使人爱读，至少是比韩愈的《原道》使人更爱读？因为它使人欣喜——使人欣喜是艺术的目的。为何男女相爱的事自最初的民歌直至近代的诗文总是最时兴的题目？因为这个题目足以感动心灵。陆机、袁枚等所主张的对了，判定文艺是该以能否感动为准的。理智不是坏物件，但是理智的分子越多，文学的感动力越少，因为"文学都是要传达力量，凡为发表知识的不是文学"。我们读文艺作品也要思索，但是思索什么？不是由文学所给的那点感动与趣味，而设身处地地思索作品中人物与事实的遭遇吗？假如不是思索这个，文学怎能使我们忽啼忽笑呢？不能使我们哭笑的作品能否算为文学的成功？理智是冷酷的，它会使人清醒，不会让人沉醉。自然，有些伟大的诗人敢大胆地以诗来谈科学与哲理，像 Lucretius① 与但丁。但是我们读诗是否为求知呢？不是。这两位诗人的大胆与能力是可佩服的，但是我们只能佩服他们的能力与胆量，而不能因此就把科学与哲理的讨论作为诗艺的正当的题材。因为我们明知道，就以但丁说吧，《神曲》的伟大绝不是因为他敢以科学作材料，而是在乎他能在此以外还有那千古不朽的惊心动魄的心灵的激动，因此，他是比 Lu-

---

① Lucretius，卢克莱修（约前99—约前55），罗马共和国末期的诗人和哲学家，以哲理长诗《物性论》（*De Rerum Natura*）著称于世。

cretius 更伟大的诗人；Lucretius 只是把别人的思想铸成了诗句，这些思想只有一时的价值，没有文学的永久性。我们试看杜甫的《北征》里的"……学母无不为，晓妆随手抹。移时施朱铅，狼藉眉目阔。生还对童稚，似欲忘饥渴。问事竞挽须，谁能即嗔喝……"这里有什么高深的思想？为什么我们还爱读呢？因为其中有点不可磨灭的感情，在唐朝为父的是如此，到如今还是如此。自然，将来的人类果真能把家庭制度完全取消，真能保持社会的平和而使悲剧无由产生，这几句诗也会失了感动的能力。但是世界能否变成那样是个问题，而且无论怎样，这几句总比"衰荣无定在，彼此更共之，邵生瓜田中，宁似东陵时？寒暑有代谢，人道每如兹……"（陶潜）要留传得久远一些。因为杜甫的《北征》是人生的真经验，是带着感情写出的，陶潜的这几句是个哲学家把一段哲理装入诗的形式中，它自然不会使读者的心房跳跃。感情是否永久不变是不敢定的，可是感情是文学的特质是不可移易的，人们读文学为的是求感情上的趣味也是万古不变的。我们可以想象到一个不动感情的人类（如 Aldous Huxley① 在 *Brave New World* 中所形容的），但是不能想象到一个与感情分家的文学；没有感情的文学便是不需要文学的表示，那便是文学该死的日子了。那么，假如有人以为感情不是不变的，而反对感情的永久性之说，他或者可以承认感情是总不能与文艺离

① Aldous Huxley，阿道司·伦纳德·赫胥黎（1894—1963），英格兰作家。长篇小说代表作《美丽新世界》。

婚的吧？

伟大的文艺自然须有伟大的思想与哲理，但是文艺中怎样表现这思想与哲理是比思想与哲理的本身价值还要大得多，设若没有这种限制，文艺便与哲学完全没有分别。怎样地表现是艺术的问题，陈说什么是思想的问题，有高深的思想而不能艺术地表现出来便不能算作文艺作品。反之，没有什么高深的思想，而表现得好，便还算作文艺，这便附带着说明了为什么有些无理取闹的游戏文字可以算作杰作，"幽默"之所以成为文艺的重要分子也因此解决。谈到思想，只有思想便好了，谈到文艺，思想而外还有许多许多东西应当加以思考的：风格、形式、组织、幽默……这些都足以把思想的重要推到次要的地位上去。风格、形式等等的作用是什么？帮助思想的清晰是其中的一点，而大部分还是为使文艺的力量更深厚，更足以打动人心。笔力脆弱的不能打动人心，所以须有一种有力的风格，乱七八糟的一篇材料不能引人入胜，所以须有形式与组织。怎样表现便是怎样使人更觉得舒适，更感到了深厚的情感。这便是 Longinus 所谓的 sublime①，他说："天才的作品不是要说服，而是使人狂悦——或是说使读者忘形。那奇妙之点是不管它在哪里与在何时发现，它总使我们惊讶；它能在那要说服的或悦耳的失败之处得胜；因信服与否大半是我们自己可以作主的，但是对于天才的权威是无法反抗的。

---

① 指古希腊作家、美学家、文艺批评家朗吉努斯（Longinus）在其传世之作《论崇高》（*On the Sublime*）中的文艺理论观点。

天才把它那无可抵御的意志压在我们一切人的头上。"这点能力不是思想所能有的。思想是文艺中的重要东西，但是怎样引导与表现思想是艺术的，是更重要的。

我们读了文学作品可以得到一些知识，不错；但是所得到的是什么知识？当然不是科学所给的知识。文学与别的艺术品一样，是解释人生的。文学家也许是写自己的经历，像杜甫与 Wordsworth①，也许是写一种天外飞来的幻想，像那些乌托邦的梦想者，但是无论他们写什么，他们是给人生一种写照与解释。他们写的也许是极平常的事，而在这平凡事实中提到一些人生的意义，这便是他们的哲理，这便是他们给我们的知识。他们的哲理是用带着血肉的人生烘托出来的，他们的知识是以人情人心为起点，所以他们的哲理也许不很深，而且有时候也许受不住科学的分析，但是这点不高深的哲理在具体的表现中能把我们带到天外去，我们到了他们所设的境界中自然能体会出人生的真意义。我们读文艺作品不是为引起一种哲学的驳难，而是随着文人所设下的事实而体会人生；文人能否把我们引入另一境界，能否给我们一种满意的结局，便是文人的要务。科学家们是分头研究而后报告他们的获得，文学家是具体地创造一切。因为文学是创造的，所以其中所含的感情是比知识更重要更真切的。知识是个人的事，个人有知识把它发表出就完了，别人接受它与否是别人的事。感

---

① 即华兹华斯（William Wordsworth，1770—1850），英国浪漫主义诗人，"湖畔派"诗人的领袖。

68

情便不止于此了，它至少有三方面：作家的感情，作品中人物的感情，和读者的感情。这三者怎样地运用与调和不是个容易的事。作者自己的感情太多了，作品便失于浮浅或颓丧或过度的浪漫；作品中人物的感情如何，与能引起读者的感情与否，是作者首先要注意的。使人物的感情有圆满适宜的发泄，而后使读者同情于书中人物，这需要艺术的才力与人生的知识。读者于文学作品中所得的知识因此也是关于人生的；这便是文学所以为必要的，而不只是一种消遣品。

以上是讲文学中的感情与思想的问题，其结论是：感情是文学的物质之一；思想与知识是重要的，但不是文学的特质，因为这二者并不专靠文学为它们宣传。

道德的目的是不是文学的特质之一呢？有美在这里等着它。美是不偏不倚，无利害的，因而也就没有道德的标准。美是一切艺术的要素，文学自然不能抛弃了它，有它在这里，道德的目的便无法上前。道德是有所为的，美是超出利害的，这二者的能否调和，似乎还没有这二者谁应作主的问题更为重要，因为有许多很美的作品也含有道德的教训，而我们所要问的是到底道德算不算与美平行的文学特性？

在第二、三两讲中，我们看见许多文人谈论"道"的问题，有的以"道"为哲学，这在前面已讨论过，不要再说，有的以"道"为实际的道德，如"且所谓文者，务为有补于世而已矣"。我们便由这里讨论起。

我们先引一小段几乎人人熟悉的文字。"枯藤老树昏鸦，小桥流水人家，古道西风瘦马，夕阳西下，断肠人在天涯！"这是不是公认的最美妙的一段？可是，这有补于世与否？我们无须等个回答。这已经把"务为有补于世"的"务"字给打下去。那么，像白居易的《折臂翁》（戍边功也），和他那些新乐府（为君为臣为民为物为事而作，不为文而作也），虽都是有道德的目的，可是有些是非常的美丽真挚，又算不算最好的诗艺呢？还有近代的主张为人生而艺术的也是以文艺为一种人生苦痛的呼声，是不是为"有补于世"做证呢？

在回答这个以前，我们再提出反面的问题：不道德的文艺，可是很美，又算不算好的文艺呢？

美即真实，真实即美，是人人知道的。W. Blake① 也说："不揭示出赤裸裸的美，艺术即永不存在。"这是说美须摘了道德的鬼脸。由这个主张看，似乎美与道德不能并立。那主张为艺术而艺术的便完全把道德放在一边。那唯美主义的末流便甚至拿那淫丑的东西当作美的。这样的主张也似乎不承认那有道德的教训而不失为美好的作品，可是我们公平地看来，像白居易的新乐府，纵然不都是，至少也有几首是很好的文艺作品。这怎么办呢？假如我们只说，这个问题要依对艺术的主张而异，便始终不会得个决定的论断，那便与我们的要提出文学特质的原意相背。

主张往往是有成见的，我们似乎没有法子使柏拉图与

---

① W. Blake，威廉姆·布雷克（1757—1827），英国诗人及艺术家。主要诗作有诗集《天真之歌》《经验之歌》等。

王尔德的意见调和起来，我们还是从文学作品本身看吧。我们看见过多少作品——而且是顶好的作品——并没有道德目的，为何它们成为顶好的作品呢？因为它们顶美。再看，有许多作品是有道德的教训的，可是还不失为文艺作品，为什么呢？因为其中仍有美的成分。再看，有些作品没有道德的目的，而不成为文艺品，为什么呢？因为不美，或者是以故意不道德的淫丑当作了美。这三种例子是人人可以自己去找到的。在这里，我们看清楚了，凡是好的文艺作品必须有美，而不一定有道德的目的。就是那不道德的作品，假如真美，也还不失为文艺的，而且这道德与不道德的判定不是绝对的，有许多一时被禁的文学书后来成了公认的杰作——美的价值是比道德的价值更久远的。那有道德教训而不失为文艺作品的东西是因为合了美的条件而存在，正如有的哲学与历史的文字也可以被认为文学：不是因为它们的道理与事实，而是因为它们的文章合了文学的条件。专讲道德而没有美永不会成为文学作品。在文学中，道德须趋就美，美不能俯就道德，美到底是绝对的，道德来向美投降，可以成为文艺，可是也许还不能成为最高的文艺，以白居易说，他的传诵最广的诗恐怕不是那新乐府。自然，文学作品的动机是有种种，也许是美的，也许是道德的，也许是感情的……假如它是个道德的，它必须要设法去迎合美与感情，不然它只好放下它要成为文学作品的志愿。文学的责任是艺术的，这几乎要把道德完全排斥开了。艺术的，是使人忘形的，道德的，立刻使心灵坠落在尘土上。

"去创造一朵小花是多少世纪的工作。诗的天才是真的人物。"（Blake）美是文学的特质之一。

文人怎样把他的感情传达出来呢？寡妇夜哭是极悲惨的事，但是只凭这一哭，自然不能成为文学。假如一个文人要代一个寡妇传达出她的悲苦，他应当怎样办呢？

文人怎样将美传达出来呢？

这便须谈到想象了。凡是艺术品，它的构成必不能短了想象。经验与事实是重要的，但是人人有些经验与事实，为什么不都是文人呢？就是讲一个故事或笑话，在那会说话的人口中，便能引起更有力的反应，为什么？因为他的想象力能想到怎样去使听众更注意，怎样给听众一些出其不备的刺激与惊异，这个，往大了说，便是想象的排列法。艺术作品的成功大半仗着这个排列法。艺术家不是只把事实照样描写下来，而是把事实从新排列一回，使一段事实成为一个独立的单位，每一部分必与全体恰好有适当的联属，每一穿插恰好是有助于最后的印象的力量。于此，文学的形式之美便像一朵鲜花：拆开来，每一蕊一瓣也是朵独立的小花；合起来，还是香色俱美的大花。文艺里没有绝对的写实，写实只是与浪漫相对的名词。绝对的写实便是照相，照相不是艺术。文艺作品不论是多么短或多么长，必须成个独立的单位，不是可以随便添减的东西。一首短诗，一出五幕剧，一部长小说，全须费过多少心血去排列得像个完好的东西。作品中的事实也许是出于臆造，也许来自真的经验，但是它的构成必须是想象的。自然，世界上有许多事实可以不用改造便成个很好的故事，但是这种事实只能给文人一点启示，借这个事实而写成的故事，必不是报纸上的新闻，而是经过想象陶炼的艺术品。这不仅是文艺该有的方法，而且只有这样，文艺才配称为生命的解释者。这就是说，以科学研究人生是部分的，有的研究生理，有的研究社会，有的研究心理；只有文艺是整个的表现，是能采取宇宙间的一些事实而表现出人生至理；除了想象没有第二个方法能使文学做到这一步。以感情说吧，文人听见一个寡妇夜哭，他必须有相当的想象力，他才能替那寡妇伤心，他必须有很大的想象力才能代她作出个极悲苦的故事，或是代她宣传她的哭声到天边地角去，他必须有极大的想象力才能使他的读者读了而同情于这寡妇。

亚里士多德已注意到这一点。他说："一个历史家与一个诗人……的不同处是：一个是说已过去的事实，一个是说或者有过的事实。"拿韵文写历史并不见得就是诗，因为它没有想象，以四六文写小说，如没有想象，还是不算小说。亚里士多德也提到"比喻"的重要，比喻是观念的联合；这便说到文艺中的细节也需要想象了。文艺作品不但在结构上、事实上要有想象，它的一切都需要想象。文艺作品必须有许多许多的极鲜明的图画，对于人、物、风景，都要成为立得起来的图画，因为它是要具体地表现。哪里去寻这么多鲜明的立得起来的图画？文艺是以文字为工具的，就是能寻到一些图画，怎么能用文字表现出呢？非有想象不可了。"想象是永生之物的代表。"一切东西自然地存在着，我们怎能凭空地把它的美妙捉住？文字既非颜色，怎能将自然中的色彩画出来？事实本不都是有趣的、有感力的，我们怎么使它们有趣有感力？一篇作品是个整个的想象排列，其中的各部分，就是小至一个字或一句话或一个景象，还是想象的描画。最显然的自然是比喻：因为多数的景象是不易直接写出的，所以拿个恰好相合的另一景象把它加重地烘托出，这样，文艺中的图画便都有了鲜明的颜色。《饮中八仙歌》里说"宗之潇洒美少年"，怎样的美呢？"皎如玉树临风前"。这一个以物比人的景象便给那美少年画了一张极简单极生动的像。可是，这种想象还是容易的，而且这在才力微弱一点的文人手里往往只作出一些"试想"，而不能简劲有力地画出。中国的赋里最多这种毛病：用了许多"如"这个，"似"那个，可是不能极有力地描画出。文艺中的想象不限于比喻，凡是有力的描画，不管是直接的或间接的，不管是悲惨的或幽默的，都必是想象的作用。还拿《饮中八仙歌》说吧。"饮如长鲸吸百川"固然是夸大的比拟，可是"知章骑马似乘船，眼花落井水底眠"便不仅是观念的联合，以一物喻另一物了，而是给贺知章一个想象的人格与想象的世界，这是杜甫"诗眼"中的感觉。杜甫的所以伟大便在此，因为他不但只用比拟，而是把眼前一切人物景色全放在想象的炉火中炼出些千古不灭的图画。"山雪河冰野萧瑟，青是烽烟白人骨"（《悲青坂》）是何等的阴惨的景象！这自然也许是他的真经验，但是当他身临其地的时候，他所见的未必只是这些，那个地方——和旁的一切的地方一样——并没给他预备好这么两句，而是他把那一切景色，用想象的炮制，锻炼出这么两句来，这两句便是真实，便是永生。"江头宫殿锁千门，细柳新蒲为谁绿？"（《哀江头》）人人经过那里可以看见闭锁的宫殿，与那细柳新蒲，但是"为谁绿"这一问，便把静物与静物之间添上一段深挚的感情，引起一些历史上的慨叹。这是想象。只这两句便可以抵得一篇《芜城赋》！

想象，它是文人的心深入于人心、世故、自然，去把真理捉住。他的作品的形式是个想象中炼成的一单位，便是上帝造万物的计划，作品中的各部各节是想象中炼成的花的瓣、水的波，作品中的字句是想象中炼成的鹦鹉的羽彩、晚霞的光色。这便叫作想象的结构、想象的处置与想象的表现。完成这三步才能成为伟大的文艺作品。

感情与美是文艺的一对翅膀，想象是使它们飞起来的那点能力；文学是必须能飞起的东西。使人欣悦是文学的目的，把人带起来与它一同飞翔才能使人欣喜。感情，美，想象，（结构，处置，表现）是文学的三个特质。

知道了文学特质，便知道怎样认识文学了。文学须有道德的目的与文学是使人欣悦的问题争斗了多少世纪了，到底谁战胜了？看看文学的特质自然会晓得的。文学的批评拿什么作基础？不论是批评一个文艺作品，还是决定一个作家是否有天才，都要拿这些特质作裁判的根本条件。文学的功能是什么？是载道？是教训？是解释人生？拿文学特质来决定，自然会得到妥当的答案的。文学中的问题多得很，从任何方面看都可以引起一些辩论：形式，风格，幽默，思想，结构……都是我们应当注意的，可是讨论这些问题都不能离开文学特质，抽出文艺问题中的一点而去凭空地发议论，便是离开文学而谈文学，文艺是一个，凡是文艺必须与文学特质相合。批评一个作品必须看作者在这作品中完成了文学的目的没有；建设一个文学理论必须由多少文艺作品找出文学必具的条件，这是认识文学的正路。

要认识或欣赏文艺，必须由文艺本身为起点，因为只有文艺本身是文学特质的真正说明者。文艺的社会背景，作家的历史，都足以帮助我们能更多认识一些作品的价值，但是这并不是最重要的，因为即使没有这一层工作，文艺本身的价值并不减少。设若我们专追求文艺的历史与社会背景，而不看文艺的本身，其危险便足以使人忘了文学而谈些不相干的事。胡适之先生的《红楼梦考》是有价值的，因为它能增加我们对《红楼梦》的欣赏；但是，这只是对于读者而言，至于《红楼梦》本身的价值，它并不因此而增多一些。有些人专从文学眼光读《红楼梦》，他们所得到的未必不比胡适之先生所得到的更多。至于蔡元培先生的《石头记索隐》便是猜谜的工作了，是专由文艺本身所没说到的事去设想，设若文人的心血都花费在制造谜语上，文人未免太愚了。文人要说什么便在作品中说出来，说得漂亮与否，美满与否，笔尖带着感情与否，这是我们要注意的。文人美满地说出来他所要说的，便是他的成功，他若缺乏艺术的才干，便不能圆满而动人地说出，便是失败。文学本身是文学特质的唯一的寄存处。

第五讲　文学的创造

　　柏拉图为追求正义与至善，所以拿社会的所需规定艺术的价值：凡对社会道德有帮助的便是好的，反之就不好。他注意艺术只因艺术能改善公民的品德。艺术不是什么独立的创造，而是模拟；有许多东西是美丽的，可是绝对的美只有一个。这个绝对的美只能在心中体认，不能用什么代表出来；表现美的东西只是艺术家的模仿，不是美的本体。因此，艺术的创造是不能有的事。

　　但是，艺术家怎样模仿？柏拉图说：

　　"诗人是个轻而有翼的神物，非到了受了启示，忘了自己的心觉，不能有所发明；非到了这忘形的地步，他是毫无力量，不能说出他的灵咒。"（*Ion*）

　　这岂不是说创造时的喜悦使人若疯若痴么？创造家被创造欲逼迫得绕床狂走，或捋掉了吟髭，不是常有的事么？柏拉图设若抱定这个说法，他必不难窥透创造时的心情，而承认创造是生活的动力。W. Blake 说："柏拉图假苏格拉底之口，说诗人与预言家并不知道或明白他们所写的说的；这是个不近情理的错误。假如他们不明白，难道比他们低卑的人可以叫作明白的吗？"

　　但是柏拉图太看重他的哲学：虽然艺术家受了神的启示能忘了自己，但是他只能模拟那最高最完全最美的一些影子。我们不能佩服这个说法。试看一个野蛮人画一个东西，他自然不会画得很正确，但是他在这不很正确的表现中添上一点东西——他自己对于物的觉得，不论他画得多么不好，他这个图画必定比原照相多着一点东西。照相是机械的，而图画是人对物之特点特质的直觉，或者说"妙悟"，它必不完全是模仿。画家在纸上表现的东西并不是真东西，画上的苹果不能作食品；它是把心中对苹果的直觉或妙悟画了出来，那个苹果便表现着光、色、形式的美。这个光、色、形式的总和是不是美的整个？是不是创造力的表现？不假借一些东西，艺术家无从表现他的心感；但是东西只能给他一些启示；他的作品是心灵与外物的合一，没有内心的光明，便没有艺术化的东西。艺术品并非某事某物的本象，是艺术家使某事某物再生再现；事物的再生再现是超乎本体的，是具体的创造。"使观察放宽门路，检阅人类自中国到秘鲁。"（Johnson）是的，艺术家是要下观察的功夫。但是艺术如果不只是抄写一切，这里还需要像 Dryden① 的批评莎士比亚："他不要书籍去认识自然；他的内心有，他在那里找到了她。"观察与想象必须是创造进程的两端。"鸡虫得失无了时"是观察来的经验，但是"注目寒江倚山阁"（杜甫《缚鸡行》）是诗人的所以为诗人。诗人必须有渗透事物之心的心，然后才能创造出一个有心有血的活世界。谁没见过苹果？为什么单单地爱看画家的那个苹果，看了还要看？因为那个苹果不仅是个果子，而且是个静的世界；苹果之所以为苹果，和人心中的苹果，

---

① Dryden，约翰·德莱顿（1631—1700），英国诗人、剧作家、文学评论家，是英国戏剧史上戏剧评论的鼻祖人物。

全表现在那里；它比树上的真苹果还多着一些生命、一些心血。艺术家不只观察事物，而且要深入事物的心中，为事物找出感情、美与有力的表现来。要不是这么着，我们将永不能明白那"愁心极杨柳，一种乱如丝"（孟浩然《春怨》）或"平畴交远风，良苗亦怀新"（陶潜《癸卯岁始春怀古田舍》）或"觉来盼庭前，一鸟花间鸣。借问此何时？春风语流莺"（李白《春日醉起言志》）到底有什么好处。我们似乎容易理解那"绿树村边合，青山郭外斜"（孟浩然《过故人庄》）与"寂寥天地暮，心与广川闲"（王维《登河北城楼作》），因为前者是个简单的写景，后者是个简单的写情。至于那"良苗亦怀新"与"春风语流莺"便不这样简单了，它们是诗人心中的世界，一个幻象中的真实，我们非随着诗人进入他所创造的世界，我们便不易了解他到底说些什么。诗人用他独具的慧眼看见"黄河之水天上来"，或是"黄河如丝天际来"，或是"舞影歌声散绿池，空余汴水东流海"（均李白句）。假如我们不能明白诗人的伟大磅礴的想象，我们便不是以这些句子为一种夸大之词，便是批评它们不合理。我们容易明白那描写自然与人生的，而文艺不只在乎描写，它还要解释自然与人生，在它解释自然的时候，它必须有个一切全是活着的世界。在这世界里，春风是可以语流莺的，黄河之水是可以自天上来的。在它解释人生的时候，便能像预言家似的为千秋万代写下一种真理："古时丧乱皆可知，人世悲欢暂相遣。"（杜甫《清明》）

那么，创造和模拟不是一回事了。

由历史上看，当一派的诗艺或图画固定地成了一派时，它便渐渐由盛而衰，好像等着一个新的运动来替换它似的。为什么？因为创作与自由发展必是并肩而行的；及至文艺成了一派，人们专看形式，专模仿皮面上一点技巧，这便是文艺寿终之日了。当一派正在兴起之时，它的产品是时代的动力的表现，不仅由时代产生作品，也由作品产生新时代。这样的作品是心的奔驰、思想的远射。到了以模仿为事的时节，这内心的驰骋几乎完全停止，只由眼与手的灵巧做些假的古物，怎能有生命呢？古典主义之后有浪漫主义，这浪漫主义便恢复了心的自由，打破了形式的拘束。有光荣的文学史就是心灵解放的革命史。心灵自由之期，文艺的进行线便突然高升，形式义法得胜之时，那进行线便渐渐驰缓而低落。这似乎是驳难中国文人的文艺主张了，与柏拉图已无关系。柏拉图的模仿说是为一切艺术而发的，是种哲理，他并没有指给我们怎样去模仿。中国人有详细的办法："为诗要穷源溯流，先辨诸家之派，如：何者为曹刘？何者为沈宋？何者为陶谢？……析入毫芒，学焉而得共性之所近。不然，胡引乱窜，必入魔道！"（《燃灯记闻》）这个办法也许是有益于初学的，但以此而设文艺便是个大错误。何者为曹刘，何者为沈宋，是否意在看清他们的时代的思想、问题等等？是否意在看清他们的个性？是否意在看清他们的所长与所短？假如意不在此，便是盲从，便是把文艺看成死物。不怪有个英人（忘其姓名）说，中国人的悲感，从诗中看，都是一样的：不病也要吃点药，醉了便写几句诗，得不到官做便喝点酒……是的，中国多数写诗的人连感情都是假的，因为他们为模拟字句而忘了钻入社会的深处，忘了细看看自己的心，怎能有深刻之感呢？"读书破万卷，下笔如有神"是他们的口号，但是他们也许该记得"尽信书则不如无书"吧！

说到这里，我们要问了：到底人们为何要创作呢？回答是简单的：为满足个人。

凡是人必须工作，这不需要多少解释。"不劳无食"的主张只是要把工作的质量变动增减一些而已，其实无论在何种社会组织之下，人总不能甘心闲着的；有闲阶级自有消闲的办法。在工作里，除非纯粹机械的，没有人不想表现他自己的（所谓机械的不必是用机器造物，为金字塔或长城搬运石头的人大概比用机器的工人还苦得多）。凡是经过人手制作的东西，他的个人也必在里面。这种表现力是与生俱来的，是促动人类做事的原力。表现的程度不同，要表现自己是一样的。表现的方法不同，由表现得来的满足是一样的。因为这样，所以表现个人的范围并不限于个人。表现力大的人，以个人的表现代作那千千万万人所要表现的；为满足自己，也满足了别人。别人为什么也能觉得满足呢？因为他们也有表现欲，所以因为自己的要表现而能喜爱别人的创作物。人类自有史以来至今日，虽没有很大的进步，可是没有一时不在改变中，因为工作的满足不只是呆板的模仿。当欧洲在信仰时代中，一个城市要建筑个礼拜堂，于是瓦匠、石匠、木匠、雕刻家、画家、建筑家便全来了，全拿出最好的技能献给上帝。这个教堂便是一时代艺术的代表。一教堂如此，一个社会，一个世界也是如此，个人都须拿出最好的表现，献给生命。不如是，生命便停止，社会便成了一堆死灰。萧伯纳说过：只有母亲生小孩是真正的生产。我们也可以说，只有艺术品是真正的生产。艺术家遇到启示，便好像怀了孕，到时候非生产不可，生产下来虽另一物，可是还有它自己在内，所以艺术品是个性的表现，是美与真理的再生。

创造与模拟的分别也在这里，创造是被这表现力催促着前进，非到极精不能满足自己。心灵里燃烧着，生命在艺术境域中活着，为要满足自己把宇宙擒在手里，深了还要深，美了还要美，非登峰造极不足消减渴望。模拟呢，它的满足是有限的，貌似便好，以模范为标准，没有个人的努力，丢失了个人，还能有活气么？《日知录》里说：

"一代之文，沿袭已久，不容人人皆道此语。今且千数百年矣，而犹取古人之陈言——而模仿之，以是为诗可乎？故不似则失其所以为诗，似则失其所以为我。李杜之诗所以高出于唐人者，以其未尝不似而未尝似也。"只求似不似，有些留声机片便可成音乐家了。

"所谓作家的生命者，换句话，也就是那人所有的个性、人格。再讲得仔细些，则说是那人的内底经验的总量，就可以吧。"

艺术即："表现出真的个性，捕捉了自然人生的姿态，将这些在作品上给予生命而写出的。艺术和别的一切的人类活动不同之点，就是在艺术是纯然的个人的活动。"

这是厨川白村的话，颇足以证明个性与艺术的关系。《饮冰室》里说得好："月上柳梢头，人约黄昏后"与"杜宇声声不忍闻，欲黄昏，雨打梨花深闭门"同一黄昏也，而一为欢愁，一为愁惨，其境绝异。……"舳舻千里，旌旗蔽空。酾酒临江，横槊赋诗"与"浔阳江头夜送客，枫叶狄花秋瑟瑟。主人下马客在船，举酒欲饮无管弦"同一江也，同一舟也，同一酒也，而一为雄壮，一为冷落，其境绝异。然则天下岂有物境哉，但有心境而已。

容我打个比喻：假设文学家的心是甲，外物是乙，外物与心的接触所得的印象是丙，怎样具体地写出这印象便是丁。丁不仅是乙的缩影，而是经过甲的认识而先成为丙，然后成为丁——文艺作品。假如没有甲，便一切都不会发生。再具体一点地说，甲是厨子的心，乙是鱼和其他材料，丙是厨子对鱼与其他材料的设计，丁是做好的红烧鱼。鱼与其他材料是固定的，而红烧鱼之成功便全在厨子的怎样设计与烹调。我们看见一尾鱼时，便会想到，"鱼我所欲也"；但是我们与鱼之间总是茫然，红烧鱼在我们脑中只是个理想，只有厨子替我们做好，我们才能享受。以粗喻深，文学也是这样，人们全时时刻刻在那里试验着表现，可是终于是等别人作出来我们才恍然觉悟：啊，原来这就是我所要表现而没有办到的那一些。假如我们都能与物直接交通，艺术家便没有用了，艺术家的所以可贵，便是他能把自然与人生的秘密赤裸裸地为我们揭示开。

那么，只有"心境"与艺术为自我表现，是否与文学是生命的解释相合呢？没有冲突。所谓自我表现是艺术的起点，表现什么自然不会使艺术落了空。人是社会的动物，艺术家也不能离开社会。社会的正义何在？人生的价值何在？艺术家不但是不比别人少一些关切，而是永远站在人类最前面的；他要从社会中取材，那么，我们就可以相信他的心感绝不会比常人迟钝，他必会提到常人还未看见的问题，而且会表现大家要嚷而不知怎样嚷出的感情。所谓满足自己不仅是抱着一朵假花落泪，或者是为有闲阶级作几句替儿词，而是要替自然与人生作出些有力的解释。偏巧社会永远是不完全的，人生永远是离不开苦恼的，这便使文人时时刻刻地问人生是什么。这样，他不由得便成了预言家。文学是时代的呼声，正因为文人是要满足自己；一个不看社会，不看自然，而专作些有韵的句子或平稳的故事的人，根本不是文人；他所得的满足正如一个不会唱而哼哼的人；哼哼不会使他成个唱家。所谓个性的表现不是把个人一些细小的经验或低卑的感情写出来便算文学作品。个性的表现是指着创造说的。个人对自然与人生怎样的感觉，个人怎样写作，这是个性的表现。没有一个伟大的文人不是自我表现的，也没有一个伟大的文人不是自我而打动千万人的热情的。创造是最纯洁高尚的自我活动，自我辏射出的光，能把社会上无谓的纷乱、无意识的生活，都比得太藐小了，太污浊了，从而社会才能认识了自己，才有社会的自觉。创造欲是在社会的血脉里紧张着；它是社会上永生的唯一的心房。艺术的心是不会死的，它在什么时代与社会，便替什么时代与社会说话，文学革命也好，革命文学也好，没有这颗心总不会有文艺。

培养这颗心的条件太多了，我们应先有培养这颗心的志愿。为满足你自己，你便可以冲破四围的黑暗，像上帝似的为自然与人生放些光明。

"红波翻屋春风起，先生默坐春风里。浮空眼缬散云霞，无数心花发桃李。"（苏轼《独觉》）

第六讲　文学的起源

有三种人喜欢讨论文学的起源：（一）研究院的学者，（二）历史家，（三）艺术论的作者。

（一）研究院的学者对于研究文学的起源及衍变，是比要明白或欣赏文艺更关切的。解剖与分析是他们的手段，统计与报告是他们的成绩；艺术之神当然是不住在研究院里的。

（二）历史家的态度是拿一切当作史料看的，正好像昆虫学家拿一切昆虫，无论多么美或多么丑，都看成一些拉丁学名。历史家一听到"文学"一词，便立刻去读文学史，然后一直地上溯文字的起源，以便给文学找出个严整固定的系统。

（三）作艺术论的人必须找出历史上的根据为自家理论做证。文学是干什么的，是他所要回答的。为回答这个，他便要从原始的艺术中找出艺术的作用，从历史上找出艺术革命的因果；他必须是科学的，不然他自己的脚步便立不稳。

这三种人的态度是一样的，虽然他们所讨论的范围是不同样的大。他们都想用科学的态度去研究文学，这是他们的好处。可是他们也想把研究的结果做得像统计表一样的固定，这是他们的错误。文学根本是一种有生命的东西，是随时生长的。用科学方法研究它正是要合理地证明出它怎么生长，而不是要在这样证明了以后便不许它再继续生长。把文学看成科学便是不科学的，因为文学不是个一成不变的死物，况且就是科学也是时时在那里生长改进。只捉住一些由科学方法所得来的文学起源的事实而去说文学，往往发生许多的错误。柏拉图的艺术理论是不对的，自然这可以归罪于他的方法，因为他的理论是基于玄学的而不是科学的。我们也可以同样地原谅或处罚托尔斯泰。但是，近代的以科学方法制造的艺术论，又是否足以为艺术解决一切呢？需要是艺术的要素，这足以证实艺术的普遍性。是的，我们承认这比柏拉图、托尔斯泰都更切实得多了。为什么需要是艺术的要素呢？因为原始的艺术都是有实用的。这在近代的人学民俗学中可以得到多少多少证据。野蛮人的跳舞是打猎的练习，歌唱是为媚神，短诗是为死者祈祷，雕刻刀柄木棍是为慑服敌人，彩画门外的标杆是为恐吓禽兽，……都很有理。但是拿这个原始人类的实用艺术解说今日的艺术，是不是跳得太远呢？是的，今日的艺术太颓败了，我们须要重新捉住"实用"，使一切艺术恢复了它们的本色，使它们成为与生命有确切的关系的。但是，今日的社会是否原始的社会？今日的跳舞是否与初民的跳舞有一样的作用？假如今日的跳舞是为有闲阶级预备的，因而失了跳舞的真意，那么，将来人人成为无闲阶级的，又将怎办呢？是不是恢复古代跳舞？

　　说到这里，我们看出来这种以艺术的起源说明艺术的错误。他们只顾找材料证实艺术的作用，而忘了推求艺术中所具的条件，所以他们的研究材料与结论相距得太远。初民的装饰、跳舞、音乐，确是有实用的目的，人学等所搜集的事实是难以推翻的，但是，初民的装饰、跳舞、音乐，是否也有美与感情在其中呢？假如没有这两要素，初民的艺术是否可以再进一步而扩大感情与美的表现呢？今日的交际舞确是既失了社会的作用，又没有美之可言，可是那艺术的跳舞不是非常的美么？这种跳舞不是要表现一点意义么？而且这点意义绝不是初民所能了解的么？这样看，这种舞的存在是因为它美，设若需要是艺术的要素，必是因为艺术中美的力量而然；不然，今日的社会既不需要人人打猎，人人作武士，便用不着由练习打猎打仗而起的跳舞。古代的史诗是要由歌者唱诵的，抒情诗是要合着音乐歌唱的，这在古代社会组织之下是必要的。可是近代的诗只是供人们读诵的，因为今日的社会与古代的不同了。社会组织改变了，而诗仍是一种需要，因为人们需要诗中的感情与美；设若一定说这是因为文学的起源是实用的，所以人们需要诗艺，难道近代的人不听着歌者唱读史诗，不随着音乐歌唱抒情诗，便完全不需要诗艺了么？总之，需要是艺术的要素真是有意思的话，但是需要须随着社会进化而变其内容；不然，那便似乎说只有初民实用的艺术算艺术，而后代的一切艺术作品，便不及格了。真理、美、想象、情感，由这几种所来的需要必是最有力的条件；不然，我们便没法子理解为什么孔子闻《韶》就三月不知肉味，因为孔子既不是野蛮人，又不是犯了胃病。

文学的起源确是个有趣味的追讨，但是它的价值只在乎说明文学的起源，以它为说明文艺的根据是有危险的。社会的进化往往使一事的发展失去了它原来的意义，以穿衣服说吧，最古的时候人们必是因为寒冷而穿衣服。但是到了后代，不论天气是寒是暑，人们总要穿着点衣服了。这一部分是道德的需要，一部分是美的需要。道德的部分是可以打倒的，可是，在打倒羞耻的时代，人们在暑日还穿衣与否呢？或者因为要打倒羞耻，人们才越发穿得更讲究更美丽。筋肉与曲线美是有诱惑力的，但人人不能长得那么好看，即使人人发达得美满，皮肤到底没各种颜色，打算要花枝招展还要布帛的光彩与颜色，况且衣服的构造足以使体格之美更多一些飘洒与苗条。那么，穿衣服的出于实用上的需要可以推翻，而为增加美感是使在打倒羞耻时期还讲究穿衣服的根本条件。把这比喻扩大，我们可以想出多少美在人生中的重要，可以想出为什么有许多艺术已失其原始的作用而仍继续存在着。这样推想，我们才会悟透艺术的所以是永生的。艺术的起源出于实际的需要只能说明原始社会物质上的所需，不能圆满地解说后代的在精神上非有艺术不可。假如原始人民因实用而唱歌、画图、雕刻、跳舞，他们在唱歌与画图时能不能完全没有感情与审美的作用？假如他们也有感情与爱好的作用，后代艺术的发展便有了路径可遵。反之，社会已不是渔猎的社会，为什么还要这些东西呢？我们可以找出许多证据证明出农村间的演剧、跳舞，是古代的遗风。但是这些历史的证明只足以满足理智上的追求，不足以说明为什么农民们一定要守着这些古代遗风。他们去演剧与跳舞的时候或者不先读一本民俗学，以便明白其中的历史，而是要演剧，要跳舞，因为这些给他们一些享受。

因原始艺术是实用的，所以需要是艺术的要素。这是近代由科学的方法而得到的新理论。这确比以前的模仿说、游戏冲动说等高明了许多。模仿说的不妥在第五讲里已谈过一些，不用再说。游戏冲动说也可以简单地借用一段话来推翻：

"艺术是游戏以上的一种东西。游戏的目的，在活力的过剩费了时，或其游戏的本能终结了时的遂行时，即被达到。然而艺术的机能，却不仅以其制作的动作为限。正当意味的艺术，不论怎样的表现及形式，在一种东西已经造成，及一种东西已经失却其形式之后，也都残存着。在事实上，有一种形式，如跳舞，演技的效果，是同时被创造出，同时被破坏的。然而其效果，却永远残存在那跳舞者努力的旋律之中，那跳舞的观客的记忆之中。……所以，把那为艺术品的特色的美、旋律等的艺术的性质，解释为游戏冲动的结果，是很不妥的。"（希伦，引自章锡琛译本间久雄的《文学概论》）

艺术是要创造的，所以模仿说立不住。游戏冲动说又把艺术看成了消遣品。只有因实用而证明艺术出于人类的需要，艺术的普遍性才立得牢。但是这只是就艺术的起源而言，拿这个理论作艺术论的基石而谈艺术便生了时代的错误。艺术是生命的必需品，而生命不只限于物质的。莎士比亚与歌德并不给我们什么物质的帮助，而主张艺术出

89

于实用的人也还要赞美这两个文豪的作品，因他们的作品能叫生命丰满，虽然它并不赠给我们一些可捉摸到的东西。有了科学的文学起源说，我们便明白了文学起源的究竟；没有文学起源说，文学的价值依然是那么大，人类的价值并不因证明了人类祖先是猴子而减少，或人们应仍都变成猴子。

与文学起源论有同样弊病的，是以现代的文学趋向否认过去文艺的价值。前者是由始而终地，后者是由终而始地下笼统的评断，其弊病都是想证实文艺构成的物质部分，以便说明文学的发展是唯物的。可惜，文学的成形并不这样简单。无论谁费些时间都可以从历史上找出些材料来证明某书与某写家的历史与社会背景，做我们唯物论的根据；但是，谁能肯定地说清楚一本书的所以成功，或一写家的所以是个天才？时代与社会背景可以说明一些书中的思想与感情，传记与家族可以说明一些写家的性格与嗜好，这是研究文学应当注意的事。但是，一本书的艺术的结构与想象的处置是应当由艺术的立场去看呢，还是由历史上去搜寻？天才之所以为天才，是由他的作品中所含的艺术成分而定呢，还是由研究他的家谱而定？由历史上能找出一些文艺结构与形式的所以成形，由作家个人历史能找出一些习性与遗传，不错，但这只是一小部分，不足以明白作品与作家的一切。我们一点也不反对主张唯物观者的从物质上搜求证据，正如我们不反对那追寻文艺起源的人，可是我们须小心一些，不要上了他们的欺骗，我们准知道文学的认识不只限于证实了文艺的时代与社会背景，我们准知道印象的批评与欣赏的批评等也是认识文学的路子。况且，思想，感情，甚至于审美，都可以由时代与社会而证实一些它们的所以如此如彼，对于解释自然怕就难以找时代与社会的关系吧？谁能证实了"及时小雨放桐叶，无赖余寒开棟花"（陆游）的历史与社会背景呢？设若只说这一定不是在戈壁沙漠里作的，便太近于打诨逗笑。诗文里这样解释自然的地方是很多的，而且是文艺中的最精彩处。难道我们不应当注意它们吗？

诗歌是最初的文学，在有文字以前便有了诗歌。最初的诗歌，与故事一样，是民众共同的作品，没有私人著作权。关于艺术的各支是由诗歌衍变出来的，以后在讲"文学形式"时再说。

第七讲　文学的风格

按着创造的兴趣说，有一篇文章便有一个形式，因为内容与形式本是在创造者心中联成的"一个"。姜白石《诗说》云："载始末曰引，体如行书曰行，放情曰歌，兼之曰歌行。悲如蛩螿曰吟，通乎俚俗曰谣，委曲尽情曰曲。"这是以实质和形式并提，较比专从形式方面区分种类的妥当一些。但是，如依着这些例子再去细分，文学作品的形式恐怕要无穷无尽了。

可是，从另一方面看，文学作品确有形式可寻：抒情诗的形式如此，史诗的形式如彼，五言律诗是这样，七言绝句是那样。一个作者的一首七绝，从精神上说，自是他独有的七绝，因为世界上不会再有与这完全相同的一首。但从形式上看，他这首七绝，也和别人的一样，是四句，每句有七个字。苏东坡的七绝里有个苏东坡存在，同时，他这首七绝的字数平仄等正和陆放翁的一样。那么，我们到底怎样看文学的形式呢？顶好这样办：把个人所具的风格，和普通的形式，分开来说。现在先讲风格，下一讲讨论形式。

风格是什么呢？在《文心雕龙·体性篇》里有这么几句：

"夫情动而言形，理发而文见，盖沿隐以至显，因内而符外者也。然才有庸俊，气有刚柔，学有浅深，习有雅郑；并情性所铄，陶染所凝，是以笔区云谲，文苑波诡者矣。故辞理庸俊，莫能翻其才；风趣刚柔，宁或改其气；事义浅深，未闻乖其学；体式雅郑，鲜有反其习：各师成心，其异如面。若总其归途，则数穷八体：一曰典雅，二曰远奥，三曰精约，四曰显附，五曰繁缛，六曰壮丽，七曰新奇，八曰轻靡。"

这里，在"各师成心，其异如面"等句里，似乎已经埋藏着"人是风格"的意味；在所举的"八体"里，似乎又难离开这个意旨，而说风格是有一定的了。那还不如简单地用"人是风格"一语来回答风格是什么的较为简妥了。风格便是人格的表现，无论在什么文学形式之下，这点人格是与文艺分不开的。

佛郎士（Anatole France）说："每一个小说，严格地说，都是作家的自传。"（*The Adventure of the Soul*）我们读

一本好小说时，我们不但觉得其中人物是活泼泼的，还看得出在他们背后有个写家。读了《红楼梦》和《儿女英雄传》，就可以看出那两个作家的人格是多么不一样。正如胡适先生所说，"曹雪芹写的是他的家庭的影子，文铁仙写的是他的家庭的反面"和"《儿女英雄传》的作者自己，正是《儒林外史》要刻画形容的人物，而《儿女英雄传》的大部分真可叫作一部不自觉的《儒林外史》"，这种有意或无意地显现自己是自然而然的，因为文学是自我的表现，他无论是说什么，他不能把他的人格放在作品外边。每当我们说：这篇文章和某篇一样的时候，我们便是读了篇没有个性的作品，它只能和某篇相似，不会独立。叔本华说："风格是心的形态，它为个性的，且较妥于为面貌的索隐。去模拟别人的风格如戴假面具，无论怎样好，不久即引起厌恶，因它是没生命的，所以最丑的'活'脸且优于此。"（*On Style*）这个即使丑陋（自要有生气），也比死而美的好一点的东西，是不会叫修辞与义法所拘束住的，它是一个写家怎样看、怎样感觉、怎样道出的实在力量，客观地描写是应有的手段，只写书中人物的性格与行为，而作家始终不露面。但是这个描写手段，仍不能妨碍作家的表现自己。所谓个性的表现本来是指创造而言，并不在乎写家在作品中露面与否，也不在乎他在作品中发表了什么意见与议论与否。作品中的人物是作家的创造物，他给予他们一切，这便不能不也表现着他自己。有人不大承认文艺作品都是写家自己的经验的叙述，因为据他们看，写家的想象是比经验更大的。但是这并没有什么重要，写述自家经验也好，写述自家想象也好，他怎样写出是首要的事，怎样地写出是个人的事，是风格的所由来。

美国的褒劳（John Burroughs）说："在纯正的文学，我们的兴味，常在于作者其人——其人的性质、人格、见解——这是真理。我们有时以为我们的兴味在他的材料也说不定。然而真正的文学者所以能够使任何材料成为对于我们有兴趣的东西，是靠了他的处理法，即注入那处理法里面的他的人格的要素。我们只埋头在那材料——即其中的事实、议论、报告——里面是绝不能获得严格的意味的文学的。文学所以为文学，并不在于作者所以告诉我们的东西，乃在于作者怎样告诉我们的告诉法。换一句话，是在于作者注入那作品里面的独自的性质或魔力到若干的程度，这个他的独自的性质或魔力，是他自己的灵的赐物，不能从作品离开的一种东西，是像鸟羽的光泽、花瓣的纹理一般的根本的一种东西。蜜蜂从花里所得来的，并不是蜜，只是一种甜汁，蜜蜂必须把它自己的少量的分泌物即所谓蚁酸者注入在这甜汁里。就是把这单是甜的汁改造为蜜的，是蜜蜂的特殊的人格的寄予。在文学者作品里面的日常生活的事实和经验，也是被用了与这同样的方法改变而且高尚化的。"（依章锡琛译文，见章译本间久雄《文学概论》第一编第四章）

"怎样告诉"便是风格的特点。这怎样告诉并不仅是字面上的，而是怎样思想的结果，就是作者的全部人格伏在里面。那古典派的写家总是选择高尚的材料，用整洁调和的手段去写述。那自然派的便从任何事物中取材，无贵无贱，一视同仁。可是，这不同的手段的成功与否，全凭写家自己的人格怎样去催动他所用的材料：使高贵的，或平凡的人物事实能成为不朽的，是作者个人的本领，是个人人格的表现。他们的社会时代哲学尽可充分不同，可是他们的成功与否要看他们是否能艺术地自己表现，换句话说：无论他们的社会时代哲学怎样不同，他们的表现能力必是由这"怎样告诉"而定。

这样，我们颇可以从风格上判定什么是文学，什么不是文学。比如我们读报纸上的新闻吧，我们看不出记者的人格来，而只注意于事实的真确与否，因为记者的责任是真诚地报告，不容他自由运用他的想象——自然，有许多好的报纸对于文章的好坏也是注意的。反之，我们读——就说杜甫的诗吧，我们于那风景人物之外，不由得想到杜甫的人格。他的人格，说也玄妙，在字句之间随时发现，好像一字一句莫非杜甫心中的一动一颤。那"无边落木萧萧下，不尽长江滚滚来"的下面还伏着个"无边""不尽"的诗人的心。那森严广大的景物，是那伟大心灵的外展，有这伟大的心，才有这伟大的景物之觉得，才有这伟大的笔调。心，那么，是不可少的，独自在自然中采取材料，采来之后，慢慢修正，从字面到心觉，从心觉到字面，所以写出来的是文字，也是灵魂。这就是 Longinus 所谓"文学中的思想与言语是多为互相环抱的"（*De Sublimitate*. 30. 1. ）也就是所谓言语为灵魂的化身之意。

据 Croce 的哲学：艺术无非是直觉，或者说是印象的发表。心是老在那里构成直觉，经精神促迫它，它便变成艺术。这个论调虽有些偏于玄学的，可是却足以说明艺术以心灵为原动力，及个人风格之所以为独立不倚的。因为天才与个性的不同，表现的力量与方向也便不同，所以像刘勰所说："贾生俊发，故文洁而体清；长卿傲诞，故理侈而辞溢；子云沈寂，故志隐而味深；子政简易，故趣昭而事博……"（《文心雕龙·体性篇》）自有一些道理。那浪漫派作品与自然派作品，也是心的倾向不同，因而手段也就有别。偏于理想的，他的心灵每向上飞，自然显出浪漫；偏于求实的，他的心灵每向下看，作品自然是写实的。以柏拉图、亚里士多德为代表的两种人——好理想的及求实的——恐怕是自有人类以来，直至人类灭毁之日，永远是对面立着，谁也不佩服谁的吧？那么，因为写家的个性不同，写品也就永远不会有什么正统异派之别吧？

　　风格，或者有许多人这么想，不过是文学上的修饰，精细的表现而已。其实不是：风格是以个性为出发点，不仅是文字技巧上的那点小巧。不错，有人是主张"美的是艰苦的"，像 Flaubert 的："无论你要说什么一件事，那里只有一个名词去代表它，只有一个动词去活动它，只有一个形容词去限制它。最重要的是找这个名词、这个动词、这个形容词，直到找着为止，而且这找到的是比别的一切都满意的。"但是，这绝不是说：去掀开字典由头至尾去找一遍，而是那文人心灵的运用，把最好的思想用最好的言语传达出来。设若有两个文人同时对同一事物做这样的工作，他们所找到的也许完全不相同吧？普通的事物本来有普通的字代表，可是文学家由他自己的心灵，把文字另炼造一番，这普通的字便也有了文学的气味。言语的本身并不能够有力量，活泼，正确，而是要待文学家给它这些个好处的构成力。那"山高月小，水落石出"原是八个极普通的字，可是作成多么伟大的一幅图画！只有能觉得这简素而伟大之美的苏东坡才能这样写出，不是个个人都能办到的。那构思十稔而作成《三都赋》的左太冲，恐怕只是苦心搜求字眼，而心中实无所有吧？看他的"树则有木兰梫桂杞櫹桐棕枒楔枞"等等，字是找了不少，可是到底能给我们一个美好的图画，像"山高月小，水落石出"那样的美妙吗？这砌墙似的堆字，不能产生出活文学来，足以反证出风格不只是以修辞为能事的。那么，风格是什么呢？我们看瑞得（Herbert Read）怎么说：

"一切修辞的技术都是个人的，它们基于写家的特异的本能与心性的习惯。"他又说："一个惯语是个人所特有的，正如言语中之惯语是某种言语所特有的。正如一言语之惯语不能译成别种言语之惯语而无损于本意，一写家的惯语亦然，也是他个人所有的，不能被别个写家所抄袭或偷取去的。"（*English Prose Style*）这里所谓的惯语，就是写家个人所爱用的言语，人与人的感情不同，思路不同，所以每人都有他自己的一种言语。这几句话更能把风格之所以为特异的说得清楚一些。

说到这里，我们要问，风格到底应当怎样才算好呢？我们已看到刘勰所提出的八条：典雅，远奥，精约，显附，繁缛，壮丽，新奇，轻靡。除了对"轻靡"他说："浮文弱植，缥缈附俗者也。"似乎是要不得的，其余的七条都是

97

可取的。但是这可取的七种就足以包括一切吗？不能！就是司空图的《二十四诗品》恐怕也还没有把诗的风格说尽吧？那么，我们应当怎样认识风格？怎样分析它？怎样得个标准的风格呢？请不要费这个事吧！给风格立标准，便根本与"人是风格"相反，因为"各师成心，其异若面"是不容有一种标准风格的。我们只能说文章有风格，或没有风格，这是绝对的，不是相对的。有风格的是文学，没有风格的不成文学，"风格都是降服读者的唯一工具"。一个写家的人格是自己的，他的时代社会等也是他自己的，他的风格只能被我们觉到与欣赏，而是不能与别人比较的，所以汪师韩的《诗学纂闻》里说："一人有一人之诗，一时有一时之诗，故诵其诗可以知其人论其世也。"这样，以古人的风格特点为我们模拟的便利，是丢失了个人，同时也忘了历史的观念。曹丕说过："文以气为主。气之清浊有体，不可力强而致。譬诸音乐，曲度虽均，节奏同检；至于引气不齐，巧拙有素，虽在父兄，不能以移子弟。"（《典论·论文》）风格也是如此：虽有父兄，不能以移子弟。

风格从何处得来呢？在前面引的一段里，刘勰提出才、气、学、习四项。对于"才"呢，我们没有什么可说的，因为文学家必须有才；才的不同，所以作品的风格也不一样。关于"气"呢，刘勰说："气以实志，志以定言，吐纳英华，莫非情性。"（《文心雕龙·体性篇》）这似乎是指"气质"而言。气质不同，风格便成为独有的、特异的，正与瑞得所说的相合。至于"习"，也与气质差不多，不过气质是自内而外的，习是由外而内的，二者的作用是相同的。对于"学"，我们应当讨论一下。

"学"是没人反对的，但是"学"是否有关于风格呢？莎士比亚是没有什么学问的，而有极好的风格；但丁是很有学问的，也有风格，Saintsbury[①]是很有学问的，而没有风格。这样的例子还有许多，叫我们怎样决定这问题呢？这里，我们应该把"学"字分析一下：第一，"学"解作"学问"；第二，"学"是学习的意思。对于第一个解释，我们已提出莎士比亚与但丁等为例，是个不好解决的问题。我们再进一步把这个再分为两层："学问"与学文学的关系，和学问与风格的关系。我们对这两层先引几句话来看看，在《师友诗传录》里有这么一段，郎廷槐问：

"作诗，学力与性情，必兼具而后愉快。愚意以为学力深，始能见性情，若不多读书，多贯穿，而遽言性情，则开后学油腔滑调、信口成章之恶习矣。近时风气颓波，唯夫子一言，以为砥柱。"

王阮亭答：

"司空表圣云：不著一字，尽得风流，此性情之说也。扬子云云：读千赋则能赋。此学问之说也。二者相辅而行，不可偏废。若无性情而侈言学问，则昔人有讥点鬼簿、獭祭鱼者矣。学力深，始能见性情，此一语是造微破的之论。"

张历友答：

---

① Saintsbury，乔治·森茨伯里（1845—1933），英国文史学家及文学批评家。

"严羽《沧浪》有云：'诗有别才，非关学也。诗有别趣，非关理也。'此得于先天者，才性也。'读书破万卷，下笔如有神''贯穿百万众，出入由咫尺'，此得于后天者，学力也。非才无以广学，非学无以运才，两者均不可废……"

　　他们的主张都是才与学要兼备。他们为何要"学"？是要会作诗作赋。可是，会作诗作赋与诗赋中有风格没有是两件事。会作诗赋的人很多，而有风格的并不多见。中国自古至今有许多文人没有把这个弄清，他们往往以为作成有韵有律的东西便可以算作诗，殊不知这样的诗与"创作"的意思还离得很远很远。因为他们没明白了这一点，所以他们作诗作文必要学问，为是叫他们多知道多记得一些古的东西，好叫他们的作品显着典雅。这种预备对于学文学是很要紧的，但是一个明白文学的人未必能成个文艺创作家。学问是给我们知识的，风格是自己的表现。自然，有了学问能影响于风格；但这种影响是好是坏，还是个问题。据亚里士多德看，文学的用语应该自然，他说："那自然的能引人入胜，那雕饰的不能这样。……尤瑞皮地司首开此风：从普通言语中选择字句，而使技术巧妙地藏伏其中。"（*Rhetoric*, III. ii. 5—6）但是，一个有学问的人往往不能自已地要显露他的学识，而这显露学识不但不足帮助他的文章，反足以破坏自然的美好；这在许多文章中是可以见到的。"读书破万卷，下笔如有神"是中国文人最喜引用的，这里实在埋伏着"作文即是摹古"的危险，说到风格，反是"诗有别才，非关学也"近乎真理。

至于"学力深始能见性情"更是与事实不合。我们就拿《诗经》中的《风》说吧，有许多是具深厚感情的，而它们原是里巷之歌，无关学问。再看文人的杰作，差不多越是好文章，它的能力越是诉诸感情的。我们试随手翻开杜甫、白居易和其他大诗人的集子便可证明感情是感情，学力是学力，二者是不大有关系的。自然，我们若把性情解作"习好"，学力深了，习好也能随着变一些，如文人的好书籍与古玩等，这是不错的。但是这高雅的习好能否影响个人的风格，是不容易决定的。如果这个习好真能影响于风格，使文人力求古雅远奥，这未必能使风格更好一点，因为古雅远奥有时是很有碍于文字的感诉力的。

我们现在说"学"是"学习"的意思这一层。风格是不可学而能的，前面已经说过。"学习"是模仿，自然是使不得的。在这里，"学习"至多是像姬本（Edward Gibbon）所说的："著者的风格须是他的心之形象，但是言语的选择与应用是实习的结果。"（*Autobiography*）这是说风格是独有的，但在技术上也需要些练习。这是我们可以承认的，我们从许多的作家的作品全体上看，可以找出他幼年时代的作品是不老到的，不能自成一家，及至有了相当训练之后，才掷弃这种练习簿上的东西而露出自家的真面目。这是文学修养上的一个步骤，而不是永远追随别人的意思。曾国藩的"以脱胎之法教初学，以不蹈袭教成人"正是这个意思。不过，我们应更加上一句：这样的学习，能否得到一种风格，还是不能决定的。

现在我们可以作个结论：风格的有无是绝对的。风格是个性——包括天才与习性——的表现。风格是不能由模仿而致的，但是练习是应有的功夫。

我们引唐顺之几句话作个结束：

"今有两人。其一人心地超然，所谓具千古只眼人也，即使未尝操纸笔呻吟学为文章，但直抒胸臆，信手写出，如写家书，虽或疏卤，然绝无烟火酸诣习气，便是宇宙间一样绝好文字。其一人，犹然尘中人也，虽其专专学为文章，其于所谓绳墨布置，则尽是矣，然翻来覆去，不过是这几句婆子舌头语，索其所谓真精神，与千古不可磨灭之见，绝无有也；则文虽工而不免为下格。此文章本色也。即如以诗为喻：陶彭泽未尝较声律，雕句文，但信手写出，便是宇宙间第一等好诗。何则？其本色高也。自有诗以来，其较声律，雕句文，用心最苦而立说最严者，无如沈约，苦却一生精力，使人读其诗，只见其捆缚龌龊，满卷累牍竟不曾道出一两句好话。何则？其本色卑也。"（《与茅鹿门论文书》）

第八讲　诗与散文的分别

"……诏高力士潜搜外宫，得弘农杨玄琰女于寿邸，既笄矣，鬓发腻理，纤秾中度，举止闲冶，如汉武帝李夫人。别疏汤泉，诏赐澡莹。既出水，体弱力微，若不任罗绮！光彩焕发，转动照人。上甚悦。进见之日，奏《霓裳羽衣曲》以导之……"

"汉皇重色思倾国，御宇多年求不得。杨家有女初长成，养在深闺人未识。天生丽质难自弃，一朝选在君王侧。回眸一笑百媚生，六宫粉黛无颜色。春寒赐浴华清池，温泉水滑洗凝脂。侍儿扶起娇无力，始是新承恩泽时……"

"想当初，庆皇唐，太平天下，访丽色，把蛾眉选刷。有佳人，生长在弘农杨氏家，深闺内，端的玉无瑕。那君王一见了，欢无那！把钿盒金钗亲纳，评拔作昭阳第一花。"

上列的三段：第一段是《长恨歌传》的一部分，第二段是《长恨歌》的首段，第三段是《长生殿》中《弹词》的第三转。这三段全是描写杨贵妃入选的事，事实上没有多少出入。可是，无论谁读了这三段，便觉得出，第一段与后两段有些不同。这点不同的地方好像只能觉得，而不易简单地说出所以然来。以事实说，同是一件事。以文字说，都是用心之作，都用着些妙丽的字眼。可是，说也奇怪，读了它们之后，总觉得出那些"不同"的存在。到底是怎么一回事呢？为回答这个，我们不能不搬出一个带玄幻色彩的词——"律动"。

我们往往用"余音绕梁，三日不绝"来作形容。这个"绕梁三日不绝"的"余音"从何而来呢？自然，牛马的吼叫绝不会有这个余音，它一定是好音乐与歌唱的。这余音是真的呢，还是心境的一种现象呢？一定是心象。为什么好的音乐或歌唱能给人这种心象呢？律动！律动好像小石击水所起的波颤，石虽入水，而波颤不已。这点波颤在心中荡漾着，便足使人沉醉，三月不知肉味。音乐如是，跳舞也如是。跳过之后，心中还被那肢体的律动催促着兴奋。手脚虽已停止运动，可是那律动的余波还在心中动作。

广泛着说，宇宙间一切有规则的激动，那就是说有一定的时间的间隔，都是律动。像波纹的递进、唧唧的虫鸣，都是有规律的，故而都带着些催眠的力量。从文学上说，律动便是文字间的时间律转，好像音乐似的，有一定的抑扬顿挫，所以人们说音乐和诗词是时间的艺术，便是这个道理。音乐是完全以音的调和与时间的间隔为主。诗词是以文字的平仄长短来调配，虽没有乐器辅助，而所得的结果正与音乐相似。所不同者，诗词在这音乐的律动之内，还有文字的意义可寻，不像音乐那样完全以音节感诉。所以，巧妙着一点说，诗词是奏着音乐的哲学。

明白了律动是什么，我们可以重新去念上边所引的三段，念完，便可以明白为什么第一段与后两段不同。它们的不同不在乎事实的描述，是在律动不一样。至于文字呢，第一段里的"纤秾中度，举止闲冶"与"光彩焕发，转动照人"也都是很漂亮的，单独地念起来，也很有些声调。可是读过之后，再读第二段，便觉出精粗不同，而明明地认出一个是散文，一个是诗。那么，我们可以说，散文与诗之分，就在乎文字的摆列整齐与否吗？不然。试看第三段，文字的排列比第一段更不规则，可是读起来（唱起来便更好了），也显然地比第一段好听。为说明这一点，我们且借几句话看一看：

Arthur Symons 说，Coleridge 这样规定：散文是"有美好排列的文字"，诗是"顶好的文字有顶好的排列"。但是，这并不能说明为什么散文不可以是顶好的文字有顶好的排列。只有律动，一定而再现的律动，可以分别散文与诗。……散文，在粗具形体之期，只是一种记录下来的言语；但是，因为一个人终身用散文说话而或不自觉，所以那自觉的诗体（就是：言语简变为有规则的，并且成为有些音乐性质的）或是有更早的起源。在人们想到普通言语是值得存记起来的以前，人们一定已经有了一种文明。诗是比散文易于记诵的，因为它有重复的节拍，人们想某事值得记存下来，或为它的美好（如歌或圣诗），或因它有用（像律法），便自然地把它作成韵文。诗，不是散文，或者是文艺存在的先声。把诗写下来，直到今日，差不多只是诗的物质化，但是散文的存在不过文书而已。……在它的起源，散文不带着艺术的味道。严格地说，它永远没有过，也永远不能像韵文、音乐、图画那样变为艺术。它渐渐地发现了它的能力，它发现了怎样将它的实用之点炼化成"美"的，也学到怎样去管束它的野性，远远地随着韵文一些规则。慢慢地它发展了自己的法则，可是因它本身的特质，这些法则不像韵文那样固定，那样有特别的体裁……

"只有一件事散文不会做：它不会唱。散文与韵文有个分别……后者的文字被律动所辖，如音乐之音节，有的时候差不多只有音乐的意思。依 Joubert（如贝）说：在诗调里，每字颤旋如美好的琴音，曲罢遗有无数的波动。"文字可以相同，并不奇异；结构可以相同，或喜其更简单一些；但是，当律动一来，里边便有一些东西，虽似源自音乐，而实非音乐。那可以叫作境地，可以叫作魔力；还用如贝的话吧："美的韵文是发出似声音或香味的东西。"我们永不能解释清楚，虽然我们能稍微分别那点变化——使散文极奇妙地变成韵文。

"又是如贝说得永远那么高妙：'没有诗不是使人狂悦的；琴，从一种意义上看，是带着翅膀的乐器。'散文固然可以使我们惊喜，但不像韵文是必须这样的。况且，散文的喜悦似乎叫我们落在尘埃上，因为散文的域区虽广，可是没有翅儿。……"（*The Romantic Movement in English Poetry*）。

Symons 这段话说得很漂亮，把韵文叫作带着翅儿的，可以唱的；更从这一点上去分别散文与韵文的不同——能飞起与能吟唱都在乎其中所含的那点律动，没有这点奇妙律动的便是散文。

但是，我们要问一句：散文与韵文的律动，到底有什么绝对的分别没有呢？假如我们不能回答这一点，前面所引的那些话，虽然很美好，还是不能算作圆满；因为我们分别两件东西，一定要指出二者的绝对不同之点；不然，便无从分别起。我们再引几句话看看吧：

"分别散文与诗有两条路。一条是外表的与机械的：诗是一种表现，严格地与音律相关联；散文是一种表现，不求音乐的规则，但从事于极有变化的律动。但是，以诗立论，这种分别显然地只足以说明'韵语'，而韵语不必是诗，是人人知道的——韵语实在只是一种形式，是，也许不是，曾受了诗感的启示。所以韵语并不是根本问题；它不过是律动的一种类而已，抽象地说，它只是个死板的、学院的规法。这种规法永没有为散文设立过，所以，散文与韵文没有确定的不同。我们不能不追求‘诗’字的更重要的意义。

"……诗与散文之分永远不能是定形的。无论怎样分析与规定韵律音节，无论怎样解释声调音量，也永远不会把诗与散文的种种变化分入对立的两个营幕里去。我们至多也不过能说散文永不遵依一定的音律，但这是消极的理由而没有实在的价值……

"诗与散文的分别也是个物质的，那就是说，因为我们是讨论心灵上的东西，这个分别是心理的。诗是一种心灵活动的表现，散文是另一种。

"诗是创造的表现，散文是构成的表现……

"创造在此地是独创的意思。在诗里，文字是在思想的动作中产生出或再生。这些文字是，用个柏格森的字，‘蜕化’；文字的发展和思想的发展是同等的。在文字与思想之间没有时间的停隔。思想便是文字，文字便是思想，思想与文字全是诗。

"‘构成的’是现成的东西，文字在建筑者的四围，预备着被采用。散文是把现成的文字结构起来。它的创造功能限于筹划与设计——诗中自然也有这个，但是在诗中这个是创造功能的辅助物。"（Herbert Read, *English Prose Style*）

律动的不同是我们从诗与散文中可以看得出的，但是这个不同不能清清楚楚地对立，因而诗与散文的分别便不能像 Symons 那么专拿律动作界碑了。亚里士多德在《诗学》里也说过："诗是比历史更郑重更哲理的，因为诗是言普遍真理的，不是述说琐事的。"他也说："诗人应为神话的制作者，不是韵律的制作者。"这都足以证明，诗是创造的，不专以排列音韵为能事。这样的看法有几样好处：

一、因为我们知道诗的成功在乎它的思想、音律，而且这音律与思想是分不开的，我们便容易看出什么是诗，什么不是诗。设若诗中的音律不是艺术化的，而只是按一定的格式填成的，那便不是诗，虽然它有诗的形式。试看"无室无官苦莫论，周旋好事赖洪恩。人能步步存阴德，福禄绵绵及子孙。"（《今古奇奋观·裴普公义还原配》）便不能引起我们对诗的狂喜；其实这首诗的平仄字数也并没有什么缺欠；若只就律动说，这里分明有平仄抑扬，为什么它还是不能成为诗呢？这便是韵语与诗之分了，凡有音律的都可以叫作韵语，但韵语不都是诗，诗中的律动是必要的，但是这个律动绝不是指格式而言，而且诗中的律动必须与诗的实质同时地自然地一齐流荡出来。好诗不仅仗着美好的律动，思想与文字必须全是诗。诗的一切是创造的，韵语只是机械的填砌。

在前面，我们用律动说明了所引的《长恨歌》等三段的所以不同。现在，我们明白了用律动分别诗与散文还不是绝对的。那么，我们试再读那三段看看。不错，我们还觉得它们的律动不同，但是我们不能不承认那一段散文也有它的律动。况且，我们如再去读别的散文，便觉得散文的律动是千变万化，而永远不会像诗那样固定，所以，不如说这散文与诗的分别是心理上的，而律动只是一部分的事实而已。同时我们也看得出，散文不论怎样美好，它的文字是现成的，绝不会像诗中的那样新颖，那样表现着创造独有的味道。

二、我们这样说明诗与韵语之别，便可以免去许多无谓的争执——如诗的格式应如何，诗是否应用韵等。照前面的道理看，诗的成立并不在乎遵守格式与否，而是在能创造与否。诗的进展是时时在那里求解放，以中国诗说，四言诗后有五言，五言后有七言，七言后有长短句，最近又有白话诗。这便是打破格式的进展。白话诗也是诗，不是白话文；有格体音律的诗有些并不能算是诗；这全凭合乎创造的条件与否。好的律诗与好的白话诗的所以美好可以用这一条原则评定，而不在乎格律的相同与否。诗人的责任是在乎表现，怎样表现是仗着他的创造力而全有自由，格律是不能拘束他的，我们随便拿两首诗来看看：

"黄河远上白云间，一片孤城万仞山。羌笛何须怨杨柳，春风不度玉门关。"（王之涣《凉州词》）这自然是很美了，但是像"帘外雨潺潺，春意阑珊。罗衾不耐五更寒。梦里不知身是客，一晌贪欢。独自莫凭栏，无限江山，别时容易见时难。流水落花春去也，天上人间！"（李煜《浪淘沙——感旧》）也是非常美的，而且所表现的神情，或者不是七言五言诗所能写得出的。我们既承认词的好处（因为我们承认了它在创造上的价值，而忘了它破坏律诗体的罪过），我们便没法去阻止那更进一步的改革——把格律押韵一齐除掉——白话诗。看看：

"窗外的闲月，紧恋着窗内蜜也似的相思，相思都恼了，她还涎着脸儿在墙上相窥。回头月也恼了，一抽身就没了。月倒没了，相思倒觉着舍不得了。"（康白情《窗外》）这里的字句没有一定，平仄也不规则，用字也不典雅，可是读起来恰恰合前面"思想与文字全是诗"的原理。我们不能因为它也不合于旧诗的格律而否认它。我们只求把思想感情唱出来，不管怎样唱出来。给诗人这个自由，诗便更发达，更自然。

三、据以上的理由说，诗的言语与思想是互相萦抱的，诗之所以为言语的结晶也就在此。在散文中差不多以风格自然为最要紧的，要风格自然便不能在文学上充分地推敲，因为词足达意是比词胜于意还好一些的。诗中便不然了，它的文字与思想同属于创造的，所以它的感诉力比散文要强烈得多。设若我们说："战事无已呀，希望家中快来信！"这本来是人人能有的心情，是真实的，可是只这样一说，说过了也便罢了。但是，当我们一读到杜甫的"国破山河在，城春草木深。感时花溅泪，恨别鸟惊心！烽火连三月，家书抵万金。"我们便不觉泪下了。这"烽火连三月，家书抵万金"还不就是"战事无已呀，希望家中快来信"的意思吗？为什么偏偏念了这两句才落泪？这便是诗中的真情真理与言语合而为一，那感情是泪是血，那文字也是泪是血；这两重泪血合起来，便把我们的泪唤出来了。诗人作诗的时候已把思想与言语打成一片，二者不能分离；因为如此，所以它的感诉力是直接的、极快的，不容我们思想，泪已经下来。中国的祭文往往是用韵的，字句也有规则，或者便是应用这个道理吧。至于散文，无论如何，是没有这种能力的，它的文字是传达思想的，读者往往因体会它的思想而把文字忘了。读散文的能记住内容也就够了；读诗的便非记住文字不可。谁能把"剪不断，理还乱，是离愁，别是一番滋味在心头"的意思记住，而忘了文字？就是真有人只把这个意思记住，他所记住的绝不会是完全的清楚的，因为只有这些字才足以表现这些意思，不多不少恰恰相等；字没了意思也便没了。

四、言语和思想既是分不开的，诗的形体也便随着言语与思想的不同而分异。先说言语方面。一种言语有一种特质，因此特质，诗的体格与构成也便是特异的。希腊拉丁的诗，显然以字音的长短为音律排列的标准，英国诗则以字的"音重"为主，中国诗则以平仄成调，这都是言语的特质使然。中国的古诗多四言五言，也是因为中国言语，在平常说话中即可看出，本来是简短的。七言长句是较后的发展，因为这是文士的创造，已失去古代民间歌谣的意味。就是七言诗，仅以七个音成一句，比之西国的诗也就算很短了。这样，诗既是言语的结晶，便当依着言语的特质去表出自然的音乐，勉强去学异国的诗格，便多失败。因此，就说译诗是一种不可能的事也不为过甚，言语的特质与神味是不能翻译的，丢失了言语之美，诗便死了一大半。

从思想上说呢，那描写眼前一刻的景物印象自然以短峭为是，那述讲一件史事自然以畅利为宜。诗人得到不同的情感，自然会找出一个适当的形式发表出来。所以：

"夕殿下珠帘，流萤飞复息。长夜缝罗衣，思君此何极！"（谢朓《玉阶怨》）是一段思恋的幽情，也便用简短的形式发表出来。那《长恨歌》中的事实复杂，也便非用长句不足以描写得痛快淋漓。

不过一首诗的写成，其启示是由于思想，还是由于形式呢？这在下一讲里再讨论。

就以上几点看，文学与非文学是在乎创造与否。表现之中有创造的与构成的区别——诗与散文。诗与散文只能这样区别，在形式上格律上是永不会有确切的分界的。

第九讲　文学的形式

我们曾经夸奖过萧统的选文方法，因为他给文与非文划出一条界限。但是，我们不满意他的分类法。他把所选的文章分成：赋、诗、骚、七、诏、册、令、教、表、上书、启、弹事、笺、奏记、书、檄、对问、设论、辞、序、烦、赞、符命、史论、史述赞、论、连珠、箴、铭诔、哀、碑文、墓志、行状、吊文、祭文等类。这样的分类法是要给"随时变改，难以详悉"的文艺作品一个清楚的界划，逐类列文，以便后学对各体都有所本。但是，诗、七、赋等，因为有一定的形式，可以提出些模范作品，至于序、史论、论等，是没有一定结构与形式的，怎能和诗、七等对立呢？设若不论是诗赋、是序论，全以内容的好坏为入选的标准，不管它们的形式，那就无须分这么多类。可是不分类吧，诗赋等不但是内容不同，形式也是显然地有分别，而且忽略了这形式之美即失去许多对它们的欣赏。这个混乱从何而起呢？因为根本没弄清诗与散文的分别。不弄清这个分别永远不能弄清文学的形式。文学的形式只能应用于诗，因为诗是在音节上、长短上，有一定的结构的。泛言诗艺，诗的内容与形式便全该注意；严格地谈诗的组织便有诗形学（Prosody）。诗形学不足以使人明白了诗，但它确是独立的一种知识。散文中可有与诗形学相等的东西没有呢？没有。那就是说，诗与散文遇到一处的时候，诗可以列阵以待，而散文总是一盘散沙。那么，在形式上散文既不能整起队伍来，而要强把它像诗一样地排好，怎能不混乱呢？

后来，姚鼐的《古文辞类纂》把文章分为十三类：论辩、词赋、序跋、诏令、奏议、书说、哀祭、传志、杂记、赠序、颂赞、箴铭、碑志。这虽然比萧统的分法简单了，知道以总题包括细目，可是又免不了脱落的毛病，如林语堂先生所说："……姚鼐想要替文学分十三体类，而专在箴铭、颂赞、奏议、序跋钻营，却忘记了最富于个性的书札，及一切想象的文学（小说、戏曲等）。"（《新的文评序》）不过，林先生所挑剔的正是这种分类法必然的结果：强把没有一定形式的东西插上标签，怎能不发生错误呢？再退一步讲，就是这种分类不是专顾形式，而以内容为主，也还免不了混乱。到底文艺作品的内容只限于所选的这些题目呢，还是不止于此？况且这十三类中分明有词赋一类，词赋是有定形的。

曾国藩更比姚鼐的分类法简单些，他把文艺分成三门十一类。他对于选择文章确有点见识，虽与萧统相反，而各有所见。萧是大胆地把经史抛开，曾是把经史中具有文学价值的东西拉出去交给文学——《经史百家杂钞》。他似乎也看到韵文与散文的分别，不过没有彻底地明白。对论著类他说：著作之无韵者。对词赋类他说：著作之有韵者。以有韵无韵分划，似乎有形式可寻，但这形式是属于一方面的，以无形式对有形式——以词赋对论著。但是无论怎么说吧，他似乎是想到了形式方面。至于到了序跋类，他便没法维持这有韵与无韵的说法，而说：他人之著作序述其意者。这是由形式改为内容了。以内容分类可真有点琐碎了：传志类是所以记人者，叙记类是所以记事者，典志类是所以记政典者……那么，那记人记事兼记政典者又该分列在哪里呢？有一万篇文章便有一万个内容，怎能把文艺分成一万类呢？况且以内容分类是把那有形式的诗赋也牵扯在泥塘里，不拿抒情诗、史诗等分别，而拿内容来区划，这连诗形学也附带着拆毁了。

那么，以文人的观点为主，把文学分为主观的与客观的。妥当不妥当呢？像：

（主观的）

散文——议论文

韵文——抒情诗

（客观的）

叙记文

叙事诗

（主观的客观的）

小说

戏剧

这还是行不通。主观与客观的在文章里不能永远分划得很清楚的，在抒情诗里也有时候叙述，在戏剧里也有抒情的部分——这在古代希腊戏剧与元曲中都是很显明的。况且，这还是以散文与韵文对立，我们在前面已说过散文在形式上是没有与韵文对立的资格。

有人又以言情、说理、记事等统系各体，如诗歌颂赞、哀祭等是属于言情的，议论、奏议、序跋等是属于说理的，传志、叙记等是属于记事的。这还是把诗歌与散文掺混在一处说，势必再把诗歌分成言情、说理、记事的。这样越分越多，而且一定越糊涂。

那么，我们应当怎样研究文学的形式呢？这很简单，诗形学是专研究诗的形式的，由它可以认识诗的形式，它是诗形的科学。散文呢？没有一定的形式，无从研究起。自然小说与戏剧的结构比别种散文作品较为固定，但是，它们的形式仍永远不会像诗那样严整，永远不会有绝对的标准（此处所说的戏剧是近代的，不是诗剧）。

我们为什么一定要研究形式呢？有的人愿对于这个做一种研究。但是这不足说明它的重要。我们应提出研究形式对于认识文学有什么重要：

一、文学形式的研究足以有助于看明文学的进展。请看 Richard Green Moulton[①] 的最有意思的表解（见下图）。

---

① Richard Green Moulton，理查德·格林·莫尔顿（1849—1924），美国学者，曾在芝加哥大学任教。

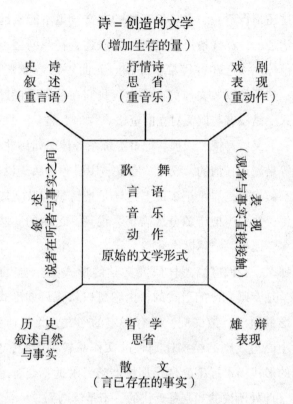

诗 ＝ 创造的文学
（增加生存的量）

史　诗　　　　抒情诗　　　　戏　剧
叙　述　　　　思　省　　　　表　现
（重言语）　　（重音乐）　　（重动作）

叙　述
（说者在听者与事实之间）

歌　　舞
言　　语
音　　乐
动　　作
原始的文学形式

表　现
（观者与事实直接接触）

历　史　　　　哲　学　　　　雄　辩
叙述自然　　　思　省　　　　表　现
与事实

散　文
（言已存在的事实）

　　由上表我们看出文学的起源是歌舞，其余的文艺品都
是由此分化出来的。这足以使我们看清文艺各支的功能在
哪里。戏剧是重动作的，抒情诗是重音乐的……而且还足
以说明文学形式虽不同，可是并非界划极严，因为文艺都
是一母所生的儿女，互有关联，不能纯一。

　　二、由文学形式可以认识文艺作品。Moulton 说：清楚
地明白外形是深入一切文艺内容与精神的最重要的事。他
又说：假如一个人读一本戏剧，而他以为是念一篇文章，
一定是要走入迷阵的。他并且举出证据，说明文艺形式的

116

割裂足以损失内容的含义，如《圣经》中的主祷文，原来的形式是：

我们在天上的父：

愿人尊你的名为圣，

愿你的国降临，

愿你的旨意实现，

在地上如同在天上。

可是在英译本中，"在地上如同在天上"只与"愿你的旨意实现"联结起来。这样割裂了原来的形式，意思也就大不同了。按着原来的形式，这最后的一句原是总承上三句的。

我们因此可以想到，不按着词的形式而读词要出多少笑话。

三、形式有时是创造的启示。形式在一种意义之下是抒情诗、史诗、诗剧等的意思。在创造的时候，心中当然有个理想的形式，是要写一首抒情诗呢，还是一出戏剧？这个理想的形式往往是一种启示。只有内容永远不能成为诗，诗的思想、精神、音乐、故事，必须装入（化入或炼入较好一些）诗的形式中，没有诗的形式便没有诗，只记住诗的内容而谈诗总不会谈到好处的。因此，要把思想、故事等化入什么形式中，有时是诗人的先决问题。东坡的摹陶，白居易的乐府，和其余的大诗人的拟古，便多半受了形式的启示。诗的体裁格架不是诗的一切，但是它确有足以使某种思想故事在某种体格之下更合适更妥当的好处。我们不能因为旧的形式而限制新形式的发展。但是新也好，

117

旧也好，诗艺必须有形式。胡适之先生的新诗是显然由词变化出来的，就是那完全与旧形式无关属的新诗，也到底是有诗的形式，不然便不能算作诗。新诗的形式是作新诗的一种启示。新诗可以不要韵，不管平仄的规矩，但是总得要音乐，总得要文字的精美排列，这样，在写作之前，诗人必先决定诗的形式，不然，作出来的便不成为诗。他可以自己创造一种形式，可是不能不要形式。反对新诗的是不明白形式不是死定的，他们多半以诗形当作了诗艺。新诗人呢，为打破旧的形式而往往忽略了创造美好的新形式，因而他们的作品每每缺乏了音乐与美好排列之美。这不是说要求新诗人们共同决定一种新的格律，是说形式之美是缺乏不得的。

四、形式与内容的关系。什么是内容？诗中的事实。什么是形式？诗的怎样表现。这样看，诗人的文字便是形式。

另有一种看法：事实的怎样排列是形式，诗人的字句是内容。这是把上一段的说法颠倒了一下。在上一段里，以《长恨歌》说吧，《长恨歌》的事实是内容，白居易的文字是形式。这里说，白居易的文字是内容，《长恨歌》的排列方法是形式。前者是要说明事实是现成的，唐明皇与杨玉环的事实是人人知道的，而白居易怎样诉说这件故事，给这件事一个诗的形式。后者是要说明诗人怎样把事实排列成一个系统，一个艺术的单位，便是诗的形式。假如他未能艺术地把事实排列好，东边多着一块，西边短着一块，头太大或脚太小，便是破坏了形式之美。前者是注重表现，后者是注重排列。后者似乎把诗完全当作形式，和看雕刻的法子差不多了。

这两种看法在应用于文学批评的时候似乎有些不易调和，因为一个是偏重表现的字句，一个偏重故事的穿插。但是它们都足以说明形式的重要，并且都足以说明形式不仅是体格规律，而且应由诗人自由设计，怎样说，怎样排列，是诗人首当注意的。格式是死的，在这死板的格式中怎样述说，怎样安排，是专凭诗人的技能。格式不错而没有独创的表现与艺术的排列还不能成为诗。

可是，这两种看法好似都有点危险：重表现的好似以为内容是不大重要的，随便挑选哪个事实都可以，只要看表现得美好与否。这好似不注重诗的感情与思想。重穿插的好似以为文字是不大要紧的，只要把事实摆列得完美便好了。这好似不注重诗的表现力。在这里我们应当再提到诗是创造的，文字与内容是分不开的，专看内容而抛弃了文字是买椟还珠，专看文字不看内容也是如此。诗形学是一种研究功夫；要明白诗必须形式与内容并重：音乐、文字、思想、感情、美，合起来才成一首诗。

我们绝不是提倡恢复旧诗的格式，我们根本没有把形式只解释作格式，我们是要说明形式的重要，而引起新诗人对于它的注意。专研究形式是与文艺创作无关的，知道注重形式是足以使诗更发展得美好一些的。新的形式在哪里？从文字上，从音节上，从事实的排列上，都可以找到的。这样找到的不是死板的格式，是诗的形式。今日新诗的缺点不在乎没格式，而在乎多数的作品是没形式——不知道怎样地表现，不知道怎样地安排，不知道怎样地有音节。我们不要以为创作的时候，形式与内容是两个不相同的进程；美不是这二者的黏合者。"自然的一切形象与一些心象相交，这种心象的描写只能由以自然的形象为其图画。"（Emerson）① 在一切美中必有个形式，这个形式永远是心感的表现。无表现力的感情，无形式之美的心境，是野蛮人的，打磨光滑而无情感的韵语是艺术的渣滓！形式之美离了活力便不存在。艺术是以形式表现精神的，但拿什么形式来表现？是凭美的怎样与心相感应。形式与内容是分不开的。形式成为死板的格式便无精力，精神找不到形式不能成为艺术的表现。

第十讲　文学的倾向（上）

这一讲本来可以叫作"文学的派别"，但是"派别"二字不甚妥当，所以改为"倾向"。"派别"为什么不妥当呢？因为文艺的分歧原是个人的风格与时代的特色形成的，是一种发展，不是要树立派别，从而限制住发展的途径。文学家有充分运用天才与技术的自由，而时代与思想又是继续变进的，因而文学的变迁是必然的。研究文学史的能告诉我们文学怎样地进展变化，研究文艺思潮的能告诉我们文学为什么变化，但是他们都不许偏袒某派的长处而去禁止文学的进展与变化。他们是由作家与作家的时代精神

---

① Emerson，爱默森（Ralph Waldo Emerson，1803—1882），美国哲学家、散文家及诗人。

去研究这个进展变化的路线与其所以然，那么，他们便是追求文学的倾向，这文学倾向的移动是很有意思的研究。反之，看见一种倾向已经成形，便去逐字逐句地模拟，美其名曰某派的拥护者，某大家的嫡传者，文艺便会失了活气，与时代精神隔离，以至于衰死。所以看文学的倾向才能真明白文学在历史上的发展，而将某时代的作品还给某时代，既明白了文学史的真义，也便不至有混含不清的批评了。专以派别为研究的对象，就是分析得很清楚，也往往有专求形式上的区分而忽略了文学生命的进展的弊病。作家的个性是重要的，但是他不能脱离他的时代，时代色彩在他的作品中是不自觉而然的，有时候是不由他不如此的，明白了这个才能明白文艺的形式下所埋藏的那点精神。举个例子说，在欧洲文艺复兴的时候，人们把埋了千来年的古代希腊拉丁的文艺复活起来，这是历史上的一件美事。人们在此时有了使古代文艺复活的功劳，可是他们同时铸成了一个大错误，便是由发现古物而变为崇拜古物，凡事以古为主，而成了新古典主义。这新古典派的人们专从古代作品中找规则，从而拿这些规则来衡量当代的作品。他们并没有问，为什么古代作品必须如此呢？因为他们不这样问，所以他们只看了古代文艺的形式，而没有追问那形式下所含蕴的精神。其实希腊作品的所以静美匀调，是希腊人的精神的表现。新古典派的人们只顾了看形式，而忽略了这一点，于是处处模拟古人而忘了他们自己生在什么地方、什么时代。这是个极大的错误，因为他们的历史观错了，所以把文学也弄个半死。设若他们再深入一步，由形式看到精神，他们自然会看出文学为什么倾向某方去，也便明白了文学是有生命的，到时候就会变动的。希腊人们是爱美的，但是，他们并不完全允许思想自由，梭格拉底①的死，与阿里司陶风内司②的嘲笑梭格拉底和尤瑞皮底司③，便是很好的证据。以雕刻说吧，希腊的雕刻是极静美的，但是这也因为希腊雕刻是要受大众的评判的，一件作品和群众的喜好不同便不能陈列出去。希腊人的天性是爱平匀静好之美的，所以大家也便以此批评艺术，于是作家也便不能不这样来表现。他们不喜极端，因而也不许艺术品极端地表现。这样，在古代希腊艺术作品的平匀静好之下还藏着段爱平匀静好的精神，我们怎能专以形式来明白一时代的作品呢？那么，在这里我们用"倾向"，不用"派别"，实在有些理由了。

再说，一派的作品与另一派的比较起来，设若他们都是立得住的作品，便都有文学特质上相同之点，严格地分派是不可能的。就是一个作品之中有时也含着不同的分子，我们又怎样去细分呢？

派别的夸示是模拟的掩饰，以某派某家自号的必不是伟大的创作家。那真能倡立一家之说，独成一派的人们，是要以他们的作品为断，不能因为他们喊些口号便能创设一派。

---

① 即苏格拉底，古希腊哲学的创始人之一，西方哲学的奠基者。

② 即阿里斯托芬，古希腊早期喜剧代表作家。

③ 即欧里庇得斯，古希腊三大悲剧大师之一，被誉为"舞台上的哲学家"。

在中国文学史上虽然也可以看出些文学的变迁，但是谈到文艺思潮便没有欧洲那样的显明。自从汉代尊经崇儒，思想上已然有了死化的趋势，直到明清，文人们还未曾把"经"与"道"由文学内分出去，所以，对于纯文艺纵然能欣赏，可是不敢公然倡导，对于谈文学原理的书，像《文心雕龙》真是不可多得的；虽然《文心雕龙》也还张口便谈"原道""宗经"。对于文学批评多是谈自家的与指摘文艺作品的错误与毛病，有条理的主张是不多见的。至于文学背后的思想，如艺术论、美的学说，便更少了；没有这些来帮助文学的了解，是不容易推倒"宗经"与"原道"的信仰的。有这些原因，所以文艺的变迁多是些小的波动，没有像西洋的浪漫主义打倒古典主义那样的热烈的革命，因此，谈中国文学的倾向是件极不容易的事。

我们可以勉强地把中国文学倾向分作三个大潮：第一个是秦汉以先的，这可以叫作正潮。因为秦汉以先的作品，全是自由发展的，各人都有特色，言语思想也都不同，虽然伟大的作品不多，但确是文艺发展的正轨。虽然这时候还没有文学主义的标树，甚至于连文学的认识还不清楚（看第二讲），可是创造者都能尽量发表心中所蕴，不相因袭。在散文与诗上都有相当的成绩，如庄子的寓言、屈原的骚怨，都是很不幸地没有被后人胜过去。设若秦汉以后还继续着这种精神自由地前进，中国文学当不似我们所知道的那么死板。可怜秦代不许人们思想，汉代又只许大家一样地思想，于是这个潮还没到了风起云涌，已经退去，只剩下一些断藻蛤殻给后人捡拾了！

第二个潮流是自秦汉直至清代末日，这个长而不猛的潮可以叫作退潮。因为只是摹古，没有多少新的建设。"文以载道"之说渐渐成了天经地义，文艺就渐渐屈服于玄学之下，失去它的独立。纵然有些小的波澜，如主格调与主神韵之争、主义法与主辞藻之争，虽然主张不同，其实还都是以古为准。那主张格调的是取法汉魏，那主张神韵的是取法王维、孟浩然。模拟的人物不同，其为模拟则一。在散文上，有的非上拟秦汉不可，有的唐宋也好取法。无论是模拟哪家哪派，在工具上都是用死文字，于是一代一代地下来，不但思想与言语是死定的，就是感情也好似划一了——无病呻吟。

在这个死水里，好似凡是过去的时代与死去的人便可以成一派，派别分得真不少：以文章言，便有西京体、东京体、建安体、正始体、太康体、永嘉体、永明体、初唐体、开元天宝体、元和长庆体、晚唐体……有的便提出一二人为领袖，如二陆、两潘、韩柳等。诗也是这样，看《沧浪诗话》里说：

"以诗而论，则有：建安体，黄初体，正始体，太康体，元嘉体，永明体……以人而论，则有：苏李体（苏武、李陵），……陶体（渊明），……元白体（微之、乐天）……"

按着我们的意思看，这种分派法本来有些道理：文艺是自由的，有一人便有一体，岂不很好？但是这样分派别体的人并不这样想，他们以为凡是成功的写家，便是后学的师傅，有了祖师才能有所宗依。这样的分派也并不是因为死去的人立了什么新的主义、新的解释，只是他们在文字运用上与别人稍有不同；所以这不是文学有了什么新倾向，是摹古的人们又多了一种新模范。这个潮流自始至终可以说是受了古典主义的管辖，一代又一代，只在那里讲些修辞法、文章结构等，并没在心灵表现上领悟文学。这个潮退到以八股取仕便已成了一坑死水，渐渐地发起臭来。

第三个潮流是个暗潮，因为它直到清朝末年还没被正统的作家承认。词，戏曲，小说，在那摹古的潮下暗中活动，它们的价值直到今日才充分地显露出来。几百年中这些自由发展的真文艺埋藏在那残退的摹古潮下，人们爱它们而不敢替它们鼓吹。就是那大胆的金圣叹，还只是用批判旧文学的义法来评《水浒传》等，并没明白这活文学的妙处在哪里。那些作家，虽然产生了这些作品，可是并没作主义上的宣传，没作文学革命的倡导。从事实上看，只有这些作品可以代表这些时代文学的倾向，可是从历史上看，它们确是暗中活动，并没能推翻那腐旧的东西代而有之。本来这个暗流可以看成是浪漫主义打倒古典主义，好像西洋文学倾向的转移，但是这浪漫主义始终没有正当的有力的主张与评论来帮忙，自来自去，随生随灭，没能和古典主义正式宣战。这或者因为科举制度给陈死的文学一种绝对的势力，决不容文学革命吧？

这三股大潮里，第一个是有气力而没得充分发展，所以成绩不多；第二个是大锣大鼓地干而始终唱那出老戏；第三个是不言不语地自行发展，有好成绩而缺乏主张，非常姣好而终居妾位。在这里很难看出文学的倾向，因为那正统的公认的文学是一股死水，而新的活流只是在下边暗暗活动，没有公然的革命，虽然现在我们可以把这暗潮作为文学进展的正轨，可是由历史上看却不是这样；承认小说与戏剧的价值不是晚近的事么？因四言五言诗太呆板狭促才有七言诗，因七言诗仍有拘束才有词，但是词被称为"诗余"，这便是没有能够代替了诗。中国文学的大革命恐怕要以前几年的白话文学运动为第一遭了。

现在，差不多人人谈着什么古典主义、写实主义，要明白这一些，我们不能不去看西洋文学的倾向，因为由我们自家的文学史中是看不见的。

古典主义：古典主义这个名称是后人给古代希腊拉丁作品起的，古代希腊、罗马的作家并不知道这个。希腊文明在欧洲历史上的重要是人人知道的。希腊人的精神是现实的、爱美的。因为现实，他们的宗教中也带着点游戏的意味，神是人性的，带着一切人的情感。因为爱美，他们处处求调和匀静之美，不许用极端的表现破坏形式的调和。在希腊全盛时期所产生的艺术品，雕刻，戏剧，诗文，处处表现着这生活欲与美的调节的特色。这些产品是空前的，有些也是绝后的，所以希腊虽衰败，它的艺术之神的领域反而更扩大了。到了亚历山大四处征讨，希腊的文明便传遍了地中海四岸。后来罗马兴盛起来，以武力征服那时所知道的世界，可是在精神方面反做了希腊艺术的皈依者。希腊的雕刻、戏曲、诗文、哲学，都足以使雄悍的罗马人醉倒，于是由希腊捉去的俘虏反做了罗马人子弟的师保。罗马文学家以希腊文艺为模范，为稿本，正如郝瑞司

（Horace）所说："永别叫希腊的范本离开手。"罗马的作品也有很好的，所以后世便把希腊、罗马的作品叫作古典主义的。

我们须知道：欧洲文明的来源是有两个。希腊是一个，希伯来也是一个。希腊的精神是现世的、爱美的，已如上述；希伯来的正和这相反，它是重来世的、尊神权而贱人事的，上帝的正义高于一切。上面说过罗马如何接受希腊的精神，可是这希伯来思想也没老实着。罗马的现世观叫肉欲荒淫十分地表现着，于是那捐身奉一神，贱现世而求永生的基督教便在下面把罗马帝国盗空了。罗马后来分为两个帝国，东罗马帝国虽立基督教为国教，可是教权终在政权之下。在西罗马帝国呢，罗马的教皇利用北方蛮族的侵入，扩大教权，做成人与神的总代表，他的势力高过一切。基督教胜利了，现世的精神自然是低落了，艺术品差不多被视为是肉欲的、有罪的，这便是欧洲的黑暗时代。但是在东罗马帝国研究古代学问的风气还未曾断绝，于是希腊文艺渐渐传到西伯利亚与阿拉伯去，而被译成东方言语。后来，这阿拉伯文的译本，又由东而西地到了西班牙而传及全欧，最重要的是亚里士多德的《逻辑学》。这时候西欧对古希腊的知识全是这样间接得到的，没有什么能读希腊原文书籍的人；自然，这枝枝节节得到的也不会叫他们真实了解希腊的学问。僧侣们——只有僧侣们知道读书——更利用这滴滴点点的知识来证释神学，他们要的是逻辑法，不求真明白希腊思想。拉丁文是必须学的，但是，用这死文字来传达思想，自然不会产生什么伟大的文艺。

这时候所谓文学者只是修辞学与文法，那最可爱的古代文艺全埋在黑暗之下，没人过问了。

太黑暗了，来一些光明吧！芙劳兰思（Florence）的但丁（Dante Alighieri，1265—1321）作了《神圣的喜剧》。他不用拉丁文，而用俗语，所以名之为喜剧，以示不庄严之意。这出喜剧中形容了天堂地狱和净业界（Purgatorio）①，并且将那时所知道的神学、哲学、天文、地理，全加在里面。在内容方面可以说这是中古的总结账，在艺术方面立了新文学的基础。但丁极佩服罗马文学黄金时代的窝儿基禄（Virgil），他极大胆地用当时的方言作了足以媲美希腊拉丁杰作的喜剧。在文字方面他另有一本书（*De Vulgari Eloquentia*），来说明方言所以比拉丁文好。这样，他给意大利的文学打下基础，也开了文艺复兴的先声。

邳特阿克（Petrarca，1304—1374）除从事著作之外，也搜罗拉丁文艺的稿本，做直接的研究，不像从前那样从译文或从书中引用之语零碎地得到古代知识了。到了1455年，东罗马帝国都城失陷，学士纷纷西来，带着希腊文艺稿本，意大利便成了唯一的希腊文明的承受者。在米兰开始有古代希腊著作的印行，于是希腊原文的书籍便传遍了欧洲。人们也开始学习希腊言语，以便研究希腊文艺。所谓文艺复兴便是希腊精神的复活。此时人们开始抬起头来，看这光华灿烂的世界，不复埋在中古的坟墓中了。意大利开端，继之以法英各国。法国的阿毕累（Rabelais）教给世人只有幽默与笑能使世界清洁与安全。孟特因（Mon-

---

① 即炼狱。

taigne）便说："噢，上帝，你如愿意，你可以救我，你如愿意，你可以毁灭我；但无论如何，我将永远把直了我的舵。"这是文艺复兴的精神。在西班牙，司万提（Cervantes）[①] 把中古的武士主义送了终。

文艺复兴是与宗教革命互相为用的。文艺复兴是打倒中古的来世主义，而恢复了古希腊的现世主义。在宗教上呢，人们也开始打倒教皇的威权，而自己去研究《圣经》，以自己的良心去信仰上帝。但是，关于这一层我们不要多说，还是说文艺复兴后新古典主义怎样成立的吧。

前面已经说过，希腊古代作品本来是以平衡、有秩序、有节制，为美的表现。一旦这些作品被人们发现，那就是说，这埋了千来年的宝物经文艺复兴的运动者所发现，自然他们首先注意这形式之美；于是由崇拜而迷信，以为文艺的形式与规则全被古人发现净尽，只要随着这些规则走便不会发生错误的。因此，亚里士多德与郝瑞司的《诗学》又成了金科玉律。从而"三一律""自然的规则化"等名词都成了极要紧的口号。"避免极端，躲着那些好太少或太多的弊病"，是他们的态度。不错，避免极端是显然可以由古代作品中看得出的，但那是由于希腊民性如此，前面已经说过。本着自家的特色来表现，纵有缺欠，不失创造的本色。现在新古典主义者本不生在希腊，没有古代的环境，没有地中海岸上的温美，而生要拿希腊的形式之美为标准，怎能得其神髓呢？怪不得他们只就规则上注意，专注意怎

---

① 即塞万提斯（Miguel de Cervantes Saavedra, 1547—1616），西班牙小说家。著有《唐·吉诃德》。

样用字用典，而不敢充分地表现自己了。这样，文艺复兴一方面解放了欧洲的思想，一方面又在文艺上自己加上一套新刑具。故古典主义的好处是发现了古代文艺的规则，它的错误是迷信这些规则而限制住文学的自由发展。

果桑（Victor Cousin）说："形式不能只是形式，它必是一个东西的形式。所以物体的美是内部的美的标记，即精神的与道德的美，在这里我们找到了美的基础、主旨与全体。"古代作品是美的，毫无疑义，但是新古典派的忘却自己而专摹古代作品的形式，便是失了自我，假如古代作品是静美的，新古典派的便是呆死的了。

"噢，梭格拉底……人当有怎样说不出来的福气，假如他能去思省绝对的美，纯洁而简单，不复披覆着肉与人的色彩与必毁灭的不实在的装饰，而是面对面地看见美的真形，那神圣的美。"（*Symposium*）这是古希腊人的美之理想，虽然未能——也不能——实现，但是借此颇可以看出古希腊艺术所表现的是什么。拿这个与新古典主义的：

"那些个规条，是古人发现的，不是传授来的，还是自然，不过是自然而方法化了。"（*Pope*）

两相比较，这二者的距离就相差很远了。

浪漫主义：给浪漫主义下个简单的定义是很不容易的。从 Romance 这个字看，它是在黑暗世纪以前和以后一种文章曾用这种言语写成的。从它的材料上的来源看，它是北方新兴民族的以散文或诗写成的故事，经过文艺复兴而成为后代小说与史诗的本源。这新兴民族的故事与古代的在形式上内容上都有不同。北方民族从古代作品得了文字文法的训练，开始作自家的故事。故事的内容是基督教的圣僧事迹、北方民族的伟人传说，和从红十字军东征带回来的东方故事。这些故事虽不同，可是都带着基督教色彩，叫我们看到武士的尊崇妇女、保护老弱、仗义冒险，以尽宗教武士的天职。基督教本来是隐身奉主、弃世养心的，到了这些武士身上便变为以刀马护教，发扬侠烈的精神，这种精神在沙力曼大帝及阿撒王手下的武士故事中都充分地表现着。从政治方面看，由这些故事中我们见到封建制度的色彩，故事中总是叙述着贵族儿女的恋爱，或贵族与平民间的冲突。在民族性上看，我们看出北方民族的勇于冒险：杀龙降怪以解民困，跋山渡海以张武功。这是内容方面。从形式看呢？古代作品以方法为重，浪漫的故事以力量为主。前者以趣味合一为本，后者以趣味复杂为事。一是求规律之美，一是舍规律而爱新奇、热情。古典派的作品纵有热情也用方法拘束住，浪漫故事便任其狂驰而不大管形式的静美了。

但是，这只是浪漫故事的特色，并没有标树学说，直接与古典主义宣战，像"破坏古典主义主要效果之一，便是解放个人。使个人反于本来面目及自由，正如古代诡辩派之言：以个人做万物的尺度"（*Brunetiere*，依谢逸六译文）还要等一个号炮，放这号炮的便是卢梭。

卢梭（Rousseau，1712—1778）的思想态度与成功，可以说是浪漫主义运动的先锋。他并不是单向文艺挑战，而是和社会的一切过不去。他要的是个人的自由权，不只是艺术的解放。他的风格给法国文艺创了一个新体：自由，感动，浪漫。他向一切挑战：政治、宗教、法律、习俗，都要改革。这样的一个理智的彗星，就引起法国的大革命，同时开始文学的浪漫运动，可谓一举两得。有了这个号炮，德国的青年文士首先抓住那北方的民间故事与传说，来代替古典文艺中的神话。他们对卢梭与莎士比亚有同样的狂热，同时讥笑法国的新古典派。这样，那中古浪漫故事开始有了学说的辅翼，成了一种运动，直接与新古典主义交战。这新兴文艺是"狂飙突起"，充分地表现情感而破坏一切成法。后来法国、英国的文士也同样地由新古典主义的势力解放出来，于是在 19 世纪西欧的文艺便灿烂起来。

设若新古典主义的缺点在偏重形式之美，而缺乏自我的精力，浪漫主义又太重自我，而失之夸大无当。卢梭的极端自由，是不能不走入"返于自然"的，但完全返于自然，则个人的自由是充分了，同时人群与兽类的群居有何不同呢？这个充分的自由，其弊病已见之于法国的大革命——为争自由使人的兽性毕露，而酿成惨杀主义与恐怖时代。在文艺里也如是，个人充分地表现，至于故作惊奇，以引起浮浅的感情。这个弊病在浪漫运动初期已显露出来，及至这个运动成功了，人们便专在结构惊奇上用力，充其极便成了无聊的侦探小说，只凭穿插热闹引人入胜，而实无高尚的主旨与深刻的情感。再说，因为浪漫，作品的内容一定要新奇不凡，于是英雄美人成了必要的角色；这在一方面足以满足人们的好奇心与想象，但在另一方面，文艺渐渐成为茶余酒后的消遣品，忘了真的社会，于是便不能不让位给写实派了。

严格地说，古典主义与浪漫主义不是绝对的对立，在这里，"倾向"又能帮助我们了。古典主义是注意生命的旁观，而浪漫主义运动是把艺术的中心移到个人的特点上去，两相比较，便看出这是心理倾向的结果。这新运动是心理的变动；若是纯以文艺作品比较是很容易使人迷惑的。在英国的伊丽莎白时代的戏剧显然是极浪漫的，为什么浪漫运动必归之于19世纪的开始呢？这里有个分别，19世纪的浪漫运动纵与伊丽莎白时代的相同，但不是一回事。19世纪的新运动有法国的大革命作背景，这个革命是空前的事实。于此我们看到个人思想的解放。再就文艺内容说，新古典主义的作品与伊丽莎白时代的作品好用希腊拉丁的典故，浪漫派的作品的取材也是取之过去时代的，这岂不是一样地好古吗？这里又有不同之点：浪漫派的特点之一是富于想象，他们取材于过去，正是因为他们发现了中古的故事——那惊奇玄妙的故事——而以想象使这些惊奇的精神复活。他们不是只得一些呆死的典故，而是发现了一个奇异的世界，在那里他们可以自由地运用他们的想象。这又是个心理的作用。

这样，我们明白了古典主义的所以有那调和匀静之美，与浪漫主义的所以舍去形式而求自我的表现——二者都是心理的不同，因而表现得也不同。至于新古典主义的所以既不能像古代希腊的古典作品那样美好，又不能像浪漫作品这样活泼有生趣，便是因为作者缺乏了这表现心神向往的精神，模拟是不要多少创造力的。

第十一讲　文学的倾向（下）

　　写实主义：19世纪的中叶，世界又改变了样子：政治上，中等阶级代替了贵族执有政权。学问上，科学成了解决宇宙之谜的总钥匙。社会上，资本家与劳动者成了仇敌。宗教上，旧的势力已消失殆尽，新的信仰也没有成立。惊人的学说日有所闻，新的发明日进一日；今天有所发明，明日便有许多失业的工人。这个世界人人在惊疑变动之中，正如左拉的僧人弗劳孟对宗教、科学、哲学、道德、正义，都起了疑惑，而不知所从。这样的人一睁眼便看到了社会，那只供人消遣的文艺不足以再满足他们。他们生在社会上，他们便要解决社会问题，至少也要写社会的实况。他们的社会不复是几个人操持一切，不复是僧侣握着人们的灵魂。在浪漫主义兴起的时候，人们得到了解放的学说与求自由的启示，并不知道这个新的思潮将有什么结果。到了现在，政治虽然改革了，而自由还是没有充分地实现，浪漫派的运动者得有自由的启示，用想象充分表现自我，现在，这个梦境过去了，人们开始看现实与社会。他们所看到的有美也有丑，有明也有暗，有道德也有兽欲。这丑的暗的与兽欲也正是应该注意的，应该解决的。那选择自然之美点而使自然更美的说法已不能满足他们。他们看见了缺欠，不是用美来掩饰住它，而以这缺欠为最值得写的一点。他们至小的志愿是要写点当代的实况。那完美无疵的美人，那勇武俊美的青年贵族，不能再使他们感觉兴趣。他们所要的不是谁与谁发生恋爱和怎样地相爱，而是为什么男女必定相求，这里便不是恋爱神圣了，而是性的丑恶也显露出来。他们不问谁代替了谁执了政权，而问为什么要这样的政治。这是科学万能时代的态度。

这一派的主动人物是法国的巴尔扎克（Balzac，1779—1850）与福禄贝（Flaubert，1821—1880）① 等。巴尔扎克创立写实主义，他最注重的是真实，他的作品便取材于日常生活及普通的情感。他的人物是——与浪漫作品不同——现代的男女活动于现代的世界，他的天才叫他描写不美与恶劣的人物事实比好的与鲜明的更为得力。福禄贝是个大写实者，同时也是个浪漫的写家，但是，他的写实作品影响于法国的文艺极大，他的《包娃荔夫人》（*Madame Bovary*）是写实的杰作，佐拉（Zola）、都德（Daudet）、莫泊桑（Maupassant）等都是他的信徒。他们这些人的作品都毫无顾忌地写实，写日常的生活，不替贵族伟人吹嘘，写社会的罪恶，不论怎样的黑暗丑恶。我们在他们的作品中看出，人们好像机器，受着命运支配，无论怎样也逃不出那天然律。他们的好人与恶人不是一种代表人物，而是真的人，那就是说，好人也有坏处，坏人也有好处，正如杜思妥亦夫斯基（Dostoevsky）说："大概地说，就是坏人也比我们所设想的直爽而简单得多。"（*The Brothers Karamazoff*）这种以深刻的观察而依实描写，英国的写家虽然有意于此，但终不免浪漫的气习，像迭更斯那样的天才与经验，终不免用想象破坏了真实。真能写实的，要属于俄国 19 世纪的

① 即福楼拜，法国著名现实主义作家。

135

那些大写家了。

　　写实主义的好处是抛开幻想，而直接地看社会。这也是时代精神的鼓动，叫为艺术而艺术改成为生命而艺术。这样，在内容上它比浪漫主义更亲切，更接近生命。在文艺上它是更需要天才与深刻观察的，因为它是大胆地揭破黑暗，不求以甜蜜的材料引人入胜，从而它必须有极大的描写力量才足以使人信服。同时，它的缺点也就在用力过猛，而破坏了调和之美。本内特（Arnold Bennett）评论屠格涅夫（Tourgenieff）与杜思妥亦夫斯基说："屠格涅夫是个伟大艺术家，也是个完全的艺术家。"对于杜思妥亦夫斯基："在 The Brothers Karamazoff 开首，写那老僧人的一幕，他用了最高美的英雄的态度。在英国与法国的散文文艺中没有能与它比较的。我实在不是夸大其词！在杜思妥亦夫斯基之外，俄国文艺中也没有与它相等的。据我看，它只能与《罪恶与惩罚》中的醉翁在酒店述说他的女儿的羞辱相比。这两节是独立无匹的。它们达到了小说家所能及的最高与最可怕的感情。假如写家的名誉在爱美的人们中专凭他的片断的成功，杜思妥亦夫斯基便可以压倒一切写家，假如不是一切诗人。但是不然。杜思妥亦夫斯基的作品——一切作品——都有大毛病。它们最大的毛病是不完全，这个毛病是屠格涅夫与福禄贝所避免的。"（Books and Persons）是的，写实派的写家热心于社会往往忘了他是个艺术家。古典主义的作品是无处忘了美，浪漫主义的往往因好奇而破坏了美，写实主义的是常因求实而不顾形式。况且，写实家要处处真实，因而往往故意地搜求人类的丑恶，他的目的在给人一个完整的图画，可是他失败了，因为他只写了黑暗那方面。我们在佐拉的作品便可看到，他的人物是坏人、强盗、妓女、醉汉，等等；而没有一个伟大的人与高尚的灵魂，没有一件可喜的事，这是实在的情形吗？还有一层，专看社会，社会既是不完善的，作家便不由得想改造；既想改造，便很容易由冷酷的写真，走入改造的宣传与训诲。这样，作者便由客观的描写改为主观的鼓吹，因而浮浅的感情与哲学掺入作品之中，而失了深刻的感动力，这是很不上算的事。能完全写实而不用刺激的方法，没有一笔离开真实，没有一笔是夸大的，真是不容易的事，俄国的柴霍甫（Chekhov）似乎已做到这一步，但是，他就算绝对的写实家吗？他的态度，据本内特看，是："我看生命是好的。我不要改变它。我将它照样写下来。"但是，有几个写实家这么驯顺呢？

严格地说，完全写实是做不到的事。写实家之所以成为写实家，因他能有深刻的观察，与革命的理想，他才能才敢写实，这需要极伟大的天才与思想，有些小才干的便能写个浪漫的故事；像俄国那几个大写实家是全世界上有数的人物。既然写实家必须有天才与思想，他的天才与思想便往往使他飞入浪漫的境界中，使他由客观的变为主观的。杜思妥亦夫斯基的杰作《罪恶与惩罚》，是写实的，但处处故作惊人之笔，使人得到似读侦探小说的刺激。而且这本书中的人物——在 *The Brothers Karamazoff* 中亦然——有几个是很有诗意的，他的人物所负的使命，他们自己未必这样明了，而是在他的心目中如此，因为他是极有思想的人，他们便是他的思想的代表者与化身。创造者给他的人物以灵魂与生力，这灵魂与生力多是理想的。反过来说，浪漫派的作品也要基于真实，因为没有真实便不能使人信服、感动。那么，就是说浪漫与写实的分别只是程度上的，不是种类上的，也无所不可吧。Lafcadio Hearn（小泉八云）说："自然派是死了，只有佐拉还活着，他活着因为他个人的天才——并不是'自然'的。"（*Life and Literature*）这是很有见识与趣味的话。

写实作品还有一个危险，就是专求写真而忽略了文艺的永久性。凡伟大的艺术品是不易被时间杀死的。写实作品呢，目的在写当时社会的真相，但是时代变了，这些当时以为最有趣的事与最新的思想便成了陈死物，不再惹人注意。在这一点上，写实作品——假如专靠写实——反不如浪漫作品的生命那样久远了，因为想象与热情总是比琐屑事实更有感动力。小泉八云说："佐拉的名望，在 1875 与 1895 年之间最为显赫，但现在已经残败了……这个低落是在情理中的，因为他所表现的事与用语的大部分已成了历史的。法国在第二帝国的政治黑暗已与我们无关，自然科学也不复为神圣的，遗传律也不像他所想象的那样不能克服了，社会的罪恶也不是那样黑暗，他所以为罪恶的也不尽是罪恶，他所想的救济方法也不见得真那么有效……"（*European Literature in the Nineteenth Century*）在这里，我们得到了一个警告。

对于写实主义的攻击，我们再引几句话：

"这个自然主义的运动，在浪漫主义稍微走到极端，它的脚跟逐渐将离开地上去，猛然抬起头来了……这个运动，无妨说是将近代的内部生活，由一个极端转移到一个极端的。即是从溺惑个性，转向拜倒环境的……这种倾向也有短处。第一是：自然主义所主张的纯客观的立场，这是人所做不到的事……那里无论如何会生出不容其有地质学者对于一个岩石所能持的态度似的客观态度的。研究社会的现象时，固可以说易为（例如社会学、法理学、政治学之类），可是一旦向其锋尖于一个人的心的动作时，第一，对象就成了非常特殊的东西，所以就要生出难点。这么一来，和前面所说的自然科学的根本方针，就不得不弄出矛盾来了。像福禄贝和莫泊桑，都是被视为自然主义文学者的巨头的人，但是拿起两者的作品来一看，也许任何人都能够分别彼此各人所带的味儿似的东西吧。可以看出十分的差异，叫你想到：若将莫泊桑所表现的，给福禄贝去表现，也许不那么表现吧！……其次，自然主义的第二短处是：（上面也稍微提过似的）把人的生活断定为宿命的，视人的生活为一个现象（固然实际上在某种意思，不错是这样），而犹之乎别的现象，一切尽皆依自然律存在着，人也跑不出那支配万有的自然律——这样断定。自然主义却在这里丢失了一件重要的事，那是什么呢？就是：人类。和别种人生不同，发达着所谓自觉的特殊机能……人类依靠这个机能，不但意识自己的存在，并且会自觉。即，除了知道自己的存在是由环境的诸条件成立着外，还知道是由什么一种内部的要求成立着。恐怕特地显著地出现于人类的所谓自觉机能，是把人类区别自其他的生物，而使一跃而立

于地球上一切存在的最高位的吧。这种见解，则从科学地说，也是可以成立的……"（有岛武郎《生活与文学》，张我军译）

这一段话是以生命为对象的，我们再就艺术上说。艺术是创作的，假如完全抄写自然而一点差别没有，那与蜡制的模型有什么分别呢？在蜡人身上找不到生命，因而我们看得出它是假的，虽然在一切外表上是很齐全的。那么，假如艺术家的作品只是抄写，艺术还有什么可谈的价值呢！

在这个科学万能时代，批评家也自然免不了应用科学原理来批评文艺，像法国的泰纳便是一个。泰纳（Taine，1828—1893）[①] 以为批评家是个科学家而具有艺术目的者。他以为文艺是环境、民族及时代的产物。他批评一家的作品，必须先知道作家个人；得到了这个"人"，才好明白了他的作品，因人是社会的。对于这科学方法的批评，我们引道顿（E. Dowden）几句话证明它是否健全：

"……世上没有纯粹的种族，至少没有纯粹种族能成一民族，建造一文明国家，产生文艺与艺术。而且如泰纳所说，一民族的心智的特性能代代遗传不变，也是不确的话。遗传势力之影响于个人品性极为渺茫不定，我们可以承认他为一种假定，但在文学之历史的研究，这是不行的假定，只能发生纠纷，引入迷途。至于环境，我们也可以承认他的影响极其显而易见，但是这种游移不定的影响能否作科学研究的对象？艺术家能随意脱离环境，自己造出与品性

————————

① 一译丹纳，法国文艺理论家、史学家、艺术史家、美学家。著有《拉封丹及其寓言》《巴尔扎克论》等。

140

相合的小环境；或者他会顽抗起来，对于社会环境，生出反抗。不然，何以解释同一时期可以有极不同极相反的作家？Pascal 与 Saint Simon 岂不是在同时同地完全发展他们的天才？Aristophanes 与 Euripides 岂不是这样么？其实，一种艺术或文学愈昌明，环境的影响也愈减退。人已学会适应环境使之与自己相合，而保存他个人的气力；在一般发达的社会，各种各样的人都能找到与他需要嗜好相宜的居住所及社会。而且，生活滋长的原则也不尽在适应环境，生活也是'一种反抗，摆脱，或者说一种自卫的适应，与外来的势力相抵抗'；岁月愈久，自卫的机制也愈精巧、复杂而愈成功。泰纳所举各种势力自然存在而发生效力，但是他的作用极隐晦而不定。"（《法国文评》，林语堂译）

写实主义既有缺欠，而科学万能之说，又渐次失去势力，于是文学的倾向又不能不转移了。

但是，在这里我们应说明写实主义与自然主义的分别，因为前面引用书籍，把这两个名词似乎嫌用得乱一些。

这两个名词的意义本来没有多少分别，所以一般人也就往往随便地用。不过佐拉在说明他的作品主旨时揭出"自然主义"这个词，并且陈说他是要以遗传和境遇的研究，用科学方法叙述那所以然的原因。自然主义是决定主义，不准有一点自写家而来的穿插，一切穿插是事实的必然的结果。Fielding 与 Dickens 的作品有与自然主义相合之处，但是他们往往以自己的感情而把故事的结局的悲惨或喜悦改变了，这在自然主义者看是不真实的。自然主义作品的结局是由自然给决定的，是不可幸免的。在今日看，天然律并不这样严密，自然主义也就失去了力量。

新浪漫主义：我们略把新浪漫主义的特点写几句：

一、从历史上看，新浪漫主义是经写实主义浸洗过的。它既是发生在写实主义衰败之后，不由它不存留着写实主义一些未死的精神。浪漫主义的缺点是因充分自我而往往为夸大的表现。新浪漫主义对于此点是会矫正的，它要表现个人，同时也能顾及实在。

二、从哲学上看，近代对于直觉的解说足以打倒以科学解决的论调。直觉地以为内心的领悟与进展也是促使人类进步的势力之一。这并不与科学背驰，而且还能把物质与心智打成一气。在哲学上有了这样的论调，文学自然会感到专凭客观的缺欠，而掉回头来运用心灵。有的呢便想打倒科学，完全唯心，因而走入神秘主义。

三、新心理学的影响：近代变态心理与性欲心理的研究，似乎已有拿心理解决人生之谜的野心。性欲的压迫几乎成为人生苦痛之源，下意识所藏的伤痕正是叫人们行止失常的动力。拿这个来解释文艺作品，自然有时是很可笑的，特别是当以文艺作品为作者性欲表现的时候，但是这个说法，既科学而又浪漫，确足引起欣赏，文人自然会拾起这件宝贝，来揭破人类心中的隐痛。浪漫主义作品中，差不多是以行动为材料，借行动来表现人格，所以不由得便写成冠冕堂皇或绮彩细腻，但是他们不肯把人心所藏的污浊与兽性直说出来。写实主义敢大胆地揭破丑陋，但是没有这新心理学帮忙，说得究竟未能到家。那么，难怪这新浪漫主义者惊喜若狂地利用这新的发现了。他们利用这个，能写得比浪漫作品更浪漫，因为那浪漫主义者须取材于过去，以使人脱离现在，而另入一个玄美的世界，新浪漫主义便宜接在人心中可取到无限错综奇怪的材料，"心"便是个浪漫世界！同时，他们能比写实主义还实在，因为他们是依据科学根据的刀剪，去解剖人的心灵。但是，他们的超越往往毁坏了他们的作品的调和之美，他们能充分地浪漫，也能充分地写实，这两极端的试探往往不是艺术家所能降服的。

四、对科学的态度：科学太有系统，太整齐了，太一致了，在这处处利用科学的社会里，事事也渐呈一致的现象，凡事是定形的，不许有任何变换。这种生活不是文人所能忍受的，于是他们反抗了，他们要走到另一端去。他们的作品是想起什么便写什么，是心潮涨落之痕，不叫什么结构章法管束着。这是反抗科学的整齐一致的表示。他们对文艺的态度多是表现印象，而印象之来是没有什么秩序的。他们也喊着心灵的解放与自由，有的甚至想复古，因为古代社会纵有缺点，可是并不像现代这样死板无生气。乔治·莫尔这样地喊："还我古代，连它的惨忍与奴隶制度一齐来！"（George Moore, *Confessions of a Young Man*）

五、对社会的态度：写实派的作者是要看社会，写问题，有时也要解决问题。这新浪漫主义产生的时代，正是科学万能已经失去威权的时代，那写实派所信为足以救世的办法，并不完全灵验。加以社会的变动极快，今日以为是者，明日以为非，人们对道德、宗教、政治，全视为不可靠的东西。欧洲大战更足以促成这颓丧的心理，于是文士们一方面不再想解决问题，因为没法解决，一方面又不能不找出些东西来解释生命。这点东西自然不是科学所能供给的，也不是宗教道德中所能得来的，它是些超乎一切，有些神秘性的，新浪漫主义可以说是找寻这些不可知的东西。

象征主义：从"象征"这个字看，它是文艺中一种修辞似的东西，在诗与散文中常常见到。它是用标号表现出对于事物的感觉。这样的写法是有诗意的，因为拿具体的景象带出实物，是使读者的感情要渗透过两层的。但是，这是在古今诗文中常常见到的却不是象征主义。

要明白象征主义，必须看明新浪漫主义是什么。新浪漫主义有一方面是带有神秘性的，是求知那不可知的；这个神秘性的发展便成为象征主义，因神秘与象征是分不开的。这个由求知那个不可知的东西而走入神秘，不仅是文艺的一个修辞法，而且是一种心智的倾向。这个倾向是以某人某记号象征某事，不是像《天路历程》那种寓言，因为这些都是指定一些标号，使人看出它们背后的含义，这不是什么难做的事。现在的象征主义不是一种幻想，不是一种寓言；它是一种心觉，把这种心觉写画出来。这种心觉似乎觉到一种伟大的无限的神秘的东西，在这个心觉中，心与物似乎联成一气，而心会给物思想，物也会给心思想。在这种心境之下，音乐也可以有颜色，而颜色也可以有音调。有这种的心觉，才能写出极有情调的作品。这极有情调的作品是与心与物的神秘的联合，而不只是隐示——隐示只是说明象征，不能说明象征主义的全体。

至于神秘主义，在浪漫派与象征主义作品中往往看到神秘的倾向。在浪漫派作品中神秘足以增加它的奇诡，在象征主义作品中神秘有时候是一种动机，神秘主义自身并不成一种很大的文学倾向。

唯美主义：唯美运动是依顺浪漫主义而特别注意在美的一方面。19世纪初的浪漫运动已把"求美"列为文艺重要条件之一，奇次（Keats）已有"美是永久的欣悦"，和"美即真，真即美"的话。这对美的注意，经过先拉非尔派（Pre-Raphaelites）画家的鼓吹［这些画家有的也是大文学家，如罗色蒂（Rossetti）就是最著名的］，在文艺上也成了一派。看唯美派，在文艺的表现上，不如在文艺的内容思想上，更为有趣，因为他们的思想与人生全沉醉于美的追求，就是在社会改革上也忘不了美的建设，像莫理司（W. Morris）在理想的社会中非常注意建筑之美（看他的 *News from Nowhere*）。到了丕特（Walter Pater）便开始提倡审美的批评，他是把美和生命联成了一气。在他论华兹华斯（Wordsworth）的文章里说："用艺术的精神对待生命，则能使生命之法程与归宿结合而为一。"这足以表明他们的对人生的态度及美的功用，他们不只是在文艺上表现美，而是要像古代希腊人的生在美的空气中。但是，这个世界不能美好，因为太机械了，所以这唯美派的人们要把文艺做成纯美的，不受机械压制的，文艺不是为教训，而是使人的思想能暂时离开机械的生活。这种追求美好的精神很容易走到享乐主义上去，王尔德（Oscar Wilde）便是个好证据。据他看，艺术家的生命观是唯一的，清教徒是有趣

145

的，因为他们的服装有趣，并不是因为他们的信仰怎样。这样的生命观，是不能不以享乐为主。因此，他们便把社会视为怪物，而往往受着压迫。在文艺上，因为他的人生态度是如此，也就主张为艺术而艺术，而嫌与现实的生活相距太远了。

理想主义：这在文艺上根本不成立，因为无论是在古典派、浪漫派、写实派、唯美派，都不能没有理想；除了写侦探小说的大概是满意现代，不问事的对不对，只描写事的因果，几乎没有文艺作品是满意于目前一切的。乌托邦的写实者自然是具体的表示。对现世不满，而想另建理想国；但是那浪漫派的与唯美派的作品又何尝不是想脱离现代呢？所以，这个主义便不能成立（在文艺上），或者说它在文艺上太重要了，短了它文艺便不能成立，所以不应使它另成一个主义。我们且引几句话做证：

"有人说，文艺的社会使命有两方面。其一是那时代和社会的诚实的反映，另一方面是对于那未来的预言的使命。前者大抵是现实主义的作品，后者是理想主义或罗曼主义的作品。但是从我的《创作论》的立脚地说，则这样的区别几乎不足以成问题。文艺只要能够对于那时代那社会尽量地极深地穿掘进去，描写出来，连潜伏在时代意识、社会意识里的无意识心理都把握住，则这里自然会暗示着对于未来的要求和欲望。离了现在，未来是不存在的。如果能描写现在，深深地切到仁核，达到了常人凡俗的目所不及的深处，这同时也就是对于未来的大启示、大预言……我想，倘说单写现实，然而不尽他过于未来的预言的使命

的作品，毕竟是证明这作品为艺术品是并不伟大的，也未必是过分的话。"（厨川白村《苦闷的象征》，鲁迅译）

这很足以说明理想的重要，也暗示着理想不必成为理想主义，而是应在一切文艺之中，那么，我们无须再加什么多余的解释了。

这两讲是抱定不只说派别的历史，而是以文艺倾向的思想背景，来说明文学主义上的变迁的所以然。这样，我们可以明白文艺是有机的，是社会时代的命脉，因而它必不能停止生长发展。设若我们抱定了派别的口号，而去从事模拟，那就是错认了文学，足以使文学死亡的。

普罗文学的鼓吹是今日文艺的一大思潮，但是它的理论的好坏，因为是发现在今日，很难以公平地判断，所以这里不便讲它。我们现在已觉到一些新的风向，我们应当注意，这个风到底能把文艺吹到何处去，我们还无从预告。

第十二讲　文学的批评

所谓文学批评者，就是文学讨论它自身。普通的人读书，只说我爱这本书，不爱那本书，为什么呢？因为这本书对我是有趣的，那本书没有趣。但是，为什么有趣呢？普通的人便不深究了。另有一些人，他们不但是读书，而且要真明白它，于是他们便要找出个主旨来，用以说明他们为什么爱这本书，不爱那本书。这样，研究文学的人也必须是文学批评者，他不只说我爱这本书，而且也要问：为什么它可爱？它是应当可爱吗？为回答这个问题，他必须从许多文学作品中，找出个主旨来，好帮助他批评某个文艺作品——文学批评便于此形成了。

文学批评有许多种，我们为省事起见，就用莫尔顿（R. G. Moulton）的方法，把文学批评分为四大类——理论的批评、归纳的批评、判断的批评与主观的批评。在我们说明这四类以前，应当对中国的文艺批评家，如刘勰、袁枚等致歉，因为他们的批评理论虽有相当的价值，但是没有多少人去应和他们。所以在中国，文学批评并没有在文学中成为很显明的一支，对于批评这个词也没有确切的说明。因此，我们还是用西洋的理论较为清晰。现在我们依次说明这四大类：

一、理论的批评：理论的批评好似文学中的哲学，它是讲文学原理的。在最初的两个批评家——柏拉图和亚里士多德——便有显然相反的学说，因为他们对文学的基本原理的假设是不同的。柏拉图是以文学应为哲学的，他把哲理放在文学以上。亚里士多德是以文学为艺术的，他把文学的怎样表现放在真理以上。在柏拉图的《理想国》第十卷里，梭格拉底说：

"……以诗表现的艺术对于听者是极有害的……自我幼时，我对荷马即极敬爱，至今犹不愿畅所欲言，因为他是那美的悲剧作者们的大首领与教师，但是，我还得说出来，因为人不应受超过真理的尊崇。"

梭格拉底开始证明艺术是模仿，离真理甚远，因此他问："哥老肯，你想一想，假如荷马真能教训与改善人类——假如他有真识而不只是个模仿者——你能想到，我说，他能没有许多门徒，而被他们尊爱吗?"这样，他证明荷马不是个人类的大师，因为他不明真理。因他不明真理，所以他描写些不应当说给人们听的东西，有这样的诗人是国家的不幸，而应当驱逐出境的！这里，我们看出来柏拉图是要使文学家成为哲学家，而文艺的构成必依着理想国的理想。

亚里士多德便不这样了。他说，历史与诗的分别："一个是叙说已过去的事实，一个是叙说或者有过的事实。所以诗比历史是更哲学的，更超越的。因为诗是要说普遍的，历史是特别的。"(《诗学》九章)

这里，我们看见正与柏拉图相反的论调。他们的不同是:

"柏拉图是个理想者，他的批评是在以研究人生所得的原理来考验文学与艺术。亚里士多德是个实际者，他的批评是立于他面前所有的文学材料的考虑上。柏拉图以为艺术与文学之产生，以批评的目的看，是纯为传达哲学真理的工具。批评的意义他以为是从事于检定诗与艺术所传达的合于哲学所传达的到了什么程度……亚里士多德的批评，在另一方面，对任何伦理的动机是独立的，在他的计划之下，批评是另一种探讨。艺术，他在《伦理学》中说，是'创造机能与理智的联合'的产品。在《诗学》里，他看到:创造机能的本源是表现的最初动力，他也指明:这样解释艺术所得的结果，一定与任何专凭发智的努力所得到的结果不同。"(Worsfold, *The Principles of Criticism*)

于此，我们看明这两位大圣人的批评的不同源于他们的主旨不同。后世有许多这样的批评理论，有的用心理去说明想象，而以想象说明文学，像英国的爱迪森（Addison）；有的以表现所用的工具不同，由美学说到文学，像德国的莱辛（Lessing）与法国的果桑（Victor Cousin）。他们所要说明的，都是文学上的问题，如诗与别种艺术是用不同的工具表现真实，如诗与艺术是自然经过选择、洗练，而后成为艺术等等学说。这些学说自然未必尽善，而且有时候离开了文学，但是它们对于文学的了解极有帮助。中国所以缺乏文学批评的文艺当然不止一个原因，但是因为缺乏美学的讨论，与用心理作用说明文学的功能与构成，至少可以算一个重大的原因。

这理论的批评往往是文学革命的宣传者。这种宣传足以打倒固定的爱好，而唤起新的欣赏。文学批评自然是要先有文艺作品，而后才有寄托的，但是，只有新的文艺作品而没有理论来辅佐，革命的进展与成功是很慢的，而且有时候完全被旧的标准给压服下去。中国的词、小说与戏曲的发展，都是文艺革命的产品，但是没有理论来辅助，终不能使革命完全成功。文学理论陈旧了便成了一种锁镣，限制住文艺自由地发展。但是，当它是崭新的时候，它实足以指导人们，使人们用新眼光看新作品。英国的浪漫主义运动便是很得力于华兹华斯的理论，他是主张"天才是把新分子介绍理智的宇宙"的，他的作品是新创造的，他便需要新的欣赏；新的作品与新的欣赏全要创造出来的。

二、归纳的批评：这个是从很多的材料归纳成一个批评的标准，它是要分析文学，看文学到底是什么，因观察而到解释上去。它是用科学方法来观察文学的。有的批评家这样做，只是仔细研究分析作品的内容，而不去判定价值；有的是研究作品与其环境，好与其他的作品比较，而断定它的位置。这二者都极有趣，但都容易发生错误。那细细分析内容的便是要替作品作个解释，这样很容易把作品中原来没有的东西作为解释的线索，像中古的猜测《圣经》，和中国的《西游记》的评注等都是如此。还有呢，这种分析法本来是要科学的，但是批评家的思想设若比作者的聪明，他便以他自己的思想来解释作品，像中国学者的解释《诗经》——本来是男女相悦之歌，倒成了规讽的文章了。那以环境时代来解释文学的，往往太注重作者，而忽略了文学的本身。总之，这样细细分析文学总免不了太机械的毛病，因为创造机能是带些神秘性的，是整个的；除了作者自己是不容易说得周到的，这种批评往往是很聪明的，而很少是完全的，它能增高欣赏，但有时是错误的，它的目的是公道地指出文艺是什么，但是，它有时候便失了这公平的态度。

对于归纳批评的好处，我们引莫尔顿——他以归纳批评为解释的批评——几句话：

"解释的批评是极清楚地去规定，它是与判断批评相反的。心智在检讨与解释有结果之前，不能开首就去评判；'应当怎样'的意见是检验东西的真相的一大障碍；心中有固定的爱好对于扩大的爱好是不利的，我们不能同时维持标准以反抗革新，又能留心于新文学的进行，我们不能同时使文学趋就我们的思想，又能使我们的思想趋就文学。

151

总之，我们不能同时是判断的，又是归纳的。好像油与水，这两种批评各有价值，像油与水，这两样不能掺和……如批评，依着遗传下来的看法，是与判断相同，则文学史当是文艺胜过批评的。现代对文学的态度并不把估量与判断除外。但是它承认判断的批评必须有极自由的归纳的检查为先驱；若是，归纳的批评实为批评的基本要件。"（Moulton, *The Modern Study of Literature*）①

这一段话里指明：归纳批评，假如能作得好，是极公正的，没有阻止文学发展的毛病。同时也暗示出（在末一句里）：理论的批评也是由归纳的手续提出原理。那就是说，批评必基于分析观察以便解释，而后才能有文学理论的形成。

三、判断的批评：判断的批评便是批评者自居于审官的地位而给作品下的评判。要这样做，批评者必须有一个估量价值的标准。因此，在历史上，理论批评便往往变成文学的法典，批评者用这个法典去裁判一切。理论的批评原是由观察文学而提出原理，这种原理是为解释文学的，不是为指点毛病的。以亚里士多德说，他从古代希腊文艺中找出原理，是极大的贡献，他并没叫后人都从着他。假如他生在后代，所见的不只是希腊文艺，他的文学原理一定不会那样狭窄。不幸，在文艺复兴后，文士拿这一时代的原理，一种文艺的现象，作为是给一切时代、一切文艺所下的规法。于是文艺批评便只在估定价值上用力，而其范围便缩小到指点好坏与合规则与否，这是文艺批评的一

---

① 即莫尔顿《文学的现代研究》。

152

个厄运。

指点毛病是很容易的事，越是没有经验的人越敢下断语，这在事实上确是如此。指点毛病必须对同情加以限制，但是，了解文学不能只以狠心的判断为手段，对文学的了解似乎应由同情起，应对它有友谊的喜爱，而后才能欣赏。自然，在文学批评中"客气"是没有必要的，因为没有坏处也显不出好处来，就是极伟大的作品也不能完全——世界上哪有一本完全的作品呢？但是，这指点毛病，就是公平，也不是批评的正轨，因为这样的批评者是以一种规法为准，而不能充分地尽批评的责任；对欣赏上，他不能由成见改为是否他自己——不管规法标准——爱某个文艺作品。对学理上，他限制住文学创作的自由。

指出判断批评的缺欠正足以证明理论的与归纳的批评之优越。塞因司布瑞在论新古典派与浪漫派交替时代的文学批评指出来：美学的研究与观察历史为浪漫派胜过古典派的两点。对美学的研究，他说：

"以更宽广的更抽象的美学探讨来重新组织批评，其利益与重要是很显然的。美学普通理论之组成——对各种艺术及一种艺术的支别的探讨无论如何偏畸，或如何奇幻——它不能不（无论如何间接地，无论怎样与本意相反）把已成的意见及理论给动摇了，有时候且打碎了。'为什么'和'为什么不'一定会不断地来找这样的研究者，已经说过两三次了，这'为什么'与'为什么不'是攻击一切成见的批评的利器……"

对于历史的研究，他说：

"文学史的研究大体地是，比较文学史的研究绝对地是，一个新东西……历史是批评的——和几乎是一切的——材料的根源。要评判必先要知道——不但必须知道所谓想过的、做过的、写过的之最好的（假如你不知道其余的，怎能知它是最好的?），而要把那活动的变化的动物，所谓人者的所写过的、做过的、想过的全取过来，或全部的一样取一些。他的活动和他的变化还要与你要坏招数，因你永不能知道极广；但是，你越知道广些，那错误的区域越狭窄一些。我们所知的最完善的批评作品——亚里士多德的和郎吉纳司的——其好处是由于作者对他们所见到的作品有精详的知识；其实有缺欠也不能完全是由于他们未能看见一切。"（Saintsbury，*A History of English Criticism*，Interchapter IV）

　　理论的批评的理论必须由归纳法而来，它的目的不是在规定法则，而是陈述研究的结果，从事于指导。归纳的批评是公平的检查，为理论的批评的基础。这二者是与时俱进的，不是一成不变的，因为他们是要看得多，知道得广，随着历史进行的。判断的批评只是在批评史上有讲述的必要，实在不是批评应有的态度。判断的批评不接受新的作品，不看新的学说，也没有历史观，所以它是极褊狭的，而且很有碍于文学发展的。

　　四、主观的批评：判断的批评是指出对不对多于爱不爱，对不对是以一定的法则衡量作品的自然结果，爱不爱是个人的，不管法则标准。爱不爱是批评中的事实，而主观的批评便基于此。这种批评是以批评者为主，于是批评者成了一个作家，他的批评作品成为文艺作品。这种作品纵在批评上没有什么贡献，但是它的文字是美好的，使人不因它的内容而藐视它的文学价值。

因近代好自由的精神，这种批评颇风行一时。严格地说起来它并不是批评，而是个人借着批评来发表心中所蕴。佛朗士（Anatole France）说得很有趣：

"批评，据我看，正如哲学与历史，是一种小说，借以表现精细与好奇的心智。凡小说，正确地明白了，都是自传。好的批评家是个借杰作以述说他心灵的探险者。

"客观的批评，没有这么一回事，正如没有客观的艺术。那夸示将自己置于作品之外的是最虚假的欺人。真理是这样：人不能离开他自己。这是我们的最大烦恼……要打算真诚爽直，批评家应当说：'先生们，我要说我自己对于莎士比亚，或阿辛（Racine），或巴司克尔（Pascal），或歌德——这些题目供给我很美的机会。'" （*The Adventure of the Soul*）

克尔（Alfred Kerr）说："做一个批评者，假如只限于此，是个笨营业。演义的道理比早晨的烧饼还陈腐得快。我相信，那有价值的是批评的自身也成为艺术，就是当它的内容已经陈腐，还能使人爱读。批评应当视为与创造同类……什么是生产的批评？批评者还没有生过一个诗人！生产的批评在批评中创造出一艺术品。别的一切解释全是空的。只有批评家中的诗人才有评论诗人的权利……将来的批评者必均坚持此理：去建设一个系统只能引起迷惘；能持久的必是叙说得好的。" （*Das Neue Drama*）

这种印象派或欣赏派的主张是有趣的、刺激的。而且含有只有艺术家才能明白艺术，和爱文学而不爱文学的规法的意思。但是，这种批评不是全无危险的，从批评者说，批评者应当拿什么作他的主旨？自然还是归之于多读多看，而后才能提出主旨。假如批评者完全自主，以产生文艺为目的，而以批评作为次要的，批评的自身便极危险了，因为这样主张的人可以不下功夫多读多看，而一任兴之所至发为文章，这岂不是把批评的原旨失了么？批评必须比较，设若只以爱与不爱立言，便无须比较，因为爱这个便不爱那个，用不着比较了。这主观的批评是自己承认不是科学的，可是不用科学方法怎能公平精到呢？再从读者方面说：

"这样的批评有三个危险：但不是主观批评的，是现代读者对于这种批评的态度的。第一是容易以这种批评与别种批评相混。读批评文字，不注意讨论，而专看它的结论怎样出来。这是两重的不公道。对文学本身不公道，因为不看它的诚实的解释，而易以现成的宣言——纵使是出于最大的注释家的。对于如约翰孙、剖蒲、爱迪森等人也是不公道的，以他们的文学意见估量他们——他们的文学意见一部分是他们的时代产物——而不看他们使那意见立得住的力量……；第二是多量的批评文学对于文学研究的通病是应该负责的，因为人们只读关于文学的作品，而不去读文学本身……；第三是带点理论性质的。据我看，注重主观的批评使文学研究从对诗的艺术的要点移到细小之点上去了……现在的普通批评文学很少注意于考拉瑞芝所谓诗的'全部的欣赏'，而多注意于'组成部分的美好'。"

从上面的四种批评的短长，我们看出来，批评有两个元素：哲学的与历史的。我们还是引莫尔顿的话吧。哲学的与历史的是：

"一个是打算得到文学的原理；一个是批评文学的继续。哲学的批评是有基本的重要；批评史的重要首先在能帮助文学的哲学。"

由这两句话我们看到，文学的哲理是把部分和全体联络起来，那么，批评的任务必是由检考文学、由特别的而达到普遍的。这样，批评史所记载的批评意见只是历史上的演进，把这些进行的方向分划出来，也是文学的哲学的一部分工作；那就是说，用历代的批评学说作我们的哲学的参考。专研究一时代的批评作品的历史是不很重要的。它们的重要只是因为它是文学原理的一支，借着它们可以看到理论的全体。这样，我们明白了文学批评与文学批评史的分别，批评史对文学批评的重要，不在乎历史，而是在文学方面。文学批评，那么，是解释文学的，是理论的。由此我们可以提到文学批评的功能的另一方面了。

因为文学批评是解释文学的，所以它也可以由解释文艺到解释生命上去。这并不是说以道德的标准去批评文艺，而是以文艺和文艺时代的生活相印证。这是阿瑙德（Matthew Arnold）的主旨。他不但批评文学，也批评生命，他批评文艺，也批评批评者。他以为文化的意义便借求知而近于完善，求知便能分辨好坏善恶，这便是批评。因此批评的事务是"要知道世界上所知所想过的最好的，然后介绍出去，以创出一个真的新的思潮"。批评的根本性是要公

157

平无私。这样，批评家是有所为的：社会有了好的知识与文化，才能欣赏文艺而帮助文艺发展，批评家必须给文艺造一个环境与空气。批评者是制造这空气的，也就是社会改造者。我们看多数的批评作品是解析文学的，于此我们又看见一个解析批评者。批评者，据他看，好像是施洗的约翰，给一个更大的人物预备道路。在这里，我们晓得文学批评的功能，在它本身是要作成文学的哲理，在它的宣传是要指导文学与社会，它并不是指点错误和挑毛病的意思。中国的文学很吃没有这用整个的理论来批评和指导的亏，而养成公平无私的批评尤为今日之急需。

"唯有批评，不承认有不易的定理，不肯为任何教门派别的肤浅陈腐之谈所束缚，能养成那沉静哲学心境，能为真理而爱真理，虽明知真理不易达到，也一样地爱她。"（王尔德《批评家即艺术家》，林语堂译）

谁是批评者呢？在批评史上我们看见许多创造者也是批评家，也有许多批评家不是创造者。我们也常听到批评家指摘创作家的短处，和创造者的诟骂批评家。到底谁应当作批评者呢？这几乎永远不能规定，我们只能就事实上说。那就是说，在事实上，艺术家自己明白自家艺术的底细，自然，他假如乐意，会写出最有价值的批评来，因为他是内行。但是，艺术是广泛的，创造家不易多才多艺，他所会的他自然可以说明了，但是他不能都会，不能件件精通，于是他便不能不把批评的事业让给一些专门的批评家。况且，一个文艺作品创造出来，是要交给别人读的，而读者是要对它说话的人。自然，一个公平的科学的批评者是要从文艺本身下手，设身处地地为那创造者设想，但是他所见的设若是很广，他一定会指出创造品的缺欠，或是发表与创造者相反的意见。要使创造者与批评者完全气味相投，毫无抵触，是极难的事；创作家的自傲，与批评者的示威，往往是不易相处的。但是，无论怎么说，艺术家既不能全兼作批评家，批评家还是很重要的。况且，批评家的成功，不单在他的意见上，而是须有文学天才的帮助，他的批评文字假如也是文艺，这是无疑的文艺界的幸运。

谁是批评者似乎是在艺术家与批评家的争执中不易解决的，我们只能说，艺术家而能作批评的事业是极好的，但事实上不能人人如此，那么，批评家便产生了，这在事实上是必然的，而且是很好的事。我们现在说怎样成为批评家，和批评家当有的态度。

要成个批评家必须有天才和像王尔德所谓的"一种有锐敏感觉美及美所给予我们的印象的性情"，是无须多说的，他也必须有相当的训练，塞因司布瑞对于爱迪森的批评作品说："……真的，他的三四十篇文章里，继续增加对于何为批评的了解……批评是，从一方面说，一种艺术，其中很少见到可靠的简单节要——它比一切的创作艺术都需要更多的读书与知识——而且头一件是在做对过以前，必须有许多错误，也许没有一个有地位的批评家，不是在作完了比初作时更好的。"这是个很显然的事实，不必多说。至于他应有的态度，他第一应当站在创造者的地位去观察。

159

"艺术家可以比作一个探看荒林的探险者，自家去开出一条路。批评者像第一个检查者去考察这条路。他看见这条路在丛荒之中开过去，他判断这筑路的材料如何坚实，和做的时候费了多少力。他也许愿意有些地方应当改换方向，指出如何可避免某个险坡、某个急转、某个不必要而没道理的桥。但是，这并无关紧要，这路已这样修好，他只好随着它走；他必须估定路的价值，在它已成为通衢大道，四围的榛莽已被剪除，已成为繁华的、普通的以前。假如他来得太晚了，这路已成了通用的大路，他必须把后来加添的东西除去，用心眼去设想它的原形，想出那荒林还在路的两旁时的光景。"（Scott James, *The Making of Literature*, Chapter 29）

这样，便合了以我就文艺的道理，而不至于武断。这种态度才能真实地去看文艺，而把文艺所带着的注解和陈腐无谓的东西都放在一边。这种态度能叫批评者对新的旧的作品都一视同仁，不拿成见硬下判断。这样，他不但只是了解文艺，他也一定要明白文艺中所含的生命是怎样，那就是说，他必明了人生，才能明白文艺所表现的是什么。这样，批评家所具的天才，所忍受的苦，所有的道德，才能与艺术家媲美，而批评便成了一种艺术，而不是"诗只能被诗人摩抚"。艺术家是比批评家多一些自由的，批评家的难能可贵也就是因为他能真了解艺术家，他绝不是随便批评几句便可成功的。

批评家也必须对创造家表同情，批评不只是挑毛病。没有同情，便不会真诚，因为他以批评为对作家示威的举动。"对于青年人我须这样说，以缺点判断任何作品永远是不智慧的：第一个尝试应当是去发现良美之点。"（Coleridge）这是句极有意思的话。

天才，审美心，训练，知识，公平，精细，忍耐，同情，真诚……这么些个条件才能做成个批评家！

第十三讲　诗

在第六讲与第九讲里，我们谈过诗是文艺各支的母亲。在第八讲里，我们看清了诗与散文的分别。现在应讲：（一）诗与其他文艺的区别，这是补充第八讲；（二）诗的分类；（三）诗的用语。

一、诗与其他文艺的区别：在第八讲里，我们看到诗与散文的所以不同。因为这么一分划，往往引起一些误会：诗的内容是否应与戏剧小说等根本两样呢？现代的文艺差不多是以小说为主帅，诗好像只是为一些老人，或受过特种教育的有闲阶级预备着的。一提到诗，人们好似觉得有些迷惘，诗的形式是那么整齐，诗的内容也必定是一种不可了解的东西。可是，我们试掀开一本诗集，不论是古代的还是当代的，便立刻看到一些极不一致的题目：游仙曲，酒后，马，村舍；假如是近代的，还能看到：爱，运动场，洋车夫，汽车……这又是怎回事呢？游仙曲与汽车似乎相距太远了，而且据一般不常与诗亲近的人推测，汽车必不能入诗。及至我们读一读汽车这首诗，我们所希冀的也许是像小说中的一段形容，或舞台上的布景；可是，诗中的汽车并不是这样，十之八九它是使我们莫名其妙的。这真是个难题；诗与戏剧小说或别种文艺在内容上根本须不同吧，这诗集里分明有"汽车"这么一首，说它应与别种文艺相同吧，这首汽车诗又显然这么神秘！怎么办呢？

　　诗的内容与别种文艺的并没有分别，凡是散文里可以用的材料，都可以用在诗里。诗不必非有高大的题目不可。那么，诗与散文的区别在哪里呢？在第八讲里说过，那是心理的不同。诗是感情的激发，是感情激动到了最高点。戏剧与小说里自然也有感情，可是，戏剧小说里不必处处是感情的狂驰。戏剧小说里有许多别的分子应加以注意，人物、故事、地点、时间等等都在写家的眼前等调遣，所以，戏剧家小说家必须比诗人更实际一些，更清醒一些。他们有求于诗，而不能处处是诗。"一朝春尽红颜老，花落人亡两不知！"《红楼梦》的作者是可以写首长诗补救散文之不足的。至于诗人呢，他必须有点疯狂："诗要求一个有特别天才的人，或有点疯狂的人，前者自易于具备那必要的心情，后者真能因情感而忘形。"（亚里士多德《诗学》十七）诗人的感情使他忘形，他便走入另一世界，难怪那重实际的现代的侦探小说读者对诗有些茫然。诗是以感情为起点，从而找到一种文字、一种象征，来表现他的感情。他不像戏剧家小说家那样清楚地述说，而是要把文字或象征炼在感情一处，成了一种幻象。只有诗才配称字字是血，字字是泪。

　　诗人的思想也是如此，他能在一粒沙中看见整个的宇宙，一秒钟里理会了永生。他的思想使他"别有世界非人间"，正如他的感情能被一朵小花、一滴露水而忘形。"身无彩凤双飞翼，心有灵犀一点通。"（李商隐《无题》）他的思想也许是不科学的，但"神女生涯原是梦"是诗的真实，诗自有诗的逻辑。况且诗是不容把感情、思想，与文字分开来化验的。诗人的象征便是诗人的感情与思想的果实，他所要传达出的思想是在象征里活着，如灵魂之于肉体，不能一切两半的。他的象征即是一个世界，不需什么注解。诗也许有些道德的目的，但是诗不都如此，诗是多注意于怎样传达表现一个感情或一个思想，目的何在是不十分重要的；诗人第一是要写一首"诗"。诗多注重怎么说出，而别种文艺便不能不注意于说些什么。

这样，我们才能明白为什么诗能使我们狂喜，因为它是感情找到了思想，而思想找到了文字。它说什么是没有大关系的，马，汽车，游仙曲，都是题目；只要它真是由感情为起点，而能用精美的文字表现出，便能成功。因此，我们也可以看清楚了，为什么诗是生命与自然的解释者，因为它是诗人由宇宙一切中，在狂悦的一刹那间所窥透的真实。诗人把真理提到、放在一个象征中，便给宇宙添增了一个新生命。坡说：诗是与科学相反的。诗的立竿见影的目的是在愉快，不在真实。诗与浪漫故事是相反的。诗的目标在无限的愉快，而故事是有限的。音乐与愉快的思想相联结，便是诗。我们不是要提出诗的定义，我们只就这几句话来证明为什么诗能使生命调和。因为诗的欣悦是无限的，是在自然与生命与美中讨生活的，这是诗之所以为生命的必需品。"诗的力量是它那解释的力量；这不是说它能黑白分明地写出宇宙之谜的说明，而是说它能处置事物，因而唤醒我们与事物之间奇妙、美满、新颖的感觉，与物我之间的关系。物我间这样的感觉一经提醒，我们便觉得我们自己与万物的根性相接触，不再觉得纷乱与苦闷了，而洞晓物的秘密，并与它们调和起来，没有别的感觉能这样使我们安静与满足。"（Matthew Arnold）[①] 醒着，我们是在永生里活着；睡倒，我们是住在时间里。诗便是在永生里活着的仙粮与甘露。雪莱赠给云、叶、风与草木永生的心性，他们那不自觉的美变为清醒的可知的，从而与我们人类调和起来。在诗人的宇宙中没有一件东西不带着感情，没有一件东西没有思想，没有一件东西单独地为自己而存在。"二年鱼鸟浑相识，三月莺花付与公。"（苏轼）这是诗人的世界，这是唯有诗人才能拿得出的一份礼物。

我们不愿提出诗的定义，也不愿提出诗的功用，但是，在前边的一段话中，或者可以体会出什么是诗，与诗的功用在哪里了。

二、诗的分类：这是个形式的问题。在西洋，提到诗的分类，大概是以抒情诗、史诗、诗剧为标准的。亚里士多德的《诗学》差不多只是讨论诗剧，因为谈到诗剧便也包括了抒情诗与史诗。史诗、抒情诗、诗剧是古代希腊诗艺发展的自然界划。这三种在古代希腊是三种公众的娱乐品。在近代呢，这三种已失去古代的社会作用，这种分类法成为历史的、书本上的，所以也就没有多少意义。就是

[①] Matthew Arnold，马修·阿诺德（1822—1888），英国诗人、评论家。

以这三种为诗艺的单位，它们的区划也不十分严密。史诗是要有对话的，可是好的史诗中能否缺乏戏剧的局势？抒情诗有时候也叙事，诗剧里也有抒情的部分。这样看，这三种的区别只是大体上的，不能极严密。

对于诗的分类还有一种看法，诗的格式。这对于中国人是特别有趣的。中国人对于史诗、抒情诗、戏剧的分别，向来未加以注意。伟大的史诗在中国是没有的。戏剧呢，虽然昌盛一时，可是没有人将它与诗合在一处讨论。抒情诗是一切。因此提起诗的分类，中国人立刻想到五绝、七绝、五律、七律、五古、七古、乐府与一些词曲的调子来。就是对于戏剧也是免不了以它为一些曲子的联结而中间加上些对话，有的人就直接地减去对话，专作散曲。大概地说起来呢，五古、七古是多用于叙述的，五绝、七绝是多用于抒情的，律诗与词里便多是以抒情兼叙事了。诗的格式本是足以帮助表现的。有相当的格式更足以把思想感情故事表现得完美一些。但是，专看格式，往往把格式看成一种死的形式，而忘了艺术的单位这一观念。中国人心中没有抒情诗与叙事诗之别，所以在诗中，特别是在律诗里，往往是东一句西一句地拼凑，一气呵成的律诗是很少见的，因为作诗的人的眼中只有一些格式，而没有想到他是要把这格式中所说的成个艺术的单位。这个缺点就是伟大诗人也不能永远避免。试看陆游的"利欲驱人万火牛，江湖浪迹一沙鸥。日长似岁闲方觉，事大如山醉亦休"是多么自然，多么畅快，一点对仗的痕迹也看不出，因为他的思想是一个整的，是顺流而下一泻千里的。但是，再看这首的下一半："砧杵敲残深巷月，井梧摇落故园秋。欲舒老眼无高处，安得元龙百尺楼？"这便与前四句截然两事：前四句是一个思想，一个感情，虽然是放在一定的格式中，而觉不出丝毫的拘束。这后四句呢，两句是由感情而变为平凡的叙述，两句是无聊的感慨。这样，这首《秋思》的前半是诗，而后半是韵语——只为凑成七言八句，并没有其他的作用。这并不是说，一首七律中不许由抒情而叙述，而是说只看格式的毛病足以使人忽略了艺术单位的希企；只顾填满格式，而不能将感情与文字打成一片，因而露出格式的原形，把诗弄成一种几何图解似的东西了。

再说，把诗看成格式的寄生物，诗人便往往失去作诗的真诚，而随手填上一些文字便称之为诗。看苏轼的《祥符寺九曲观灯》："纱笼擎烛迎门入，银叶烧香见客邀。金鼎转丹光吐夜，宝珠穿蚁闹连朝。波翻焰里元相激，鱼舞汤中不畏焦。明日酒醒空想象，清吟半逐梦魂销。"这是诗么？这是任何人所能说出的，不过是常人述说灯景不用韵语而已。诗不仅是韵语。可见，把格式看成诗的构成元素，便可以把一些没感情、没思想的东西放在格式里而美其名曰诗。灯景不是个坏题目，但是诗人不能给灯景一个奇妙的观感，便根本无须作诗。

由上面的两段看出，以诗艺单位而分类的，不能把诗分得很清楚。但是有种好处，这样分类可以使诗人心中有个理想的形式，他是要作一首什么诗，一首抒情的，还是一首叙事的，他可以因此而去设法安排他的材料。以诗的格式分类的容易把格式看成一切，只顾格式而忘了诗之所以为诗。研究格式是有用的，因为它能使我们认识诗艺中的技巧，但是，以诗而言诗，格式的技巧不是诗的最要紧的部分。

再进一步说，诗形的研究是先有了作品而后发生的。诗的活力能产生新格式，格式的研究不能限制住诗的发展。自然，诗的格式对于写家永远有种诱惑力，次韵与摹古是不易避免的引诱，但是，记住五六百词调的人未必是个词家。这样，我们可以不必把诗的格式一一写在这里，虽然研究诗形也是种有趣的工作。研究诗形能帮助我们明白一些诗的变迁与形式内容相互的关系，但这是偏于历史方面的；就是以历史的观点看诗艺，它的发展也不只是机械的形体变迁，时代的感情、思想与事实或者是诗艺变迁更大的原动力。

三、诗的用语：刘禹锡作诗不敢用"糕"字，因它不典雅。现代一位文人把"尿"字用在诗中，而自夸为创见。诗的用语到底有没有标准呢？这是个许久未能解决的问题。在大诗人中，但丁是主张用字须精美，Wordsworth 是主张宜就日常生活的言语用字。欧·亨利幽默地提出这个问题，而未能加以判断（看 *Proof of the Pudding*①）。我们应怎样解决呢？

由文字的本身看，文字都是一样有用的，文字自己并没有天然地就分为两类：诗的字与非诗的字。文字正像色，会用色的人才会画图，颜色本身并不是图画。文字自己并没有诗意，是在诗人手里才成为诗的组成分子。这样看，

---

① 即《布丁的证明》。

167

诗人用字应当精细地选择。他必须选择出正好足以传达他的思想与感情的字——美的是艰苦的，这是无可推翻的道理。专顾典雅与否是看字的历史而规定去取，这与自我创造的精神相悖，难免受"刘郎不肯题糕字，虚负诗中一代豪"的讥诮。主张随便用字的人，像 Wordsworth 以为好诗是有力的情感之自然流泻，只有感情是重要的，文字可以随便一些。只雕饰文字而没有真挚的感情是个大错误。但是，有了感情而能呕尽心血去找出最适当的、最有力的字，岂不更好？这样，我们便由用什么字的问题变为怎样用字的问题了。用什么字是无关重要的，字本来都是一样的，典雅的也好，俗浅的也好，只要用得适当而富有表现力。作诗一定要选字；不是以俗雅为标准，而是对诗的思想与感情而言。诗是言语的结晶，文字不好便把诗毁了一半，创造是兼心思与文字而言的。空浮的一片言语，不管典雅还是俗浅，都不能算作诗。中国的旧诗人太好用典了，用典未必不足以传达思想，但是，以用典为表示学识便是错误。有许多杰作是没有一个典故的。中国的新诗人主张不用典，这是为矫正旧诗人的毛病，可是他们又太随便了，他们以为随便连串上一些字便可以成诗。诗不是那么容易的东西。白话是种有力的表现工具，但是，诗人得抓住白话那"有力"之点，能捉住言语的精华不是一般人所能做到的，就是诗人也要几许工夫而后才能完全把言语克服了。"红杏枝头春意闹"的"闹"字，"云破月来花弄影"的"弄"字，都是俗字，可是这两个俗字要比用两个典故难得多了。王安石的"春风又绿江南岸"中"绿"字原是

"到"字，后改为"过"字，又觉不好而改为"入"字，最后定为"绿"字。这些字全是俗字，为何要改了又改，而且最后改定的确比别的字好？天才的自然流露是确有其事，但是，"自昔词人琢磨之苦，至有一字穷岁月，十年成一赋者。白乐天诗词，疑皆冲口而成，及见今人所藏遗稿，涂窜甚多"（《春渚纪闻》），这足以给新诗人一些警戒。用白话写的与用典故写的都不能算诗，假如写的人只是写了一段白话，或写了一堆典故；美的是艰苦的。

诗的体裁也与用字有关系，"诗庄词媚，其体元别"自非确当的话，但是一首七古与一首词间所表现的自然有些不同。《琵琶行》不能改入《虞美人》和《玉阶怨》，因为体裁不同，所表现的内容也便不同。因此，找到适当的格式，还要找相当的文字，才能作足这形式之美。自然，一个格式也可以容纳许多不同的思想感情，但有的格式是只能表现某一些思想的，绝句与多数的词调的容纳量是比律诗窄狭得多的。诗虽未必都"庄"，而许多小令是必须"媚"的。新诗的发展还正在徘徊歧路的时期，在形式上有许多人试用西洋诗体，这个尝试是应小心一点的；专拿来一种格式，而不管它适于表现什么，和它应当用什么文字，当然会出毛病的。

第十四讲　戏　　剧

孔尚任在《桃花扇传奇》的序言里说：

"传奇虽小道，凡诗赋、词曲、四六、小说家，无体不备，至于摹写须眉，点染景物，乃兼画苑矣。其旨趣实本于三百篇，而义则《春秋》，用笔行文，又《左》、《国》、太史公也。于以警世易俗，赞圣道而辅文化，最近且切。今之乐，犹古之乐，岂不信哉？"

这段话对于戏剧的解释，在结构上只看了文学方面，在宗旨上是本于"文以载道"，而忽略了艺术上的功能。戏剧之与别种文艺不同，不仅限于它在文体上的完备，而是在它必须在舞台上表现。因为它必须表演于大众目前，所以它差不多利用一切艺术来完成它的美；同时，它的表现成功与否，便不在乎道德的含义与教训怎样，而在乎能感动人心与否。所以亚里士多德在《诗学》里指出：因为人类有模仿的本能，所以产生了艺术。戏剧便是用行为来模仿。依了诗人自己的性格的严肃与轻佻，他可以模仿高尚的人物和其行为，或是卑低的人物与其行为。前者便是悲剧的作者，后者是喜剧的作者。悲剧中有六个要素：结构，性格，措辞，情感，场面，音乐。悲剧的目的在唤起怜悯与恐惧以发散心中的情感。这样，亚里士多德把戏剧的起源与功能全放在艺术之下，而且指出它是个更复杂和必须表演的艺术。它不是要印出来给人念的，而是要在舞台上给人们看生命的真实。因此，戏剧是文艺中最难的。世界上一整个世纪也许不产生一个戏剧家，因为戏剧家的天才，不仅限于明白人生和文艺，而且还须明白舞台上的诀窍。一出戏放在舞台上，必须有多方面的联合：布景与音乐的陪衬，导演者的指导，演员的解释，最后是观众的判断。它的效力是当时的，当时不引起观众的趣味，便是失败。

读一本剧和看一本剧的表演是不同的：看书时的想象可以多方地逐渐地集合，而看戏时的想象是集中在目前，不容游移的。

"假如在文艺中内部的分子是重要的，在戏剧里，外部的分子也该同样地注意。戏剧有他种文艺没有的舞台上的表演，这一点——以真的表现真的——使戏剧成为艺术的另一支。但是这以真的表现真的并不与日常生活完全相同……真实，并非实现，是戏剧的命脉，是以集中把实现提高和加深，使之不少于，而是多于实现。"（Worsfold, *The Drama*）

戏剧是多于生命的。

拿这个道理方可判断与解释戏剧。古代与近代的戏剧不同，西洋与中国的戏剧不同，但是，它们的同与不同并不重要，我们应首先注意它们合于这个原理与否。拿这个原理去衡量戏剧能使我们看出它们为何不同，因为既要表演，时代与环境的不同便叫表演的方法不一样，希腊古代的戏剧是那样的古怪，然而在当时是非那样表演不可的。元曲的一人唱，旁人只答几句话，是不足以充分表现真实的，虽然它们的抒情诗部分是非常的美好，抒情诗在古代希腊戏剧中也有，但不像元曲中那样多，也不那么重要，况且舞台上的表演是不能专依靠抒情的。明清的戏剧，人物穿插较比火炽了，可是唱的部分还是很多，而且多是以歌来道出行动和事实，不是表现给观众，至于像《长生殿》中的《弹词》与《闻玲》那类的东西，是史诗与抒情诗的吟唱，不是戏剧的表现，可以算作好诗，而非戏剧。多数

171

的中国戏是诗与音乐的成分超过戏剧的。

拿古代希腊和中国的戏剧与现代的比较，我们看出来它们的不同是在表现真实的程度不一样。无论什么戏，只要它是戏，便须表现生活的真实，因为刺激情感是它的起源。但是，这表现真实的方法是越来越真切的，所以古代希腊与中国的旧剧便不能与西洋现代的戏剧比了。古代希腊的戏剧是由民间的歌唱，进而为有音乐的表现，而后又加入故事。有这样的进展程序，所以它的诗的分子很重要。表演的时候，是在极大的露天戏园，能容纳两三万人，于是，演员必须穿着五六寸高的厚鞋，戴着面具，表演只能用手势与受过训练的声音慢诵戏文，以使听众全能看得见听得见。这个方法在事实上能给观众一些感动，假如观众是在那个场面之前。中国戏剧是显然由歌唱故事而来，所以，它的组成分子是诗与音乐多于行动的，它的趋向是述说的，如角色的自道姓名和环境，和吟唱眼中所见景色与人物，和一件事反复地陈说，在武剧中事实总是很简单的，它的表现全在歌舞与杂技上。毛西河《词话》里说：

"古歌舞不相合，歌者不舞，舞者不歌；即舞曲中词，亦不必与舞者搬演照应，……宋末，有安定郡王赵令畤者，始作'商调鼓子词'，谱《西厢》传奇，则纯以事实谱词曲间，然犹无演白也。至金章宗朝，董解元，不知何人，实作'西厢挡弹词'，则有白有曲，专以一人挡弹并念唱之。

"嗣后金作清乐，仿辽时大乐之制，有所谓'连厢词'者，则带唱带演，以司唱一人，琵琶一人，笙一人，笛一人，列坐唱词；而复以男名末泥，女名旦儿者，并杂色人等入勾栏扮演，随唱词作举止，如'参了菩萨'，则末泥祗揖，'只将花笑捻'，则旦儿捻花类，北人至今谓之连厢，曰'打连厢''唱连厢'，又曰'连厢搬演'……

"至元人造曲，则歌者舞者合作一人……然其时司唱犹属一人，仿连厢之法，不能遽变。"

有这样的来源，所以，就是到了后来的昆曲与皮黄戏，还是以唱舞为重要分子，而不能充分地表现。观众，在古代希腊，是一面看剧，一面敬神，因为演剧是一种宗教行为，在中国，这宗教成分不多，而是去听一种歌，看一种舞，歌舞的形式是已熟知的，不过是看看专门演员对这歌舞的技术如何，从而得点愉快。依着这歌舞的发展，一切神奇的事全可以设法加入，可能的与不可能的全用方法象征或代表出来，于是，中国戏剧便日甚一日地成为讲歌舞技术的东西，而不问表现真实到了什么程度。有的剧本实在很好，但是被规则与成法拘束住，还是不能充分地表现。这样，希腊剧被环境与设施上限制了，发展到"一种"歌舞剧上去。设若我们拿西洋现代戏剧和他们比较，我们立刻发现了现代戏剧的发展是在表现真实方面。

先从结构上说。亚里士多德说："每个悲剧有两部分，进展与结局。重要行为之外的，和有时在其中的，穿插，作成进展部分，此外的是结局。"这样看起来，希腊古代戏剧的结构与西洋的五幕剧的，和中国的四折或多于四折剧的，并没有多少差别；因为五幕剧的进行与中国四折剧的进行，也是依着起始、发展与结果的次序。不过希腊剧受表演设备的限制，角色只有三人，而西洋与中国剧的角色便没有数目上的限制。这样希腊剧的重点就不能不在于给整个的印象而忽略了细小的节目，而后代的戏剧，因为穿插复杂，角色无定数，便注意到细小节目；于是它的重点便移到部分上去，而更显着真切。中国剧的幕数划分虽甚整齐，而在一折之中，人物的出来进去很多，不能在极恰当的时候换场，而且就是换场的时候，也没有开幕闭幕的举动，可是对于细节的注意也有显然的进步。在许多由昆曲改造的京戏中可以看得出对于穿插的改善，使事实的表演更近于真实。这趋近写真的倾向——因为戏剧是要表现真实的——是剧本进步的一个动力。

古代戏剧多取材于伟人的故事，而且把结局看成顶要紧的东西。近代戏剧的结构的取材多是平凡的事实，而结构的重要似乎移到性格的表现上去。古代是以结构中的穿插来管着角色，近代是以性格的表现带领着行为。中国的戏剧差不多是取材于历史的，可是历史人物的表现几乎永远与平凡人物相似，在元曲中结构很有些像古代希腊的，是以结构为主，而人物个性有时不能充分发展。近代的中国剧，虽然结构的重要还在人物性格之上，可是在穿插上显然地较比活泼，而且有的时候给次要的人物以很好的机会来表现个性；假如《西厢记》按着古代希腊结构的组成，它的重要人物一定只是莺莺、张生与老夫人；可是王实甫的作品中，红娘成为极活泼而重要的角色，差不多把莺莺们完全压倒了。这注重人物的趋向，也是受了求真的影响。事实人物不厌其平凡，其要点全在怎样表现他们，这似乎是近代戏剧的趋势。虽然有人，像阿赖德，以为事实必须伟大高尚，但是依着文学进展的趋向看起来，文学日甚一日地注意在怎样表现，这是不能强为矫正的。据我看，结构与人物的高尚与否似乎不成问题，所当注意的是结构与人物的如何处理。尤瑞皮底司已经把历史人物作为真人物似的而充分表现他们的个性与讨论他们的问题，时代精神是往往叫历史的人物与事实改变颜色的。结构在古人手里是定形的，把些人物放在这结构下活动着，现代是以结构为戏剧发展的自然程序，我们引莫尔顿的一段话看看：

"假如结构为对于人生范围中的扩大设计，为经验之丝所织成规则的图案，正如许多色的线之织入一匹布，则此观念之表现必带出它的真正尊严。此外还有何种像这样秩序的排列为科学与艺术的会合点？科学是检讨那美丽而混杂的天体的律动，或将那自然表面的幻变复杂，列成有统系的类别与良好的生命秩序。同样，艺术继续着创造的工作，从事物的混乱实况中做出理想的排列。这样，那生命的迷网，带着许多相反的企图，错综与曲折的相反心意，和全人类的争斗或合作，在这里，没有两个人完全相同，也没有一个对别人能完全独立——这个曾经多少的劳力，被科学的历史家研究而做成一调和的方式，名曰'天演'。但是，历史家看出来，戏剧家早已看到这一步。戏剧家曾经检讨罪恶，并且看出来它与'报应'相联，曾把欲望改为深情，曾接受真实中没有定形的事实而使成为有秩序的经济的图形。这个把定形加于生命之上就是结构……"

（Moulton，*Shakespeare as a Dramatic Artist*）

175

这样，我们明白了什么是结构，它是极经济地从人生的混乱中捉住真实。它既是这样的一个东西，它的重要便多在于表现真实，而真实是多于生命的。那希腊古代戏剧的特重结构，与结构的事实必须是高贵尊严的，便不能限制住后代戏剧的注重人物与行为的细微处，也不能限制住把人物的表现改为一个主义或问题的表现，因为无论注重哪点，结构的形成是根本含有哲学性的。这哲学性便使时代的心神加入戏剧里边去，从而戏剧总是表现人生的真实的，而不是只表现一些日常的事实。

在这里，我们就可以想到戏剧创造的困难在何处。它第一要在进展上使节目与全部相合，一点冗弱与无关的情节也不能要，这样，才能成为一有系统、有目的之计划，才能使观者的思想集中而受感动。第二，它要由进展而达到一个顶点。这比第一层又难多了，而且是多数戏剧失败的原因。叔本华说：

"第一步，也是最普通的一步，戏剧不过是有趣味……第二步，戏剧变为情感的。戏剧的人物激起我们的同情，即间接地与我们自己同情……第三步，到了顶点，这是难的地方。在这里，戏剧的目的是要成为悲剧的。在我们眼前，我们看到生活的大痛苦与风波，其结局是指示出一切人类努力的虚幻。

"常言，开首是难的。在戏剧中恰得其反；它的难关永在结局，……这个困难的原因，一部分是因为把事物纳入阵网之中是比怎样再把它提出来容易的，一部分是在开首的时候，我们许多著者完全随便去作，及至到了最后，我

们要和他要求一定的结果。"（Schopenhauer，*On*）

这个困难是事实中的，因为结构的意义既如上述，它的结局必须要满足观众的要求，那就是说由看事实而归到明白人生的真实，由表现人生走到解释人生。希腊古代的戏剧多数是依着当时的宗教与人生观，使命运的难逃结束一切。中国的戏剧多数是依着诗的正义而以赏善罚恶为结局。这两种对生命的看法对不对是另一问题，但是，人生的哲学及观感是不限于这两种的，因而戏剧中所表现的精神也便不同。近代的思想与信仰是差不多极难统一的，这足以使戏剧家由给一定的解释与哲学，改为只是客观地表现，或表现一个问题而不下结论，这样，近代的戏剧结构便较比古代的散漫一些，但在真实上更亲切一些，可是，它的结局绝不能像古代的所给的印象与刺激那样的一致。近代的戏剧差不多是由解释真实而变为使观者再解释戏剧，这是很危险的，但也许是不可避免的事实。

再从言语上说，戏剧中言语的演变也是以表现真实为主。古代的希腊戏剧是用韵文的——诗剧。所以，在亚里士多德的《诗学》里，他差不多完全是讨论悲剧，因为史诗与抒情诗是包括在悲剧中的，悲剧是诗的演进到极完美的东西。但是，尤瑞皮底司已然大胆地用日常的言语去表现："日常生活与事情"。莎士比亚的戏剧中，是韵语与散文并用的，大概是在打趣与平凡的思想上他便用散文。这便足以证明散文是比韵语更能表现真实。于是，后代便连无韵诗也不用，而完全用散文，因为人是不用韵语讲话的。中国戏剧的言语，除了最近的新剧，总是歌曲与宾白相兼，

177

但是，近代的皮黄戏中歌曲的词句，虽然勉强着用韵，而事实上实在不能算是诗，或者连韵语也够不上，而且演员有自由改定词句的权利，所改正的有时远不及原文，但是，在声调上更悦耳，听者也便不去管它像话不像话，而专以好听为主。今日的新剧提倡者，对于戏剧应用何种言语还在讨论，其实，这是无须多讨论的——表现什么便应用什么言语，一个学者与一个车夫的言语是不相同的，便应当用学者与车夫所用的言语去表现，这便能真确有趣。京腔大戏中的言语已经成形，不管它是好是坏，它对于国语的推广确是极有力的。新剧的言语自然应该利用国语，但是为提倡新剧，就是全用方言，也无所不可。旧剧中的尖团字是一成不变的，是伶人的一种很重要的训练，尖团颠倒便遭"怯口"之诮，其实伶人自己也并不晓得为何必须如是。新剧的演员未必都能说国语，而且没有遵守尖团字的必要，所以在各地方演剧——除非是为国语运动——满可以用方言，以免去那不自然的背诵官话；——不自然便损坏真实。

至于舞台的布景与行动，中国旧剧中的实在有改革的必要。那自道姓名，与向台下的听众讲话，是极不合表现真实的原理。自然，在西洋古代戏剧中也有与这类似的举动，但是已经改掉了，而把舞台视成另一世界，以幕界为一堵厚壁，完全与台下隔开。这并不难改掉，只要有好剧本，而且演员能忠于剧本，这些毛病自然能免去。这个问题系于皮黄戏的是否有成立的价值，或是否能改善。这是个大问题。假如我们承认皮黄戏是"一种"歌舞剧，有保存的价值——以现在民众的观剧程度说，它确有保存的必要——那么去改善它，把它的音乐与歌舞更美化一些，把剧本修改得更近于情理，便直可把它看成"一种"歌舞剧，而与真正的新剧分途前进，也未不可。这样，旧戏的改善便可专从美的方面下手改善，而把真实的表现让给新剧去从事工作，因为在旧剧的壳毂中绝不能完全适用真正戏剧的原理。在新剧中呢，那舞台上的不近情理的举动，与自道姓名等，自然会在写剧本时便除去，那文明剧中的由旧戏得来的毛病是该一律扫清的。至于布景，在改善的旧戏与创作的新剧有同样的困难。戏剧是表现真实的，也是艺术的，它的布景是必须利用各种艺术而完成一个美的总集。在旧戏中，以手作推势便算开门，以鞭虚指，便又是一村，这自然是太不近于真实，但是，这也比那文明戏中的七拼八凑地弄几张油画来敷衍强得多，这虽不真实，究竟手势比破油画在强烈的煤油灯光下还少一些丑恶。在这里，新剧感着同样困难。舞台上布置的各项人才是极感缺乏的。旧戏的改善在一方面，在今日的情形之下，或只能消极地去避除那丑恶之点，如在舞台上表现杀人洒血等；在美的表现上，似乎得等着新剧的设施有成绩之后，它才能想起采用，采用的得当与否，要视旧剧改善者的审美的程度而定。这样，新剧家的只努力于剧本——现在的情形是如此——是绝不足以使新剧推展得圆满的，他们必须注意到这全体之美的设施，不然，他们的剧本在舞台上一定比旧戏还更丑劣。自然，舞台上的真实永远不能避免人为的气味，所以，现代西洋戏剧有灭除这种不自然的表现之趋势，

179

但是，在现在的中国，戏剧到底是要含有教育的目的，我们不能不拿较比真实的打倒无理取闹。对于观众有了相当美的训练，我们才能更进一步去减除这不自然的布景等。

至于演员与戏剧的关系，设若戏剧能达到以艺术表现真实的地步，是最有趣的。那就是说，演员在忠实于剧本之中，而将身心融化在剧旨里去解释它，去表演它。这样，演员绝不仅是背过了剧本到台上去背诵，或是随意增加自己意见与言语，而是演员本人也是个艺术家，用他的人格与剧本中的人格的联合而使戏剧表演得格外生动有力。有许多人以为表演不算是艺术，这是错误的。一个演员的天才、经验与真诚，是不能比别的艺术家少的。诚然，他的职务是表演，不是创作，但是，设若他没有艺术的天才与经验，他绝不会真能明白艺术作品而表演到好处。戏剧的进展既依表现真实为准，演员的困难便日见增加。中国或古代希腊的伶人绝不会把近代的剧本能演到好处，因为他们的舞台经验是极有限的、极死板的、极不自然的。近代戏剧是赤裸裸地表现人生，不假一切假作的事情，如画脸、如台步等等来帮助他们做成伶人，而是用自己的天才与人格来使剧中人物充分表现出来。他们不是由脸谱与台步等做成自己的名誉，而是替创造家来解释来表演真实。他的一切举动都要恰合真实，这不是件容易做到的事。中国戏剧的改良，要打算成功，对于培养这样的演员是极当注意的，这样的演员除了自己的天才外，必须受过很好的教育。

第十五讲　小　　说

好听故事是人类天性之一，可是小说是文艺的后起之秀。不但中国的学者，像纪昀那样的以为：

"班固称'小说家者流盖出于稗官'，如淳注谓'王者欲知闾巷风俗，故立稗官，使称说之'。然则博采旁搜，是亦古制，固不必以冗杂废矣……"（《四库全书总目提要》）

就是西洋的大文学家，如阿瑙德（Matthew Arnold）也以为托尔斯泰的 *Karenina* 不能算个艺术作品，而是生命的一片段。自然，这种否认小说为艺术品有许多理由，而它是后起的文艺，大概是造成这个成见很有力的原因。当英国的菲尔丁（Fielding）写小说的时候，他说："实际上，我是文艺的新省份的建设者，所以我有立法的自由。"这分明是自觉地以小说为一种新尝试，故须争取自由权以抵抗成见。

那么，小说究竟算得了艺术作品么？我们先拿一段话看看：

"近代小说将抽象的思想变为有生命的模型；它给予思想，它增加信仰的能力，它传布比实在世界中所见的更高之道德，它管领怜悯、钦仰与恐怖的深感；它引起并继持同情；它是普遍的教师；它是读众所愿读的唯一书籍，它是人们能晓得别的男女的情形唯一的途径；它能慰人寂寥，给人心以思想、欲望、知识，甚至于志愿；它教给人们言谈，供给妙句、故事、事例，以使谈料丰富。它是亿万人的欣喜之活泉，幸而人们不太吹毛求疵。为此，从公众图书馆书架上取下的，五分之四是小说，而所买入的书籍，十分之九是小说。"（Sir Walter Besant，*The Art of Fiction*）这一段话没有过火的地方：小说是文艺的后起之秀，现在它已压倒一切别的艺术了。但是，这一段只说了小说的功能，而并未能指出由艺术上看小说是否有价值。依上面所说的，我们颇可引叔本华（Schopenhauer）的话，而轻看小说了——"小说家的事业不是述说重大事实，而是使小事有趣。"（*On Some Forms of Literature*）但是，小说绝不限于缕述琐事，更不是因为日常琐事而使人喜读；托尔斯泰的《战争与和平》和一些历史小说可以做证。那么，小说究竟算艺术品不算？和为什么可以算艺术品呢？我们的回答：第一，小说是艺术。第二，有下列的种种理由：

有人把小说唤作"袖珍戏园"，这真是有趣的名词。但是小说的长处，不仅是放在口袋里面拿着方便，而是它能补戏剧与诗中的缺欠。戏剧的进展显然是日求真实，但是，无论怎样求实，它既要在舞台上表现，它便有做不到的事。亚里士多德已经提到：如若在戏剧中表现荷马诗中的阿奇力（Achilleus）① 追赶海克特（Hector）② 便极不合宜。再说，戏剧仗着对话发表思想，而所发表的思想是依着故事而规定好了的，戏台上不能表现单独的思想，除非是用自白或旁语，这些自然是不合于真实的；戏台上更不能表现怎样思想。诗自然能补这个短处，但是，近代的诗又太偏

---

① 即阿喀琉斯，一译阿基亚斯，荷马史诗《伊利亚特》中的英雄。

② 即赫克托耳，《伊利亚特》中的特洛伊主将。

182

于描写风景与心象，而没有什么动作。小说呢，它既能像史诗似的陈说一个故事，同时，又能像抒情诗似的有诗意，又能像戏剧那样活现。而且，凡戏剧所不能做的它都能做到，此外，它还能像希腊古代戏剧中的合唱，道出内容的真意或陈述一点意见。这样，小说是诗与史的合体，它在运用上实在比剧方便得多。小说的兴盛是近代社会自觉的表示，这个自觉是不能在戏剧与诗中充分表现出来的。社会自觉是含有重视个人的意义，个人之所以能引起兴趣，在乎他的生命内部的活动，这个内部生活的表现不是戏剧所能办到的。诗虽比戏剧方便，可是限于用语，还是不如小说那样能随便选择适当的言语去表现各样的事物。这个社会自觉是人类历史的演进，而小说的兴起正是时代的需要。这就表现的限制上说，由人类历史的演进上说，都显然地看出小说的优越，艺术既是无定形的，不是一成不变的，这些优越之点果能用艺术的手段利用，小说便是新的艺术，不能因为它的新颖而被摒斥。

在形式上说，它似乎没有戏剧那样完整，没有诗艺那样规矩，所以，有些人便不承认它有艺术的形式。诚然，它的形式是没有一定的，但是，这正是它的优越之点，它可以千变万化地用种种形式来组成，而批评者便应看这些形式的怎样组成，不应当拿一定的形式来限制。设若我们就个个形式去看，我们可以在近代小说中，特别是短篇的，如柴霍甫①、莫泊桑等的作品，看到极完美的形式，就是只看它们的形式也足以给我们一种喜悦。短篇小说的始祖爱

---

① 即契诃夫。

兰坡便是极力主张为艺术而艺术的人，这个主张对与不对是另一问题，但它证明小说绝不是全不顾及形式的。不错，在长篇中往往有不匀调的地方，但是这个缺点绝不能掩蔽它们的伟大。总之，我们宜就个个小说去看它的形式，这才能发现新的欣赏，而且这样看，几乎在任何有价值的作品中，都可以找到一种艺术的形式，它可以没有精细的结构，但是形式是必定有的；而且有时候越是因为它的结构简单，它的形式越可喜，它有时候像散文诗或小品文字，有种毫无技巧的朴美，这在诗艺中是很少见的。什么是小说的形式，永不能有圆满的回答，小说有形式，而且形式是极自由的，是较好的看法。小说的形式是自由的，它差不多可以取一切文艺的形式来运用：传记、日记、笔记、忏悔录、游记、通信、报告，什么也可以。它在内容上也是如此；它在情态上，可以浪漫、写实、神秘；它在材料上，可以叙述一切生命与自然中的事物。它可以叙述一件极小的事，也可以陈说许多重要的事，它可描写多少人的遭遇，也可以只说一个心象的境界。它能采取一切形式，因而它打破了一切形式。

那么，小说之所以能为艺术品者，只仗着这些优越之点吗？当然不是。小说的发达是社会自觉的表示，上面已经提到。社会自觉含有极大的哲学意味。每个有价值的小说一定含有一种哲学。这种哲学暗示出，如梅瑞地兹（Meredith）所谓：哲学告诉我们，我们并不美如玫瑰之红艳，亦非丑如污浊之灰暗，反之，哲学使我们看到我们的光景是美好、下得去的、有结果的，因而最后得到欣悦。

又如杜司妥亦夫司基所谓：大概说，人们，即使是恶劣的，是比我们所设想的更天真更简单一些。我们自己也是这样。这样的暗示，我们可以找到许多，因为一个没有哲学的故事是没有骨头的模特儿。但是，有哲学是应当的，哲理的形成也不算极难的事，小说之所以为艺术，是使读者自己看见，而并不告诉他怎样去看；它从一开首便使人看清其中的人物，使他们活现于读者的面前，然后一步一步使读者完全认识他们，由认识他们而同情于他们，由同情于他们而体认人生；这是用立得起来的人物来说明人生，来解释人生，这是哲学而带着音乐与图画样的感动；能做到这一步，便是艺术，小说的目的便在此。

戏剧与诗也能如此，但是，上面所指出的小说的优越之点，使小说在此处比戏剧与诗更周到更生动；戏剧中如过重思想，人物便易成为观念的代表，而失其个性；若欲保持个性，无论如何也不如小说那样能刻骨入微地描画。诗艺中是能以一语之妙而深入人心，但是，它不能永远用合适的言语传达一切，它的美好的保持往往限制住它的畅所欲言；而高深的哲理往往出自凡夫俗子之口，小说于此处便胜过了诗艺。这样，小说必须有它的哲学，而且是用艺术手段来具体地表现它，假若能达到此点，它便不能不算艺术。

从哪里得到哲学？要观察人生与自然。怎能具体地表现出这个哲学就要观察人生与自然。观察人生与自然，从而以相当的工具去表现人生与自然，不是一切艺术的根本条件么？小说家既也须懂得人生与自然，小说家便不是容

185

易做到的。阿瑙德以为托尔斯泰的作品是一片段真实，不错，小说几乎都是真实的一片段，但是，这一片断真实从何而来？不是由生命的观察与体认么？这一段的组成，不是许多不同的心象的织成么？这分明是说：这些是生命，容我以艺术表现之。就是那极端写实的写家，随便拾起任何人物，随便拾起任何事实，随便拾起任何时间，似乎无所求于艺术了。但是，敢这样大胆地取材的人，必是对于人生与自然有极深的了解与心得，他根本的必须是个艺术家。俄国的写实作家有时只给我们一些报告似的东西，没有多少含义，没有什么最后的印象，然而这究竟不是报告，而是艺术家眼中的一片真实，也照原样使我们看一看；能使别人看到我们自己所看到的，便不是件容易的事。这样写作的态度是怎样看到便怎样写出，而在一写的时候，写家已经像那些事物的上帝似的那样明白它们。况且，他们所要写的多是人类的心感；托尔斯泰以为能传达感情是艺术唯一的目的。由观察人生，认识人生，从而使人生的内部活现于一切人的面前，应以小说是最合适的工具，因此，小说根本是艺术的。乔治·伊利亚特（George Eliot）说："我真愿意再多看人类生命，人在世上只有这么几年，怎能看够了呢？但是，我是说，现在我正在用诗艺的自由与深刻的意味检讨我最远的过去，有许多步骤必须走过，然后，我才能艺术地运用我现在所得的任何材料。"（*George Eliot's Life*, J. W. Cross）

这是一个有名的写家的自述，这里指给我们：生命的观察是一件事，观察以后能艺术地应用又是一件事，那就是说，经验与想象是艺术组成的两端。设若一个人不能设身处地的，像被别人的灵魂附了体的样子，他必不会给他的一切人物以生命及个性。这个外物与内心的联合是产生艺术的仙火。人生与自然经过想象，人生与自然才能属于作者，作品的特色便是想象的颜色。假如戏剧与诗艺是以思想装入形式，小说是以想象变化形式，戏剧与诗艺也要想象，但在形式上远不及小说能充分自由。Worsfold 说："以想象的运用而解释自然，是小说的本色——提出目前生活的一个理想的表现——绝无缺欠。它完全凭着字的力量，而需韵文的音乐，也不要戏剧的实现，而是以自由与完整来补这两个缺欠。与一旁的创造文艺相比较，小说对于这个工具——言语，有绝对的支配权能，而言语是艺术能影响于想象的最有力的工具。"（*The Novel*）

这样，小说家的想象天才辅以善于打动想象的工具，小说之能感动人心是自然结果，同时，想象天才与打动想象是艺术的基本条件。

由上面的几段我们看出，小说的长处和在思想上艺术上的基础，我们不能不承认小说在艺术上占有很高的地位。自然，因为小说的发达而有许多作品确是很坏，这是无可掩饰的事实，但这绝不能用以判断小说的本身，也不能用以限制小说的发展。小说的将来是否也能像诗与戏剧那样有衰颓之一日是难说的，但是，就它的特点来看，它在表现真实与解释人生上是和诗与戏剧相同的，而在表现的方法上它比诗与戏剧更少限制，更能自由变化，更多一些弹性，恐怕它的发展还是正在青春时期，一时还不能见到它衰老的气象。

　　小说一名词在外国有许多字，如英语的 Tale、Story、Novel、Fiction 及 Short Story 等；法语的 Roman、Nouvelle、Conte 等。此处略将此数字加以解释：Tale 与 Story 二字相近，二者都是故事的意思，没有什么特别的意义。广泛地说，凡是小说都须有个故事；但是，故事的意思显然地与小说略有不同，那就是说，凡是一个故事，不论有小说的艺术结构与否，也是个故事；小说的内容必是个故事，而故事不必是小说。我们读过一个小说，往往说，这是很好的一个故事；但这不过信口一说，其实，读小说的兴趣与听说个没有艺术结构的故事的兴趣，至少也有程度上的不同。由习惯上说，Tale 似乎比 Story 更简单一些，形式上更随便一些，所以由戏剧与诗艺中演绎出来的故事，往往称为 Tale，如 *Tales from Shakespeare* 与 *Tales from Chaucer* 等。自然，*Tale of Two Cities* 是个长篇小说而也用此字，此字在此处的意思是与 Story 相近的。至于坡用 Tale 代表法语 Conte 是显然不合适的，因为后者是短篇小说的意思，而短篇小说实与随便一个故事大不相同。此点容后面细说。Novel 与 Fiction 二字好似 Novel 近于中国史的稗史，既含新奇之意，又有非正史的暗示，此字似极适当于解释近代的小说。Fiction 的意思比 Novel 又广泛一些，它是泛指一切想象的创作，而指明出一类文艺，在这一类文艺下的不必一定是小说，自然由习惯上，戏剧与诗艺是自成一类的，其实以性质言，它们也似乎应在 Fiction 之下。

　　以篇幅长短言，英国的 Novel 似等于法国的 Roman，是

188

长篇小说。英国的 Novelette 等于法国的 Nouvelle，是中篇小说。所谓长篇与中篇者不过是指篇幅的短长而言，并没有一定的界限。在小说初发达的时候，差不多小说都是很长的，近代的则较短，可是最近又有写长篇的趋向。以艺术观点看，这篇幅稍长稍短并没有什么重要；不过篇幅有时较短在印刷上与定价上有关系，所以不能不区分一下。

近代的短篇小说确是另成一格，而绝非篇幅简短的作品便是短篇小说。短篇小说是文艺上的术语，不是字少篇短的意思。短小的故事来源甚古，而短篇小说的成形与发展是近代的事。有许多人想给短篇小说下个定义，自然，给艺术品下定义是不容易圆满的，不过，这很足以表示人们的重视短篇小说，和它的自成一体而不是随便可以改成长篇，或由长篇随便缩短的。长篇小说既没有什么定义，而长篇与短篇的艺术条件又有相同之处，那么，单给短篇下个定义也不甚妥当。我们顶好把它的特点说一下，借以看出它与长篇的不同处。至于它与长篇艺术上相同条件（为解释人生，用想象表现真实等）便不用再说了。

一、短篇小说是一个完整的单位，增一分则太长，减一分则太短。在时间上、空间上、事实上是完好的一片段，由这一片段的真实的表现，反映出人生和艺术上的解释与运用。它不是个 Tale，Tale 是可长可短，而没有艺术的结构的。

二、因为它是一个单位，所以须用最经济的手段写出，要在这简短的篇幅中，写得极简截、极精彩、极美好，用不着的事自然是不能放在里面，就是用不着的一语一字也不能容纳。比长篇还要难写得多，因为长篇在不得已的时

189

候可以敷衍一笔，或材料多可以从容布置。而短篇是要极紧凑的，像行云流水那样美好，不容稍微地敷衍一下。

三、长篇小说自然是有个主要之点，从而建设起一切的穿插，但是究以材料多，领域广，可以任意发挥，而往往以副笔引起兴趣。短篇则不然，它必须自始至终朝着一点走，全篇没有一处不是向着这一点走来，而到篇终能给一个单独的印象；这由事实上说，是件极不容易的事，因为这样给一个单独的印象，必须把思想、事实、艺术、感情，完全打成一片，而后才能使人用几分钟的工夫得到一个事实、一个哲理、一个感情、一个美。长篇是可以用穿插衬起联合的，而短篇的难处便在用联合限制住穿插，这是非有极好的天才与极丰富的经验不能做到的。

文艺中的典型人物①

1936 年 1 月 20 日

　　文学生命的营养来自人生，它是人生的课本。它包括着一切与人生有关系的东西，而以人为中心。它在复杂的人生中提出人的典型；要明白人，得请教于文学。文学有种任何别的东西所不能供给的，就是它创造出些活人给大家看看。人们终日操作、思索、受刺激或发泄感情，但人们不见得明白自己。文学使人们明白什么是人，和人与人的、人与社会的、人与自然的种种关系。典型人物是足以代表一个团体、一个阶级，或一个社会；在思想、信仰、行为、言语等方面都有极可靠的根据，好像上帝只造出平常人来，而文学家却另造出些标准人似的。哲学、心理学、生理学等等都能使我们明白一点人之所以为人，但是谁也没有这种标准人告诉我们这么多、这么完全、这么有趣、这么生动、这么亲切。

---

　　① 本文系老舍在山东大学礼堂发表的演讲。

191

灵的文学与佛教①

1941 年 2 月 1 日

前十多年的时候，我就很想知道一点佛教的学理。那时候我在英国，最容易见到的中国朋友是许地山——落华生先生，他是研究宗教比较学的，记得他在牛津大学的毕业论文就有一篇讨论《法华经》的文章。该时我对他说：我想研究一点佛学，但却没有做佛学专家的野心，所以我请他替我开张佛学入门必读的经书的简单目录——华英文都可以。结果他给我介绍了八十多部的佛书。据说这是最简要不过，再也不能减少的了。这张目录单子到现在我还保存着，可是，我始终没有照这计划去做过。因此，我至今对于佛学，还是个陌生者，并不认识佛学是什么；在座的诸位，都是研究佛学的专家——和尚，在这儿我是没有谈佛学的资格的。是以我现在抛开佛学不谈，来对大家说点关于文艺方面的话，其实我对于文艺也还不十分明了，

---

① 本文系老舍 1941 年在重庆汉藏教理院的演讲。

不过，比较谈起佛学来，总稍清楚些，至少八十部的文艺书我是念过的。

在西洋文学里，有一个很使大家注意的人——但丁，他是中古时代意大利的一个伟大的文学家。我们知道：研究中国文学的就得念屈原的《离骚》，研究英国文学的就得念莎士比亚的作品，研究意大利文学的也是一样，就得念但丁的著作。但丁的作品是很多的，然而在他很多的作品中，有一部最伟大、最成功，而在世界上又最著名的，叫作《神曲》；这和托尔斯泰的《战争与和平》一样，是他个人最成功的作品，也是任何研究文艺的人所必要念的一部作品。

《神曲》的内容，分为三部：第一部讲的是地狱；第二部讲的是地狱与天堂之间的事；第三部讲的是天堂。它的体裁是用诗写的——是世界最伟大的长诗。这部作品是伟大的，我们撇开它的文字美和通俗不谈——但丁的以前的文艺是用古拉丁文写成的，他这部《神曲》则是用纯粹意大利白话写成的——单就它替西洋文艺苑开辟一块灵的文学的新园地的这一点来说，也就够显出它的伟大了。

西洋古代希腊、罗马的文艺作品，都不曾说到"灵魂"这东西，以为人死了就完了，没有光明，也没有希望，没有黑暗，也没有恐惧，这一人生过了，什么也都完了。虽罗马文学里有少数的作品说到"地狱"这个名字，但只是渺渺茫茫的一个阴影，并未说出人死了以后，为什么会生到地狱里去，既生到地狱里去了，其中生活又是怎么样，只是隐隐约约地指出个地狱的名罢了。到了但丁的时候，他就谈到地狱及地狱中怎么样了，这在他最伟大最著名的《神曲》作品中，第一部就是讲的地狱，可以想见他是一个天主教的教徒。但天主教所奉的圣经里并未说到地狱的情形怎样，可是信奉该教的但丁，却离开了《圣经》，大谈特谈地狱的景况，描写其地狱的惨状，这也许他是受了东方文化——佛教的影响。在中古时候，罗马教皇是至高无上的权威者，他的势力比谁都大，谁也不敢触犯他，各国的王位都要向教皇奉承，甚至做皇帝的要双手捧教皇脚上的马。可是但丁这位先生，却大胆地把教皇活生生地下了地狱，这种思想，颇与佛教的平等思想相吻合。当时中西交通已不是闭塞，东方文化输入于西方的很多，其中也许有些佛学的东西传播到那边去，而受了东方文化的影响，于是便产生了这样的思想。他谈的地狱，与中国所传说的地狱，很有点儿相像，且比中国所传说的还要有系统些、有条理些，而地狱的层次描写得很详尽。犯某些罪的就落于某一层地狱，作奸犯科，不忠不信的人们，固然有上刀山下油锅的一类刑具给他们受，就是不尽忠于宗教的教徒，也有固定的受罪处。地狱之外有一座山，从地狱中，悔悟出来的罪犯，就在那座山上修行，背后拴着一块大石，行路的时候，慢慢儿走，地上写着"人要谦卑"的四字。在这里修行够了日子——经过一百年或五千年不等，就可升天，天的组织也有其层次的。这一层天生怎样的人，那一层天生怎样的人。讲义气的应该升什么天，行孝顺的应该升什么天，信宗教的应该升什么天，乃至你做了什么好事，就升哪一层的天。

在古代的文学里，只谈到人世间的事情，舍了人世间以外，是不谈其他的，这所写的范围非常狭小。到了但丁以后，文人眼光放开了，不但谈人世间事，而且谈到人世间以外的"灵魂"，上说天堂，下说地狱，写作的范围扩大了。这一点，对欧洲文化，实在是个最大的贡献，因为说到"灵魂"自然使人知所恐惧，知所希求。从中世纪一直到今日，西洋文学却离不开灵的生活，这灵的文学就成了欧洲文艺强有力的传统，反观中国的文学，专谈人与人的关系，没有一部和《神曲》类似的作品，纵或有一二部涉及灵的生活，但也不深刻。我不晓得，中国的作家为什么忽略了这个，怎样不把灵的生活表现出来？

佛教与人世间，可说简直是打成一片的了，北方有名山的地方，一定也就有所宝刹，这种天然之美与人工之美的混合物，在建筑上、雕刻上、绘画上的艺术观点说来，处处都给予人们的醒目，处处都值得吾人的称颂。讲到建筑，一定先从佛寺说起，因为教徒们已将人间的一切美都贡献于佛。巍巍庄严的佛像，堂堂皇皇的殿宇，使人看了，不期然而然地肃然起敬；佛像可以代表中国一部分的绘画，看吧！没有一个名画家不会画观世音菩萨的。谈到中国的雕刻，可说全部都是佛教的。若不是古希腊的雕刻传到印度，由印度传到中国，西洋的近代雕刻画也许不会输入中国的。故从这三方面说来，中国的雕刻、绘画、建筑都离不开佛教的，而且它与人世间打成一片了。中国是礼乐之邦，但至今不保存，现在社会上的人，既不讲礼，又不谈乐，唯有中国的和尚，在诵经的时候，敲打着乐器，那乐声传播出来，比吹喇叭还动听些，所以中国的人世间，只有在佛教中得到一些崇高的感觉。佛教虽给予人世间的一种崇敬，但事实上，我国的人民仍都是善恶不辨，是非不明，天天在造恶，天天在做坏事！最奇怪的，中国文学作品里没有一部写劝善改恶的东西，很多的书本里，虽也有些写到"善有善报，恶有恶报"的字眼，但都不是以灵的生活做骨干的灵的文字，至于像阴骘文这类的著作，虽也可称为导人向善的文字，然总不是文学的作品，只不过是一些劝世文罢了。尤令人莫名其妙的，就是那类最坏的书——使人看了会上当的书，也在说是劝善的作品，没有灵的文学出现，怎能令人走上正轨，做个好好的国民？然而就我研究文学的经验看来，中国确实找不出一部有"灵魂"的伟大杰作，诚属一大缺憾！佛经是不谈，小说也不谈，戏剧的南方的僧人，虽也整天在努力讲经，到处弘法，劝人念佛，叫人行好事不要做坏事，或三五成群聚集一些老太婆说个把为善的故事，可是这些不但没有文学的价值，且使讲者自讲，听者自听，对方总是不明白佛经的，虽不无利益，但收益毕竟是很少的。

中国可以说是一个佛教国，因为人民缺乏灵的文学的滋养，结果我国的坏人并不比外国少，甚至比外国还要多些；大家都着重于做人，然而着重于做人的人，却有很多简直成了没有"灵魂"的人，叫他吃点儿亏都不肯，专门想讨便宜，普遍的卑鄙无耻，普遍的龌龊贪污，中国社会的每阶层，无不充满了这种气氛。在这个抗战胜利努力建国的现阶段，不顾国家人民福利专为自私自利大发其财的大有人在，像这样卑污龌龊的国民，国家会强盛吗？

谈到中国灵的生活，灵的文学，道教固然够不上——因为他是根据老庄哲学，再掺渗点佛教等色彩而成的宗教，就是儒家也没有什么，唯有佛才能够得上讲这个；佛陀告诉我们，人不只是这个"肉体"的东西，除了"肉体"还有"灵魂"的存在，既有光明的可求，也有黑暗的可怕。这种说"灵魂"的存在，最易激发人们的良知，尤其在中国这个建国的时期，使人不贪污，不发混账财，不做破坏统一的工作，这更需要佛教的因果业报的真理来洗涤人们贪污不良的心理。中国的佛教，已宣传了将近两千年，但未能把灵的生活推动到社会去，送入到人民的脑海去，致使中国的社会乱七八糟，人民的心理卑鄙无耻，这点我们不能不引以为遗憾！而一些信佛的老公公老婆婆，大都存在着一个老佛爷会来保佑他或她的一切的观念；这样的信佛，佛学怎样推动？社会岂得不糟？而佛教又何能不衰？我们要告诉他们，佛不是一个保险公司的老板，他不能保险你的一切！我们对于这种不正确的佛教徒，要他来干吗？根本就要打倒！

中国现在需要一个像但丁这样的人出来，从灵的文学着手，将良心之门打开，使人人都过着灵的生活，使大家都拿出良心来，但不一定就是迷信。想推动中国灵的文学、灵的生活，平常人是不容易做到的，这重任只好落在你们和尚身上，因为你们富于牺牲精神，常人做不到的，你们可以做到，常人穷奢极侈的享受，你们可以置之如敝屣，你们知礼法、能为人、有勇敢、有毅力，对佛学又有深刻的认识和研究，故这责任非你们来负不可；但光靠佛经来推动那还是不够的，因为佛经太深，佛经太美，令人看了就有望门兴叹之感！以我对许先生给我的佛学入门的书单现在尚未着手去念为例，就可知道佛经研究的不易，倘若给予我十年或五年的工夫去念佛经也许会懂得一点佛理，但这机会始终就没有。凭我这样研究佛学尚且感到如此困难，一般的人那就不用说了！

诸位都是研究佛学的和尚，如果能够有一二位对我今天所讲的话感到兴趣，发心去做灵的文学的工作，救救这没有了"灵魂"的中国人心，这样，可以说我讲的一点小意义发生了作用！

略谈人物描写①

1941 年 3 月 20 日

对于人物的描写，我看到过三种。第一种，我管它叫作工笔画的。这就是说，它如工笔画的人物，一眼一手都须描上多少多少笔，细中加细，一笔不苟，死下功夫。我不喜欢此法。因一眼一手并不足代表全人，设为一眼而写万字，则是浪费笔墨，使人只见一眼，而失其人。且欲求人物之生动，不全在相貌的特殊，而多赖性格与行动的揭露与显示。性格与处境相值，逼出行动；行动乃内心的面貌。以此面貌与眉目口鼻相映，则全人毕显矣。反之，若极求外貌描写之精详，而无法使之活动，是解剖工作，非创造矣。且艺术作品中之描写，要在以经济的手段，扼要提出，使读者一目了然，且得深刻印象。若尽意刻画一眼一鼻，以至全身衣冠带履，而失其全人生活力量，是小女儿精心刺绣，纵极工致，不能成为艺术作品。

---

① 本文系老舍在"文协"小说晚会上的讲话。

199

第二种是偏重心理的描写，把人的内心活动，肆意揭发。人之独白，人之幻想，人之呓语，无不细细写出，以洞见其肺肝，此种描写，得心理之助，亦不无可取之处。但过于偏重，往往因入骨三分，致陷于纤弱细巧——只有神经，而无骨骼。且致力于此者，最易追求人的隐私，而忘人生与社会的关系。"食色性也"，欲揭破人心之秘，势必先追求"性也"之私，因而往往堕于淫秽琐碎，此种写法，以剖析为手段，视烦琐为重大，自难健康。且出发点在"心"，则设计遣材势必随此而定，细巧轻微的末屑，尽成宝贵的材料；忘去社会，乃为必然——可以博得少数人的欣赏，殊难给人生以重大的训教与指导。

第三种，我管它叫作戏剧的描写法。写戏剧的人应当把剧中人物预先想好，人物的家世、性格、职业、习惯……都想了再想，一闭目便能有全人立于眼前。然后，他才能使这些人遇到什么样的事件，便立刻起决定的反应。所以，戏剧虽仅有对话，而无一语不恰好地配备着内心的与身体上的动作。写小说，虽较戏剧方便，可以随时描写人物的一切，可是我以为最好是采取戏剧的写法，把人物预先想好，以最精到简洁的手段，写出人物的形貌，以呈露其性格与心态。这样，人物的描写既不烦琐——如第一种，复无病态——如第二种；而是能康健地、正确地，写出人与事之联结，外貌与内心的一致或相反。健康的作品中，其人物的描写或多用此法。

谈　诗

1942 年 1 月

　　什么叫"诗"？一般地说：某某人是诗人，可是这诗人一辈子也许不会作过一首诗；小说家、戏剧家即使从没有写过诗，而我们也叫他们作诗人，譬如鲁迅先生，他并不专作诗，然而的的确确他是一个诗人，且是一个最伟大的诗人！这道理我们可以从他的性格上看出来，他有正义感，有热情，不怕压迫，不妥协，不屈服……而这些，正是一个诗人的性格。所以诗人不必能作诗，只要他具有诗人的性格，就可以叫他是诗人。

　　诗在古代有许多作用：如传达民间古远的历史，像希腊、罗马、印度的诗；如当作一种实用的工具，如记载法律，作匠人的记录，作农事节气的歌诀。这种例子在现在的中国还多得很。例如北方种田的人都会念这样的话："有钱难买五月旱，六月连阴吃饱饭"……重庆抬滑竿的有"勒得紧，踏得稳"等等的口诀，这更是眼前的事实了。所

201

以，诗与人生发生密切的联系，起源已经很古，其所以有这样的联系的原因，就因为诗是言语的结晶，它有韵，有音节，易于记忆，易于流传。这种客观条件的需要，诗就发挥了它巨大的效能。

但是，社会的进化，相当减低了诗的此种实用效能，我们现在已不能叫司法部将法律改为诗歌。但诗的作用也并非仅如上述，主要的，它是唯一代表人类真理的东西，所以能表现真理的人，我们就叫他作诗人。人类总是向光明走的，诗就表现了这光明的最高的真理，所以我们喜欢诗。

诗和小说、戏剧的不同之点，就是它除了写作的主题和技巧之外，还有比小说、戏剧所有的更精美的言语，以及它和言语不可分离的关系。读过的诗，我们能够背得出，小说、戏剧就不成了。譬如你读了一篇小说，觉得很好，就去告诉别人，你说："今天读了一篇小说，还不错，里面讲一件三角恋爱的故事，主人公一个姓张，一个姓李，还有一个姓……"然后你照着故事的发展原原本本说下去，听的人也许得到一些启示，或者感动，那都别管，总之，你已经把这故事表现出来了，别人就是不读这篇小说，也大概明白是怎么一回事了。不过要注意一点，就是你所说的是用的你自己的言语，并非原文的一字一句，事实上你只能这样，而这样也尽够了。

但假如是诗呢，你就非得将原文背出来不可，你绝不能说："今天读了一首诗，很好很好，第一句是……哎，又忘了；第二句是……什么什么'春'。"所以诗和言语永远是结在一起的。

诗是文艺的精品，它表现真理，是创作的；它的语言，也是创作的，不能换的。民族的真理与民族的言语结在一起，就成为诗。

可是现在诗人多，好诗少；往往把散文分行，即称之为新诗，这种现象，就因为不明白诗到底是什么东西的缘故。诗是民族言语的结晶！它以民族最美的言语表现出真理，真理虽是一般的，言语却是特殊的，而不能译，甲国的诗译成乙国的诗，真理虽存，其美已失。要勉强译，只有两个办法：（一）要重作：意思照原来的，言语是自己的，也许比原诗还好，可绝不是原诗；（二）译意：大略译出原意，但是已没有它美了。

诗是不能换的，可加可减的诗，自然不是好诗了，所以我们的新诗人应当在言语上多下功夫。我国的诗自从受了西洋的启示之后，内容扩大了，形式扩大了，欧化句子，长到二十多个字一句，这现象，当然并不是说坏；可是民族的言语是没法变改的，词汇尽可丰富，但结构很难变更。《离骚》而下，四言、五言、六言、七言诗都多，到八言、九言就很少了，因为我们的语法中没有关系代名词这一类字，所以句子都很短，看看现在的一般民间文艺：如金钱板、莲花落、河南梆子等等，它们语句的形成，都是以七字为主，即使多过七个字，它的音节也仍以七字分。新诗欧化不一定错，不过忘掉了自己却是大错。我们现在想想旧诗，如"烽火连三月，家书抵万金"这些句子，现在仍然使我落泪；但是要找一首新诗，那简直连念也念不上，更不用说落泪了。我觉新诗的前途，应当一方面丰富词汇，另一方面收集我们民族言语的精华，以充实诗的本身。不然，诗既不能上口，压根儿就用不着写，我们民族的语言，有它自己天然的结构、音乐、韵律，可是对于这些，我们的新诗人多不曾下过功夫。我想，在目前最好生长在什么地方的人就用什么地方的话作诗，一般用国语是不大行的。比如叫一个广东人用"官话"写诗，怎能成为言语的精华呢？用自己的言语作诗，它的音节都是活的，人们念得出，记得住。

所以，现在的诗歌朗诵运动是具有重大意义的。这运动应当推广到大众，不能仅仅关在这几个诗人的圈子里；应当加倍注意言语的问题，研究民间文艺的音节来补救新诗的缺陷。一般民间文艺对于音节运用，都达到了非常圆满的地方，比如《武家坡》一戏，无论京戏、秦腔、汉戏，它们都各有自己的特殊的言语、特殊的长处。再举一个例：北平话的"八"字，是一个好听的字眼，所以京戏里面的"进士"都是"第八名"；由此可见他们对于音节的运用，多么用心，他们甚至牺牲了内容去迁就言语。

诗是从言语里面创造出来的东西，它和言语有绝对不可分的关系。

同时，音节对于诗，也有很大的影响，这在我们的旧东西里面也都有，我们注意于此，新诗将有一大进步！

诗这东西，除了表现真理，心理上给我们一种美的刺激以外，在生理上它还能使我们的口腔舒服，不然，老先生们平白地发疯、摇头晃脑所为何来？实在这里面是有点道理的，我们试念念"白日依山尽，黄河入海流"多么轻快、调和，使我们身心俱化。

诗是独特的，天地间只能有这一首诗。托尔斯泰的《战争与和平》，只要我们译得好，也就是中国的作品；然而诗只有一首，不管是普希金的或是杜甫的。

总结地说：诗是表现人类最高真理的东西，它有伟大深厚的情感，能永远让人们落泪、欢快；它从人生的最深处，表现出生、死、苦痛、美；它像一幅名画，它有绝对不能变的美；它用言语的结晶，活的音节，画出人类的感情；它反映各人类，又把人类搁进去。

这是我对于诗的了解。最后，我觉得我们这个民族，很缺乏正义感、诗人感，马马虎虎、嬉皮笑脸，正是劣根性所在处。我们不必定作诗，但是须有诗人感；要有几根硬骨头，不出卖灵魂。诗谈得恐不很对，但这几句话也许不错。

妇女与文艺

1943 年 1 月

诸位先生：

对这题目，恐怕讲不好，因为我既不是妇女，又不甚懂文艺，敬请诸位指教！

古今中外，女写家都比男写家少。考其原因，约有四端：一、教育的不平等。在古时，女子很少有受教育的机会，人人皆知。就是在现代，男女小孩虽都同样地受国民教育，可是在中学与大学里，女生的人数就比不上男生了。没有学识，自然就不大会写作；这不是妇女的天才低于男子，实学力不足也。还有，做父母的往往对女孩的教育，视为有益无损，而不必像对男孩子那样去严格地督导。他们以为女孩儿家能识得几个字，唱几支歌，在家和在外都有规矩，也就够了，不必过于认真。就是在西洋各国，譬如英国吧，女孩所受的教育大多是皮包怎样拿、帽子怎样戴，要会唱歌、跳舞或是绘画，但并不是要她们成为文艺家、音乐家，而是要她便于交际、结婚、做个好太太，这个态度，也使女孩子吃了不少的亏。二、家庭任务的负担。结婚、理家、生娃娃都是最正当的事，但是，这却使写作几乎成为不可能。油盐柴米，做饭育儿，不幸都是女人的事，不能让男先生抱娃娃到办公室里去，一天忙下来，已使人筋疲力尽，哪里还有安心写作的机会呢？生小孩是最伟大的创造，可是这个创造却耽误了至少一部分的艺术的创造。三、社会的活动不足，妇女一向是被家庭任务和社会风俗伦理圈在家里，当然不能充分地取得参加社会活动的机会和经验。就有经验，就不能写作，也是一向被看作"无可奈何"的事。而且古往今来，尽管有第一流的女作家，但不论她写作才能如何的高超，写某一点比任何男作家深刻，而写作范围总不如男人广。女作家中没有莎士比亚，也没产生出《战争与和平》，这是社会的限制，也是一向被管作"无可奈何"的事。四、对文人的误解。一般人不知受了谁的吩咐，总说"文人无行"，别人都有行。于是做父母的不大乐意教子女攻文，而子女本身，特别是女子，也就不甘于往"无行"的路上走，走走又退却。再说，一个女子而真能写出一点东西来，社会上对她的轻视便更甚于"无行"的男文人，他们会用种种方法去轻蔑她、诱惑她、毁坏她。

为补救上述的缺陷，我们应当：一、争取女子教育的平等。做父母的根本不应再把女孩受教育视为可有可无的事。世界上第一流的科学家、律师和医生等等都有女的，可见女人才能并非低于男子，应当给她同样的发展机会。

二、家庭任务果然处理得好，而且有写作收入使自己的事务减少，写作也还不是绝对不可能的事。写《黑奴吁天录》的那位女太太，便有好几个孩子。我们不应以为要做写家便终日眼朝着天，不问俗事。反之，我们应当先学习处理事务的方法，使事情化繁为简，以便匀出工夫去致力文艺。但是也必须社会允许作家发表作品后能得到应有的稿费，不要使人有才能写出一点东西便活不成，那么女子也可借收入的增加来减少一点家庭任务。三、女子须有社会活动，但是必须认真地去做。我们是到社会上去获得经验，而真正的经验是真心实意做事的结果。假若以做事为某种企图的导线，我们即失去真诚，而所接触的一切必定随手而来，随手弃之，绝不能成为可宝贵的经验。我们要关心世界上、社会上的大问题，这些大问题才能引领我们多知多阅，强迫着我们去读书用功。我们知道了大问题，我们才能在日常的生活中找到较大的意义，才能深入浅出地给日常生活一点深刻的解释。我们必须集合很多社会经验，才有写作材料。普通说一个人"能写文章"还只是说他能写得通而不一定能写作品。所以写得通顺是第一个基本条件，其次是争取写作机会，但争取写作机会还得先争取做事的机会，有了经验，动用想象将自己的小经验和大问题联系起来，就可写出好文艺。四、文人是否无行，且无须辩论。我有好些干文艺的朋友，但并没人害了我或暗杀我。不过，我们若从事写作，就应老老实实地去做，不可以文艺为敲门砖，而另有所图。我们自己先立定了脚步，有了高尚的人格，则文艺正是一件体面的职业，或者也就没人敢轻视我们了。

　　妇女应当做写家与否呢？我们的回答是肯定的：一、男女平等，男人能做的，女人也能做。不过，平等一词尚觉空洞，想想看吧，文艺既是以人生经验的记录去解释人生，指导人生，则男女的生活都值得写下来。社会本来是由男女双方组织起来的。倘若女子永远不关心这回事，则文艺始终是男人的工作，而人生经验便丢失了恰好一半，这是人类的一个极大的损失。再说，二、男人可以代替女人去写，但是他总是根据着自己对女人的观察而去写作，因此绝不能像个人亲身经历的那样正确精详。世界上伟大的男写家所创造出的人物是男的多，女的少，偶然有将女人表现得好，却不多。所以妇女的切身之痛，她自己感觉最深刻，还必须她们自己去写。三、妇女是人类社会组成的分子，其重要毫不减于男性。可是，现在社会上的一切似乎都是依着男人的看法与办法而决定，女子好像是哑巴。社会上的主要人物是女的，恐怕世界大战就不会发生，因为女人最不喜欢轰炸，可惜她从来不作声，所以为了社会的福利，女子理应把她们的看法与办法说将出来，不应老叫男子去独断独行。

　　妇女可以做写家与否呢？回答又是肯定的，世界上从古至今有过第一流的诗人、小说家和戏剧家，因为：一、女子的心细。有人说：男写家是具有女性的，因为他观察周到详细如女子。这个说法正确与否，我不知道。但是我知道，如写不出一点小地方，即支持不了大题目。各位看过《红楼梦》吧，说什么像什么；《战争与和平》也是一样。所以写家必须留心看。我又的确知道女子比男子的心细。家中的琐事都由女子治理，有条有理。现在世界各国的邮局、银行甚至饭铺中的会计、审核或收纳，多还用女子，都足以证明。还有人说：男性多知，女性多懂。这句话的意思就是说男人有学问，所以知道得多；女性即使没有学问，可是直觉地能懂得人情世故。那么，倘若女子以此天赋之才，再加上学问，岂不就比男人更宜于做写家么？

二、妇女富于感情。文艺，我们知道，是要以真诚的感情写出，而去激动别人的感情的，否则至多平淡无错而已，没有震撼人心的力量。我们往往讽刺女人们心窄，好落泪，其实这正是女子的天真处、真诚处，假若我们仔细去想一想，恐怕那不爱落泪的男人倒还是因为虚假冷酷而然吧。

三、妇女的爱心是最伟大的。这无须多说什么，我们都爱母亲。文艺，从一个观点来看，是人对人类的关切。无论是规劝、讽刺，或甚至诟骂，作者总是爱此人间世；否则他就用不着费心去说什么，而到深山栖隐去了。那么，以有最伟大爱心的女子去表达对人类的爱护，不是恰恰相宜吗？四、儿童文艺是应由女子去写的，因为妇女最明白儿童，对儿童的爱心最切，也最亲近他们。

　　既认定了妇女可以做写家，我们就不要再怕什么了。我们要写，写那我们所知道的事，就不至空洞。譬如说吧，一般的男人都喜欢吃，一般的女人都喜欢穿，就以此为题，我们就能写出些很有教育性的东西来。已结过婚的可以由爱吃与爱穿的不同而怎样引起家庭中的小小冲突，给未婚的男女以为戒。我们写我们的，不必去模仿男子。写自己知道的小事情，不必定写天翻地覆的大事。我们要客观地去观察同性的朋友，要客观地去批评自己。把自己看清楚，解析正确，则我们可以写的事情正多得很哩。

读 与 写①

1943 年 3 月 4 日

今天要谈的是读书与写作。我只是就自己读了些什么书来谈谈，供诸位参考，并不想勉强别人照我一样来读书。至于写作，我也是有自己的方法，不希望别人也应照我这样写。而且我很知道自己所写的这些东西都不大好，绝不敢在这儿向诸位做自我鼓吹，说我写的都是文艺杰作。

首先，我想提到读和写的关系。无论我们写小说或戏剧，恐怕最困难的一点就是不容易找到一个决定的形式。譬如我要写一篇小说，可以用第三身来写，说他怎样怎样，也可以用通信的方式来写，还可以用自传的方式来写。这些便是形式。假如一个人没有读很多书，那么要想写出一篇小说，尽管有极好的材料，因为难想到一个合适的形式，终使着这篇小说减色。如果说你只念过《少年维特之烦恼》，于是你便照着这本书的形式来写，或者你只念过《鲁

---

① 本文系老舍在重庆文化会堂的演讲。

滨孙漂流记》，就照这本书的形式来写，并不想你这篇小说的内容与这种形式适合不适合，这实在是一件很吃亏的事。要是你书念得多，不用人家告诉你，自己便可清楚，心中这些材料，用何种方式表现得最恰当。

你现在要想写一篇描写自己心理的小说，你顶好用第一身，说我怎样怎样；若是你要描写第二人或第三人的心理，那你就该把你自己不放在里面，而用客观方式详细地来分析他们。这虽是一个浅显的比方，可是除非你书念得多，你也许做不到。书一念多啦，心中有这样一个故事，这样一些思想，马上就能找到一个最好表现的形式。

有人说，自从有新文学以来，并没有见到多少具有很好形式的小说，如郁达夫先生写了某种形式的小说，马上有许多人都写郁达夫式的小说；夏衍写了某一形式的剧本，立刻就有许多人写夏衍式的剧本。这种事实我们不否认，其所以有这样的事实，正因为他们书念得少，只好模仿人家的形式，把自己的内容装进去，两者不能相合，结果自然失败。

所以多念书是养成自己判断能力必要的条件，不管新书也好，旧书也好，它总有一贯的道理。从古至今，一本文艺作品流传下来，当然不是偶然的事，我们可以从一本二千年前流传下来的书，来帮助我们判断最近出的一本书。西洋有一句话说："你可看到一本新书出版时，可拿一本老书去念。"这种方法不一定对，假如这样，岂不新书店都得关门？不过这里面也自有一部分真理，就是这些老书里面有它不变的道理存在。譬如美，美的观念是随时代、地方而变的，我们在前数十年以小脚妇女为美，现在我们再看见小脚，就觉得那是不美了。美虽然变，然而美是不灭的。从最古的书一直到现在的书，能够流传，必定具有美的因素，若说一本书的文理不通，组织乱七八糟，而能流传五千年，乃是绝对没有的事。

其次，人情是不变的。社会关系变了，人情也变了，比如武松、李逵，是英雄豪杰，随便杀人，无半点同情心，在现在的我们看来，便觉得不大人道，我们现在写的小说中的人物不会像《水浒传》中那些人一样，所以人情是随历史社会而变。虽然如此，但这种变化很慢，在五千年前，爸爸爱儿子，给儿子抽大烟，因为抽大烟就很老实，躺在烟床上不出去乱跑，现在我们再没有爱儿子给他抽大烟的人了。只是父亲爱儿子，再过一万两万年，这种心理就是有变化，也变得极慢。

我们看看《书经》，这是一部很古的书，读下去便容易判断这不是一本文艺书，里面没有人情，没有写尧怎样爱他的儿子，舜怎样爱他的弟弟。别的书如《史记》，那就不同，虽则太史公写的《史记》中有的是报告，还有一些年表，可是有的地方写得非常生动活泼，像鸿门宴，及霸王之霸与汉高祖怎样对功臣，都是栩栩如生，能使人感动，都是由于有人情之故。所以人情虽随时代而变，文艺作品中不能缺乏人情，则是一定不变的道理。

思想变得更快，比感情尤甚。孔子时代的思想不是诸葛亮的思想，诸葛亮时的思想又不是现在的思想，二千多年前的"四书"中的思想绝不适用于今日，可是我们还高兴去念它，就因书中有它的美和人情，叫你觉得那时候，应当那样思想，就不觉得陈旧。所以汉朝有汉朝的文字，唐朝有唐朝的文字，今日有今日的文字，文字虽在不断地变，所不变的是那一朝代所留下的东西，其文字最足以表现那一时代所要说的话。因此我们知道唐朝有韩愈这些人，宋朝有苏东坡这些人，便在于他们是那时代中最能用文字表现出他们的思想者，这是一定不变的道理。

我们知道了文学的条件，必须有美、有感情、有思想和好文字，则我们越多念书，越能判断什么是好作品，什么是坏的作品。一篇作品能流传，非具有这四类条件，至少具有此四者之大部分条件不可。根据这一意义，我们就可以知道何以古代流传下来的书，没有多少的原因，也可以判断今日作品的价值。

我很惋惜在我国社会中文艺的空气太不浓厚，不如欧西各国一样。在欧西各国，每逢出了一本新书，不但报纸杂志上有批评，就是在茶馆里，在一般人家中，大家也都热烈地批评和讨论最近出版的书籍。在我国则不同，遇到某人问他对一本新的著作有何意见，他只能告诉你这本书很好，究竟怎样好，都说不出来，所以今日一本极坏的书，没人批评，销路居然很好。要是大家读的书多，自然造成了一种批评的空气，大家敢于批评判断，文艺也才能走上发展的途径。

第三，我们读理论书永远不如读真正的作品，要知道凡是一种理论，都是由作品里面提出来的。我们读十本书，书中用"然而"都是这种用法，故我们就知道凡"然而"

必这样用，这即是理论。或者我先有一个主见，我是研究社会学的，可以从社会学的观点，来讨论文艺，或你是学美术的，可以从书中去找，以证实他的理论。其实这都是空的，理论好像是开的药方，若想以药方焙成灰，用开水喝下去，便可治愈，当然不可能，必须按方配药才成，作品就是药。现在社会上很多青年吃了这种药，他们就要先问理论是什么，自己并没有念过几本书，而高谈理论和做文章的方法，正等于焙药方治病一般。我最头痛的就是遇见青年问我什么叫浪漫主义，什么叫写实主义，我就是花上十点钟来解释，又能有什么用？如果问的人把浪漫派的代表作和写实派的代表作各念了十本，自然可以明白。所以我们应当先念作品，然后再去谈理论。

上面是随便谈谈读与写的关系，现在再说我是怎样去读和怎样去写的一点经过，供各位参考。

在最初我并没有想到自己要写小说，那时候因为念英文，在街上买了些二角钱一本的英文小说来念，念了后自己也想写点小说，这是写和我的第一次关系。当时所读的是些什么，现在已不大记得，大概都是如傻爱人等第二三等的小说。因为念的是这种英文，没有给我害怕，我也就敢于有勇气来写，写时当然顾不到形式和技巧。好在英文比中文流畅，句子完美、复杂、生动，所以我写的东西也在使其活泼就够了！《老张的哲学》即为这一时期的产物。

这本书在现在看来，非常给我惭愧，书的内容好像是有点神经病的人写的似的，要怎样就怎样，没有精密的结构。文字有的地方流畅，有的地方则讨厌，事实内容也是这样，尽管把自己所想到的搁进去，而不加选择。由这本书我得到两个相反的观念：第一，写东西不要急求发表。假如《老张的哲学》能搁一二年再拿出来，便可大大修改一遍，使它不致像现在这样子令我脸红。第二，少年时应该有多写的勇气，不然年纪一大，书念多了，就会不敢下笔。这两种相反的意念凑合折中起来，便是青年人念了几本书，可以不管好坏地写，但是写完了不可立刻想发表，应当多搁一搁，等读的书多了，慢慢修改好它，再拿出去。

在这以后，我念书还是没有系统，但因自己外国文能力高一点，所读的书便也较高深，外国的经典文学都有自己的便宜版本，来便利大家阅读。我选择了这些作品来读，颇有点迷乱，因为它们都是出自各时代大家的手笔，有的是信笔写成，有的则经过详细的计划，有的是极端浪漫，有的则绝对地写实。叫我怎样来判断其好坏？自己没法来调和，只好随自己的兴致，爱什么就什么。因为我是一个急性人，永远不能订好详细的计划再动手，故对于那些钩心斗角，有多少波折、多少离合的小说，或如布局精密、情节离奇的侦探小说，都不是我所能学的，像这类小说，我就把它们搁在一边，还有描写男女间极端浪漫的小说，或将一件很小的事，把它写得天样大，这都是我所做不到的。我自己是一个穷人，小时候就被衣食钱财迫着老在地上站着，我想入非非，飞到云里去，我不会，也只好把这类小说放在一边，因为我一天到晚总是在现实生活上，只会写与现实有关的东西。

这时候我特别注意念狄更斯的《块肉余生记》《双城

记》等，由他的作品中，我就发现了他初期的作品是乱七八糟，写到第三部小说，便找到了一条路线，文句相当完整，也有适当的形式，以后越写越精密，使我理解到写作有进步，必会注意形式。在此时期，我还念了几本法国小说的英译本如《茶花女》等，感到法国文学与英国文学迥然不同。英国人所写的东西，好像一个人穿的衣服不十分整洁，也许有一扣子没有扣，或者什么地方破了一块，但总显得飘飘洒洒；法国人的作品则像一个美女要到跳舞场，连一个指甲都修饰得漂漂亮亮。所以法国的作品虽写得平常，因为讲究形式，总是写得四平八稳，好像杨小楼的戏一样；那些英国二三等小说，则好似海派的戏剧，以四十个旋子、六十个跟头见长。

我有了这样的认识，便决定我不能学的东西就是不读，且知道每一本小说中必定有活生生的人，不是先空空洞洞描述一件事。第三，明白形式的重要。于是我就开始写《赵子曰》，这本书的坏不说，无论如何在形式上是稍微完整一点，前后有一点呼应，自己在开始写的时候，便已想到最末一段，这实在是一个最有把握的写法，因为有了这种计划，前后尽管会有曲折，也不会抵触得很远。这也就是说明多读书的结果，迟早必受影响。

我国的文学作品实在太不发达了，几百年来所产生的好小说极少。有一部《聊斋志异》，便出了许多什么什么志异；有一部唐人小说，也就出了些什么人什么人小说；有一部《红楼梦》，就接着出现青楼梦等。仅是这样地模仿，自然是黄鼠狼下刺猬，越下越不对。倘若我们能多读些外国作品，眼界一宽，或可免去模仿聊斋等之弊了。

　　写完《赵子曰》，就稍有系统点念书，决定了一个计划，大概有二年都是如此，就是一方面念文学，一方面念历史。从古代史开头，念哪一时代就同时念那时代的文学作品，如念古希腊历史，便同时念古希腊的文学，当然我都是用英文译本来念。这种方法我愿介绍给各位先生，因为我采用这种方法，第一我知道了希腊、罗马时代和欧洲中古时代的文艺是什么样，无须再去买一本文学史来念，也就知道文学在历史上的地位是什么。历史是死的，只能告诉你某一时期怎样怎样，而且所告诉的不过是一个简单的结论，文学则不然，它从容地把那一时期的生活方式都写出来告诉你，这样，使你不仅深刻地明白了历史的内容，也知道那一时代文学形式为什么那样的原因。所以现在大学里面只教学生念些世界文学史、英国文学史、法国文学史，结果四年毕业，没有念多少外国文学作品，乃是一种不妥当的方法，必须学生多念些外国原著，才不致流于空洞。我觉得历史好像是一棵树，文学是树上的花，文学史则是树上的一枝，我们仅仅从一节树枝来观察整棵树，当然所见不完全，正如我们仅知道杏花是蔷薇科一样，是没有什么用的。

　　我到英国第五年，也就是末了一年，念的多是英国最近的作品，每一大文学家，不能都读完他的作品，也起码挑一两本来念。同时我也开始写第三部小说《二马》。念英国最近文学作品，有这样一种觉悟，即是那时正在欧战以后，欧洲出了不知多少文学上的派别。譬如我们今日大家在文化会堂相聚，我想创一派就叫文化派，在座的五十位同志跟我来创造这一派的小说，只求好奇立异，不一定有很好的东西。他们每一派的兴起，差不多就是这样，究竟他们能否在将来立得住脚，谁也不敢说。文学史上告诉过我们，当浪漫派兴起时，一年不知出了多少本小说和剧本，到现在究竟留下来的有几本？由此可知大多数的都是被牺牲和受淘汰了！在欧战结束后不久的欧洲，什么样的小说都有，有的不写人，光写人的眉毛，写了几万字，有的没有字，只有划和点，各自逞奇立异，也各有它的理论，然而今日都不再存在。这即是刚才所说的，文艺不断在变，但各自有不变的东西，缺少这些不变的东西，不成其为真正的文学作品。所以到这次世界大战前，欧洲文艺慢慢又恢复了原状，再没人花几万字去描写眉毛，而回到注重形式、有人物、有思想感情的路上去。要是我们看见文学上某一派兴起，就学某一派，则过了十年这派不再存在，我们也就随着没有了。

在《二马》这书中，自己也是上当，因为念到欧战以后的文艺，里面有几本是描写中国，我便写一个中国人怎样在伦敦，结果就变成了一种报告。要知道，报告这种东西，很难成为一种很好的文艺作品。假如你存心要报告某件事，是以为别人不知道。文艺则最好是写谁都知道的事，这才是本事。例如我的家在北方沦陷区，正盼着家书，到晚上想家时一定念出杜甫的"烽火连三月，家书抵万金"的句子，就因这种句子所含的感情为人人所俱有。我们写报告，因为这事只有自己知道，乃是轻看了人家的感情思念。其实在文艺上越奇怪的事越不感动人，如在一次空难中，日本轰炸机不投炸弹，投下了许多豆沙包子，或者有一天在都邮街天空忽然投下一辆汽车，这种事固然新奇，可是我们报告出来，终不过新奇而已！我们描写空袭，是要道出每一人民内心的愤恨，这才是真正有价值。《二马》的失败，便在报告两个中国人在伦敦住着，闹了些什么笑话，立意根本不高，不过这书也有一个特点，即是文字上有了变化，在《老张的哲学》和《赵子曰》两书中，我往往用旧文字来修辞，以为文言白话搁在一起很优美和生动俏皮，到《二马》一书中，因当时北平国语运动盛行，有几位干这运动的朋友写信劝我不要再那样写，要尽量将白话的美提炼到文字中。因此在《二马》中我极力避免用旧字句，能够有这种成绩，这不能不感谢那几位提倡白话的朋友！同时我还得感谢一位英国先生，他是一位教阿拉伯文学的老教授，一天问我英文书念了哪一些，我老实地告诉了他，他又问我《阿丽丝梦游奇境》念过没有——这本书是著名的童话，在英国无人不读，我当然还不知道这书，便说我没念过，他就说："那你还叫念英文吗?"回到家中我问房东，这位房东的学问也很好，通法文、西班牙文等，他说这是一本童话，问应不应念，他说极应念，因为这是最好的英文。可见文字之好并不要掉书袋用典故，于是我明白一篇作品用最浅显的白话文字写出来与用深涩的文字写出来，两者相较，一定是白话文好，而且也很难。我国的四六文章，任何人下点功夫都可以写出来，反正只要把典故用上就得。但是，用浅显的白话文来形容一件事、一处风景，可就难了。以"远山如黛"四个字可描写出遥远的山景，用洋车夫说的话来描写这种景致，便不容易。在英文作品中最好的文字，首推英文《圣经》（与德文、拉丁文《圣经》同为世界三大名译），英文《圣经》的好处就在流畅，英国传统的大作家的文字，也都如此。最近林语堂先生在美国这样红，主要的就是他的英文精简活泼。可惜我们许多青年朋友不大注意这些，现成的白话不用，一开头就原野、祖国，写得莫名其妙。我从写《二马》起，便对这方面努力，凡想到一句文言，必定同时想这句的白话，要是白话想不出，宁肯另外作一种说法，总求能够用白话来表达意思，什么祖国、原野等名词绝不用，您要是发现我在书中有一个，我可给您一块钱！您想想看，我们现在又不是在新加坡、在美国，自己脚踏在自己的国土上，为什么还要叫祖国，这可见是不通。所以我要告诉各位，写文艺时最要注意用白话，那些生硬的文言字句绝不能有什么帮助于你。

写完《二马》，我回国了，本来还可以在英国住下去，这次回来却侥幸得很，要不然，我仍在英国，会永远照《二马》的形式写下去，越写越没出息。因为什么？因为那时的英国很太平，我们国内则正是北伐时候，我一到新加坡，即感觉东西洋的空气不同，自己究竟对自己的国家隔阂了。当时国内新文艺已发展到一个高潮，好多作家都用他们的笔来写国家社会的各方面，写得或者不大好，而立意很高，除了一两个专写三角四角恋爱的小说以外，大多数都是想利用自己的文字对世界、对国家、对社会有点好处。以前我以为只要照英国二三流作家那样，写一点小故事，叫大家愉快就可以，一回到新加坡，才明白自己观念的错误，可见读书尽管是读书，生活还更要紧，离开了现实的生活，读多少书也是没有用。

在新加坡停留了一个时期，想写一本华侨千辛万苦开辟南洋的小说，可是因为生活不够，没写成。第一在那边语言隔阂，华侨不是广东人即是福建人，他们说的都是家乡话，本地土人说的是马来话，言语不通，无法多接近，材料也搜集不到。因此便把原来的计划放弃，改写了《小坡的生日》，这是一个小童话，自己满意之点是继《二马》之后，把文字写得更加浅明，至于像一个童话不像，我就不敢说了。

随后我回到国内，写了一本《猫城记》，这是最失败的一篇东西，目的想讽刺，大概天下最难写的便是讽刺，小小的几句讽刺或者很容易，长篇大套可就费力不讨好。在我国的旧小说中，《镜花缘》是一本不坏的讽刺小说，我这本《猫城记》糟糕得很，本来写讽刺小说除非你是当代第一流作家才能下笔。因为这是需要最高的智慧和最敏锐的思想，我对这些都不够格，当然写得失败了！

写完了《猫城记》，又写《离婚》，用的文字差不多有了定型，结构也比较自然，看去相当有趣味。我看到国内的翻译小说以俄国的为最多，如契诃夫、安得烈夫的形式极完整，有时看去几乎没有形式的痕迹，非有很大的功夫看不出来。我这篇《离婚》虽不是学俄国文学，许是多少总受了点影响。俄国文学不仅形式好，描写也极深刻，如托尔斯泰，他的作品的深度为其他各国作家所没有。英国作家描写一个人，只要描写得漂漂亮亮就差不多，俄国作家则描写得把他的灵魂也表现了出来。我回国后看了不少俄国小说，觉得自己所写的东西分量太轻。虽说这种深度没方法可学到，它是一方面有关于个人的教养，一方面更是有关于民族性，但我不妨以他们的作品作一个借镜。

接着我写《骆驼祥子》，把所知道的一个拉洋车的人的情形写出，结果也没写到多少深，这是由于天才修养的不够，但还可勉强过得关。我也希望能长此保持这种方向往前走，那就是说我的小说给人家一种消遣不算错误，如果能把读者的灵魂感动，那是更好。

到"一·二八"以后，我开始写短篇小说，到如今也写不好。我曾念过不少短篇小说，轮到自己写，却还是感到抓不住要如何才能写好，这是我前面说过的自己没有很细腻的思想。第二，我的文字修养不够，长篇大论还可应付下去，短篇就控制不住。

到了抗战后，我也学着作一点诗，诗是作得根本不成东西，仅仅因为有点机会，我作了比较长的几篇诗。以后不想再。我在外国读英文诗很少，加以我幼时颇喜欢旧诗，现在作新诗便脱不掉旧诗味。不过写旧诗的文字训练，有相当好处，我希望作新诗的朋友们，也不妨试一试旧诗，因为旧诗可以告诉你用字行文上一些技巧。你有新诗的天才，加上旧诗的锻炼，那么，您的诗必定可写得好。

末了，要谈到剧本。我写剧本不完全是学习的意思，将来我若出一本全集，或者不应把现在所写的剧本收入，我自己从来少念剧本，即使念得多，也不会写好。因为剧本与舞台关系太深，我缺少舞台的经验，写出的剧本只能放在桌上念，不能适用到舞台上，当然不算好剧本。舞台的一切设备，是一个综合的艺术，不懂得此综合的艺术，剧本自亦无法写好。我希望今后能对舞台艺术多加研究，能多和演戏的朋友接触，同时多读些剧本。则我再写剧本，怕仍会成为小说式的剧本，十之八九上演就不行。小说的伸缩性本来很大，可以东边说几句，西边扯几句，后头再找补几笔。剧本不然，上来就是戏，时时紧张，不能说演完一幕叫观众打瞌睡，再开始有戏，观众早就要退票了。小说的内容好不好，只要思想成，文字美，也可通融，剧本没有这一套，你不能说咱们这戏本并没有戏，只是文字不坏。

学写剧本有一样好处，就是能使自己对文字炼得紧凑，通常写小说的常患拉长说废话的毛病，经过写剧本虽没赚到什么，也没有增加好名誉，但没白费事，得了这样点好处。

还有近年写了点通俗文字，如旧戏大鼓书之类，这也都是练习写作，真正说起来，多少人（连我在内）所写的通俗文字，全不通俗。现在的大鼓书等都已都市化文人化了，真正的通俗文字是茶馆里说评书、唱金钱板，或者北平天桥的相声等，才是真正的民间文艺，这些文字才是活的，虽然粗俗，可是极有力量。关于这点，我还希望到抗战结束后能多下点功夫，写出点真正的民间东西。

今天诸位很踊跃地来听我乱讲一气，我非常感谢，各位要是打算学学文学，请记住多读多写多生活这三位一体的东西。

关于文艺诸问题①

1944 年

一、写作的准备

用文字要依照文法与逻辑。我们学习文艺，一定要先把文字弄通，再去尝试写作，这是一件很要紧的事情。但是有好多青年朋友们，似乎都忽视这一点，他们认为文字不过是小道，主要思想和内容表现得好，那就得了。其实这是错误的。要做一个作家，无论如何，起码得把文字弄得清清楚楚，否则尽管你把主题表现得再好，而你把中文写得像俄文一样，那也未免太不像话。其次，是要实地去观察，那就是一件很平凡的小事情，也得仔细留心去看一看，譬如某人聪明，长相也蛮好，就是有点神经病，因此，大家都叫他"精神堡垒"；我们就得仔细地看一看，想一想，要是能够找出一个所以然来，这便是一篇小说的好题

---

① 本文系老舍在复旦大学的演讲。

材。同时，我们还得要拿名著来研究，看看那些作品里是不是也是表现得很平凡的事情；著作者是从怎样的角度去刻画出他的人物。这样，一面看名著，一面想着，实在是很有益处的事情，否则，那你就无法着手了！一个好律师，总得先把案子头尾弄得清清楚楚，然后才能够下判断。写东西也是一样的，总之，看见任何一件事情，都不要放松，而且要想出解决的办法来。一面再拿名著来研究，不断地在那儿观察和思想，这样慢慢便会养成一种写作习惯，走到创作的路上去。

二、今后文学的趋向

第一，文艺工作者应有的方法和方向。

今天，我们的文艺工作者很显然地担负了两个大任务，一个是打倒法西斯，一个是建设新中国。

文艺要抓住时代的主流，它要和社会的任务打成一片，越是靠近社会任务的文艺，越是主流的文艺。任何时代，那主流的文艺总是跟社会的任务紧紧结合在一起的。就拿希腊和罗马来说吧，希腊的悲剧，在当时之所以那样发达，那正是由于同时希腊人把戏剧拿来敬事天神的缘故，他们认为看戏和写剧都是一种社会任务。一到罗马，因为社会的情况变了，头脑也有了变化，他们就怎么要想来学希腊的悲剧，也就再也学不像了。这是一个很明白的例子。

所以，在今天我们的文艺工作者，就要紧紧地把握住时代的主流，执行反法西斯的任务。在今天倘若还有人专门写些风花雪月、蝴蝶鸳鸯，那固然是要不得的，就是如像"五四"时代的攻击狭小的伦常，反对旧的婚姻制度，也是太不够了！因为我们今天已成为世界的主人，我们的良心已经是世界良心的一部分，所以题材必须展开，眼光必须放宽，这样才能够写出一些较好的东西来。

第二，如何接受文学遗产。

凡是世界各国已有的文学遗产，我们都应该接受，若是你们能请老师选出五十部世界名著来读，保准你得益很多，如果你读了两本托尔斯泰的东西，保准你的眼光就要高远些；你的气息，你的手法，也都要被抬高了些。我不是说你们读了两本托尔斯泰的东西，就会变成托尔斯泰第二，而是说多读名著，就可以多收到一些好的影响罢了。例如《虹》，尽管它得了奖，那东西实在还是要不得；要是你把伟大作品看得多了，自然立即就会看得出来的。总之一句话，要多读一些好的东西。

第三，关于民间形式问题。

关于这个问题，前两年文坛上讨论得很起劲，但是实在没有讨论得出什么结论来。其实这问题根本就不成其为问题。所谓民间形式的东西，我们实在还没有发现过。真正好的民间文艺都是口传的，那纯粹是通过了人民心理，以民间的语言表现出来的。如像鼓词，所有唱本都是经过了文人的润色和修饰的，已经不是原来的真面目了。所以真正好的民间文艺，还是存在于那些卖唱者的口中，要我们去采集，光是凭空讨论是没有用的。我曾经听过《济公传》的表演，那些词句的俏皮好听，在我们的新文学里真是还没有见到过。

三、关于最近文艺界近况

文艺界中最近有一件很大的事情，就是募捐援助贫病作家的捐款。这件事情本来由我们几个人发起的，最初没有什么人赞同，但是现在却超过了预期的收获了。计收到捐款的有孙夫人所主持的跳舞会八十余万元，昆明汇来一百余万，共计二百多万元。计汇出去的有桂林五万元，贵阳十五万元（或三十万元），还准备拿出六十万元来租房子，给桂林退出来的作家居住。余款都存着，准备用来援助其他贫病作家，如张天翼先生，贫病交加，大家都很关心，但是因为他的下落不知，所以没有办法把钱汇出去。

怎样写文章

1945 年 4 月 20 日

　　写文章并没有什么特别的方法，仅就我个人的经验作点报告，这不是一定的不变法则，只是提供一些参考而已。

　　不论是写一百个字，两千个字，或是五十万字的一篇文章，都是一个样子，全想过了再写。在我们小的时候写文章，老师在黑板上出个题目，不管是爱国论也好，是清明时节也好，总先写上"人生于世"四个字，再往下连。这样当然写不好文章。又大家都说用白话好写文章，只要将说的话写下来就行了，其实不然，说话到底不是写文章。譬如两个人坐冷酒馆，他们从酒味谈到日常生活，谈到女人，又谈到世界大局，甚至于谈到平价米，买猪肉，爱谈什么就谈什么，是可以随便的。写文章可就不能这样了，设若将坐冷酒馆的谈话，一字不漏地记载下来，送往报章发表，人家看了，一定会骂你胡说，有神经病。所以，写文章是应该先想过了再写，就不会被骂为神经病，也不会每篇都用"人生于世"了。现下有些青年，只想到了一点，甚至连想都不想，提笔就写，大有所谓才子，不假思索，简直是在糟蹋纸张。当想的时候，我们得想到这篇文章大致要说些什么，第一段说什么，第二段说什么，第三段说什么，第四段说什么，把它截开成一段地来想。我们常听说写文章是有灵感作用的，这话确也不错，只是灵感一涌，文章都来了，完全是胡说。灵感只是很少的一点东西，绝不够写一篇文章用。一篇文章的写成，是靠我们的功夫、我们自身的文章修养，而我们得到了灵感，不想全就下笔，结果只能写得很少的一点。即使，至多高高兴兴地写一万字就没有了，你必得先想完全，一段一段地想过了该说些什么，然后下笔，就保了险了。为什么？因为你已经看到了最后一段，不致中途而废的！要不然，永远只是"人生于世"。

过去的老八股，都是千篇一律，没有异样，提倡作八股，正是养成那时候的一般人麻木性、奴隶性，好使服从皇帝。现在我们写文章，要每篇每篇的不同。假如分好了段，看打哪边写起，是"人生于世"呢？人生不于世，还是先从狗说起？决定用哪种写法漂亮，哪种写法经济。写法经济是写文章很主要的一点。只有要每篇文章不一样，将来才越写越高兴，花样越多。有些人往往拿起笔就发愁，正因为他根本不去想，若大致想了从哪个角落下笔，再一直写，如此，写文章倒是很快活的事情。

写文章必得抓牢每篇的重点，没有重点，就不能成其文章。有些青年，老是啰唆一大篇，结果不知道他写些什么。你问问他自己都不明白重点在哪儿，不论是什么样的文章，必定有一个重点，假若本篇以人为中心，则人物的性格、举止容貌，我们必须描写得灵活生动；假如本篇以事为中心，我们就得老老实实，必须将这件事写得清清楚楚。知道了重点，就懂得用哪一种文字或支配文字。比方写限价一类的文章，你用上些"祖国在呼唤""怒吼"的字样，写赈灾，你也用上了些"祖国在呼唤"和"怒吼"的字样，那根本不是文章，文章应是一篇一样，要刺激读者的眼泪，使读者读到必哭；要使读者高兴，读者读到必乐。如何决定内容，用什么样的文字？并不是写上"祖国在呼唤"，写上"怒吼"就成了文章，假如能这样写，你的笔才会是活的，不是刻板的。所以先得想过，然后决定从什么地方写，怎样写得经济、漂亮，写人还是写事，使人笑，还是要使人哭，总之，你必得用你的思想来支配文字。我们读莎士比亚写的悲剧，是悲剧的情调；喜剧，是喜剧的情调。而如今的青年，只背得"祖国""怒吼"这一类字眼，被这一类字压得不能动，不管什么地方，都填满了这些字眼，可说不是写文章，而是替文字做奴隶。我们是文字的主人，我们要如何写，文字就得写成如何，必得使文字受我的支配！因此每一篇才有每一篇的特色，如果没有特色，无论如何写不成文章的。

文字能用好了，很有趣，你让它做什么，它就替你做什么。我们读到杜甫、李白、陆放翁们的诗，读到《兵车行》一类的文字，使你觉得很紧张，很振奋。读到垂钓一类的文字，使你很轻松，很安闲。不但字面不同，颜色不同，连声调也不同。雄壮的，字朗音强而较快，悲哀的，字淡音长而较缓，多念念就可明白这一点。再拿平剧来说，焦急时总是唱快板多，皇帝出场差不多老是唱慢板，从没有人发怒，还慢吞吞地子曰、诗云。因之，我们可知道文字是有音乐性的。把握了重点，决定了情调，全由你自己调动文字，使高使低，使快使慢，我们时常又听到说"风格"两字，大致就是这个样子的。我怎么看，我怎么说，老是有个我，将我的情感放在文字里面，对文字适当地运用和支配，就是有了风格。简单地说，就是如何让每篇文字有每篇的味道，我们让它酸，读者就感到它酸，我们让它甜，读者就感到它甜，不酸、不甜、不苦的文章，就是没有味道，和豆腐一样。豆腐是没有风格的，至少我们也得想法，使豆腐做成酸辣汤呀！大致分好了段，决定了说法，又看刺激是些什么，用怎么样的情感，生出怎么样的效果来，再提笔谈到写。

首先，你得认识这头段的思路，由几十句子中，即可知发展的倾向。句，是段的单位，是完整的东西，好些青年一段写上六七十句，从头句直到一段末了，才画上一个圈，这无法成文章。断不成句的文章，是没有办法阅读的，就永不会知道说些什么。切记断句，写一句像一句。

把一段想过了说些什么，再看头句应当说什么，第二句以下应当说什么。我写文章，总是想好了四五句才落笔，向来没有一句一句地想着写，因为把句子想得起，下笔就很省事。这四五句都是在脑子里想过，在嘴里念过，这样地落笔，就会很有把握了。

句子的组织，非常重要，你得把你的感情放在文章里面去刺激感情，决定这情调是悲哀，你的句子的组织，得多用灰色的、悲哀的字眼；是快活，你得多用轻松的、活泼的字眼。你把你想的句子写出声来，落笔就能成为像你所想象的句子。有时看看不错，可是写出声就不成了，那你必得修改，声音在嘴里经过时，已经都将句子调动好了。

将句子组织想好，便成立得住，方可能合乎口语。必要时，我们也可用用欧化文法，因为中国的文法较简单，假如能不用欧化文法，而能用自己的文法，那岂不更好吗！若写前先写出声，写出来总会合乎口语的，能用好的口语代替欧化文法，会更好听。

第一步求得句的完整，其次就是调动句与句之间的变化，那即是说句之长短，非念出声不晓得，这与生理有些配备关系。比方第一句三十字，第二句三十字，第三句还是三十字，这样，读时就无法喘过气来。如果第一句十个字，第二句四个字，像这样有长句，有短句，读时就可以喘过气来，也会感到舒服。调动句子并没有什么一定法则，只要能用心。譬如上句用"吗"字，是平声，下句就用"了"字，是仄声。不要老了了了地了到底，除非是特殊效果——钱没有了！米没有了！眼泪也流完了！除非是特别的情形，两句里是不用同字的。像五绝七律的几十个字中，很少用相同的字，甚至于完全没有。写白话，有时不好避免，可是得尽量找出同意义的字替用，拿起一篇文章一看，即能断定用没用心写，就怕是一挥而就，像叶圣陶、朱自清等先生的文章，都是极清楚、极用了心的。又像鲁迅先生的三四百字一篇的散文，写起来都非常结实，因为他把每个字都想过了。

句的构成是字。在西洋有"一字"说，特别是法国的文艺，福罗贝尔教莫泊桑说："一个意思，必有一个极恰当的字，而且只有一个。"这话并不一定正确，至少得拿它当个原则，得尽力找出最恰当的字。我差不多天天都接到青年的习作，里面常常用字用错了。例：

原野上火光熊熊——熊熊在《辞源》里的解释，是青色光貌，是我们在炭盆里，常看到的一点火光，用在原野，描写火光的烈和旺，又怎能恰当呢？

征子——我们只常用征夫、征人，而从没有人用征子。

太阳耀了大地——耀字不可拿作动词用，除非用于旧诗里。用照字不是很好吗？

所以用字不可乱用，要用得恰当，要怎么才能恰当呢？就是不怕麻烦，用一个字得查查辞典是否此意，再想想有没有第二个字比这个更好。所谓恰当的字，并不是叫你造字。如同砖瓦匠，砖瓦是固定的，砌得矮矮小小的就不成为人住的房子，而成狗窝了。语言是固定的，也不能随意改，随意造。我们写东西应当深，深得使人懂，并不是使人迷。陆放翁有两句诗："小楼一夜听春雨，深巷明朝卖杏花。"这当中没有一个让我们不懂的字，而且，两句绝对相对。没有办法可以去修改一个字，虽然这已经是宋朝时的文字。尤其是用的"听"和"卖"两字，让我知道有两个人，有声音。更可看出当时的境界，是诗人的境界。愈是好文章愈浅，最不好也能使人懂，这就是如何去找像你所想的声音和意义的恰当的字了。更明白地说："选用人人都懂而恰当的字，排列起来成一绝好的图像而无法更改，就叫创造。"

不要乱用字，更不能乱造字，一个字有一个字的习惯，言语是极自然的东西，是从古来的，并不是打昨天才开始有，我们岂可随便更改言语？这不仅是字的问题，同时还有体贴的问题，在人情中体贴到某种情况时，就用某种字，体贴愈深，用字的情愈热。对人情越发明白，才写出好的文章。这样谈又近乎生活丰富的问题了。

每一个字都必得用全力想，想不到第二个字，就要用得恰当使人懂。形容词很难用，最好少用，用得不恰当，会将整篇文章弄得更坏。要形容，一定得在体贴中形容出来，才不至于贫乏。人说过了的，我们就不再说，可是也不能凭自己意思乱编造。有时写一段七八十句的文字，写到三四十句，觉得很平淡，这时用一个很好的形容字眼，可以醒目，使文章增加力量。普遍形容，是永远不会写好文章的。再就是要有极好的联想，文章要能惊人，就是将两个极端的什物拉拢在一块，显明图像。如脚踵形容秃顶，柳条形容女人的腰。如果没有好的形容字从联想中产生出

236

来，最好还是淡淡地写，少抄袭。

除以上将全篇大致想过，决定这篇文字的路向和把握重点，还有方法的漂亮而经济。句与句的调动，以及用字的恰当和体贴运用形容字，更使得丰富生活，真诚，负责任，绝不要欺骗自己。只有这样，才能将文章写好。虽然我们不能保险每个人都成为作家，至少写出来的文章，不会被骂为胡闹，有神经病。

切记！全想过了再写，不要提笔就挥，如果今后一挥而就的文章都算成功，我敢说，中国以后就会永远没有文艺了！

大众文艺怎样写

1950 年

今天我要讲的不是为什么要写大众文艺，和什么是大众文艺的问题，而是怎样写大众文艺的问题。

首先我愿就写大众文艺应取什么态度，来谈一谈。至至诚诚地去写，与吊儿郎当地写，分明是两个不同的态度，也就必得到不同的结果。以我自己来说吧，在我回到北京来的将近三个月的工夫，我写了四篇鼓词，改编了三篇相声，还写了两篇关于鼓词与相声如何编制与改编的小文，一共是九篇。

有人可就说了："哈，看老舍这家伙，真写得快呀，想必是那些东西容易写，东一笤帚西一扫帚的就凑成一篇。"

我不能承认那个说法。在我的经验中，我写长篇小说是大约一天能写一千字到两千字。写鼓词呢，长的二百多句一篇，短的一百多句；就以长的来说，以七字一句去算，也不过一千五百字左右。可是，这一千多字须写六七天。

238

你看，这是容易写呢？还是不容易写呢？

又有人说了："老舍这家伙，连外国都翻译他的作品，也多少总算有点地位的人了，怎么回国之后，单单地去写鼓词和相声什么的呢？唉，可惜呀，可惜！"

对上边的那大材小用的惋惜，我并不感谢。我知道我干的是什么。我知道写一部小说与写一段鼓词是同样的不容易，我也知道在今天一段鼓词的功用也许比一部小说的功用还要大得多。一篇小说因版权的关系、篇幅的关系，不易转载，就流传不广。一段鼓词可以得到全国各地报纸刊物的转载，而后一个人念或唱，便可以教多少不识字的人也听到，而且听得懂。今天的文艺作品已不是文人与文人之间互相标榜与欣赏的东西，而是必须向人民大众服务的东西了。你若是不知道这一点哪，我也就回敬一个"可惜呀，可惜！"

我们若是以为大众文艺容易写，所以才去写它，就大错而特错。态度不真诚，干什么也不会干好。要去写它，就必须认清楚，它是人民大众的精神食粮，其重要或仅次于小米儿和高粱。也要认清楚，它不是文艺的垃圾，扫巴扫巴就是一大堆。知道了它的重要与难写，我们的态度就变成了严肃、真诚，真拿它当作一件事去做。只有这样，我们才能把它搞好，对得起自己，对得起大众。

让我们先看看，大众文艺怎么会难写吧。先提这一点，绝对不是为自高声价，自居为通俗文艺专家；我自己对于大众文艺的认识还小得可怜。我也绝对不是先吓唬你，教你知难而退，我好独霸一方。反之，我诚心地愿意把我知道的告诉你，也希望你也礼尚往来，把你所知道的告诉我。咱们若能照着"打虎亲兄弟，上阵父子兵"地那么在一块儿好好地干，咱们才能克服困难，教大众文艺打个大大的胜仗。

"大众"二字就很要命。不说别的，先说识字的程度吧，大众里面有的能认许多字，有的能认几个字，有的一字不识，而以一字不识的为最多。这一下可把咱们喝过墨水的人给撅了。咱们善于转文，也许还会转洋文，可是赶到面对大众，咱们就转不灵了。咱们说，"把眼光向大众投了个弧线"，大众摇头不懂；咱们说，"那女人有克丽奥拍特拉一般的诱惑力"，大众却不晓得克丽奥拍特拉是什么妖精怪物。这语言问题就够咱们懊丧老大半天的。

语言而外，还有到底民众怎样用脑筋，动感情呢？大众是不是也有想象力呢？这些便比言语更进一步，深入了人民的心灵活动的问题，我们怎能知道呢？

因为人民不懂得谁是克丽奥拍特拉，我们可以拿"老百姓的文化低呀"来开脱自己。可是，假若我们不是装聋卖傻，我们一定会看到民间原来有自己的文艺，用民众自己的语言、自己的思想、自己的感情、自己的想象和自己的形式，一年到头地说着唱着。这又是怎么一回事呢？我们说我们的文化高，学贯中西，出口成章，可是我们的作品若卖五千本，人家民间的小唱本却一销就是多少万本。我们说我们的剧本是与莎士比亚的差不多，在城里一演就是七八天，可是人家的《铡美案》已经演过几十年或一两个世纪，而且是自都市到乡村都晓得"左眉高，右眉低，必有前妻"。

这么一想啊，我们就别小看大众文艺了。我们得马上赶上前去，把我们的本领也向大众露一露，而且必须承认这是艰苦的工作，不是大笔一挥就会成功的。

一感觉到搞通俗文艺不是件容易事，我们立刻就要去学习了；是学习，不是只傲慢地轻瞟一眼，便摇头而去。应该学习的事很多，可是首先引起我们注意的恐怕是语言了。我们一旦和民众的语言接触，便立刻发现了原来"徘徊歧路"就是"打不定主意"，"心长力绌"就是"武大郎捉奸，有心无力"。这个发现使我们登时感到我们的真正有用的字汇与词典就是人民的嘴。人民口中的语言是活的。因为它是活的，所以才有劲，才巧妙。除非我们能把握住这巧妙的、活生生的语言，我们就没法子使人民接受我们的作品。

在民间文艺里，无论是说，无论是唱，都有一个最值得我们注意的地方，就是语言之美。看吧，在北方的旧戏里，差不多谁中了进士都是第八名，其原因是八字念起来响亮悦耳，而且容易用手指比画。假若我们有工夫把各种不同的戏本比较一下，我们必能发现同一剧本，老一点的本子里的词句本来很通顺，而新一点的本子里反将词句改得不通了。赶到我们再细看一番，就能发现改过的地方虽然在意思上不通，可是念或唱起来比老词好听得多了。民间的艺人为获得言语之美，是肯牺牲了文法与字义的。我们不必去学此方法，但是要记得民间文艺是怎样注重言语之美。

在大众文艺里，其形式虽有多种，但总不外乎说书式的叙述。以各种鼓词来说吧，它们的文字虽是韵文，须有腔有调地唱出，可是主要的还是述说一个故事。有些故事本来平平无奇，可是一用合辙押韵的整齐的文字唱起来，故事便借着语言之美脱胎换骨，变成颇不错的一段东西了。因此，我们可以把这个叫作"唱着说"。

　　再看那说的呢，它虽不唱，可是每到适当的地方必加入整齐的韵语，振起声势。即使不用韵语，也必将文字排成四六句儿，以期悦耳。说到这种地方，说书的人也必改换音调，用近似朗诵的调子叙述。不信，就去听听评书吧。每逢大将上阵，或英雄们来到一座高山，或遇到狂风暴雨，说书的都必有滋有味地用韵语或排列整齐的句子作介绍。有时候，这种句子并不很通俗，听众未必字字都懂，可是他们都留心地听着，因为那语言之美的本身就有一种魔力。

　　不单在大场面如此，就是顺口说来的时候，说书的也永远不忘利用精简有力的话儿叙述，像"晓行夜宿，饥餐渴饮，不在话下"，像"一刀紧似一刀，一刀快似一刀，刀刀不离后脑勺""只杀得敌人鼻洼鬓角热汗直流，啪啪啪往后倒退！"我们可以管这个叫作"说着唱"。

　　旧戏的形式比说书唱曲复杂多了，可是，要细一看哪，它也没完全能脱掉说书式的叙述。人物登场必先念引子，而后念定场诗，而后自道姓名。这不都和说书一样么？不过是将第三身的述说改教第一身去做罢了。因此，旧戏往往按照说书的方法往前发展，而缺乏戏剧性。可是，不管多么"温"的戏，其中总会利用言语的简劲与美好，硬教言语产生戏剧的效果。比如说："这先下手的为强（锣鼓），后下手的（锣鼓）遭殃！"本没有任何出奇之处，可是因为它是人人知道的两句韵语，简练有力，再一加上锣鼓，就能教全场精神一振，好像怎么了不起似的。

按照上面所举的例子，倒好像我是说大众文艺完全仗着言语去支持着。请不要误会，我没有那个意思。我只是说，语言在通俗文艺中占有很重要的地位，不可不多多注意。这一提醒，也正针对着两个事实：（一）自"五四"以来，新文艺作品的一个严重缺点就是没有把言语搞好，以至文艺与民众脱节，你说你的，我干我的。大家花费了那么多的时间、心血去创作，而结果是大众并未得到多少好处，实在可惜。语言文字是文艺的工具，不将工具弄好，怎能写出家传户诵的作品呢？（二）近来文艺工作者感到了写作大众文艺的重要，可是又似乎觉得一段鼓词只是七八个字一句，分行写出的事儿，并没能去充分学习、充分利用民间的活语言，和怎么把它放在人民所习惯的形式中成为大众"文艺"。因此，我在这一点上多说几句，或者也是可原谅的。

连我自己也算在内，写家们往往以为民间的语言太简单，有的地方没有文法，所以写作的时候就造出生硬的、冗长的句子——虽然不干脆利索，可是能说出复杂的意思，也合乎文法。其实，这是个错误。大众的语言，在字汇词汇方面并不简单，而是很丰富。大众的口中有多少俏皮话、歇后语、成语呀，这都是宝贝。不信，让咱们和一位住在大杂院里的妇人拌一回嘴试试，咱们三个也说不过她一个，她能把咱们骂得眼冒金星，而无词以答；赶到咱们大败而归，她独自还在骂，又骂了三个钟头，越来花样越多。

那么，再加上五行八作的术语行话，大众的字汇词汇就丰富得了不得。我们应当搜集这些术语行话，去丰富自己的形容词名词动词等等。这活的词汇要比我们常用的辞源不知好上多少倍。

假若我们是说，大众语的句法太简单，那也是一偏之见。我们的古代的诗歌词曲的句法也都是那么简单，为什么到如今我们还摇头晃脑地去读诵它们呢？假若杜甫能以五个字一句，作出意味深长的一首诗来，我们怎不该以简单的句子作出最精彩的东西来呢？能用我们自己的语言，作出最精美的东西，才算我们的本事呀。鼓词里的《草船借箭》《乌龙院》，没有用一个"然而"，也没有拉不断扯不断的句子，这是相当好的作品呀。不下一番功夫，而死抱怨我们的言语太简单，就是拉不出屎怨茅房。

至于说俗话有的地方没有文法，更是瞎说。大家怎么说，就是文法。文法就是这么来的。以前，大家总以"斗争"当作名词用；现在，大家都说"斗争他"，这就成了文法。明天，也许大家都说，"斗他一个争"，也就成为文法。大众创造文法，文法家不过是记录者。

有了上面的理由，我们便应勇敢地、真诚地去学习大众语言，然后运用它作为大众文艺的工具。可是，我们不能偷油儿，不能依然用我们的半文半白的、拖泥带水的句子，却隔不远加上个"他妈的"或"哎哟"，便算了事。这个尾巴主义要不得。我们也不可把大众原有的文艺拿来，照猫画虎地去写，那是旧帽子刷新，而不是创造新帽子。我们的责任是以今天的大众语创造新的大众文艺，所以必须有辨别的眼力，看清旧的大众文艺中什么是该学的，什么是该去掉的。像那些"马能行""马走战""马走龙"等等的庸俗字样，是民间艺人偷懒、敷衍了事的结果，我们不能再偷懒、敷衍了事。像以前文人们偶尔高兴起来，所作的那些通俗韵文，我们也不要去学。他们把鼓词作成了文言诗，看起来颇整齐雅致，其实是庸俗不堪。要知道多用陈腐的文言即是投降给死言语；能充分地利用白话，用白话写成生龙活虎般的东西才算真本事。我们更不可以把老套子里的色情的描写，拿来歪曲新的故事与人物；我们若用"二八的俏佳人呀，杨柳腰儿摆，脸蛋儿白又红……"去描写女孩子扭秧歌，便该罚扫街三天。

我们必须真诚，用最大的努力，去用新的活的大众语，创造出新的大众文艺。记住，这是件很艰难的工作，不全心全力去做，不会做得好。在今天，我们还没法不利用大众文艺的旧形式去写，以便容易普及。但是，我们的志愿可不能就是这一点点。说真的，假若我们今天能精巧地运用大众语，写成美好的话剧，能普遍地被大众接受、欣赏，它还不就变成了大众文艺么？大众文艺并不该是另一种文艺，而是所有的文艺都该是大众的。因此，在今天，为了急于普及新文化，我们没法不照着旧形式去写，可是我们万不可就心满意足，以为能写成一段鼓词便已经了不起。事实上，我们今天在这里写鼓词，原是为明天还要写比鼓词更新鲜的东西；普及了，即当提高，不是很明显的么？

就是就事论事，以写鼓词什么的说吧：鼓词有辙，我们晓得吗？鼓词要上下句，分平仄，我们辨得清平仄吗？鼓词须能唱，我们晓得句子的音节吗？这些都是问题，都应当学习。对这些，我不预备多说什么，因为在本月7号的《人民日报》上有我的一篇小文可作参考。在这里，我的忠告是要学习，多学习，多多学习。你看，我们有那么多位文艺家，有谁创造过一篇相声？有谁写成了与《打渔杀家》一样好的一出京戏呢？这真难！我们不应知难而退，而须以热诚去冲破困难。把握住语言，把握住形式，是咱们今天必不可少的功夫。

以下，我们要说点关于大众文艺的内容方面的问题了。为使这讲话前后一致，我们还是从技巧上谈，谈谈我们应如何处理内容，而不谈什么是大众文艺应有的内容。

我想，我们最好先去听听评书。听过了评书，我们就晓得了他们说的故事是多么充实，我们写的多么枯窘。说书的艺人们的文化水准并不高，认字也有限，可是他们能尽情尽理地说故事，教听众们舍不得走开；再看我们呢，我们的文化水准比他们高，也能读能写，可是连一小段鼓词都写得那么瘦小枯干，像一条晒干了的小鱼。这里的原因，一来是艺人们生长在民间，我们却离开了大众；二来是艺人们会以极细腻生动的叙事证明一点道理，我们却急于说出那点道理，只喊了口号，而忘了编制好故事。这样，我们就输给了说书的艺人。

大概地说，说评书的有两派，一派是"给书听"的，一派是旁征博引的。前者是长江大河的往前说书，不扯闲话，打了《连环套》，再打《凤凰山》，一节比一节热闹，一节比一节惊奇。后者是《挑帘杀嫂》可以说半个月，《武松打虎》可以说五六天。前者是真有故事可讲，后者是真有东西可说。虽然在评书界里以老实说书的为正宗，可是在我们听来却不能不钦佩那能把《武松打虎》说了五六天的。表面上，他是信口开河；事实上，他却水到渠成，把什么小事都描写得逼真，体贴入微。他说武松喝酒，便把怎么喝，怎么猜拳，怎么说醉话，怎么东摇西摆地走路，都说得淋漓尽致。他要说武松怎么拿虱子，你便立刻觉得脊背上发痒。山东的二狗熊就更厉害了，他能专说武松，一说一两个月。他的方法是把他自己所想起来的事都教武松去做，编出多少多少小段子去唱。他唱武松走路，武松打狗，武松住店，武松看见的一切。他专凭想象去编歌唱，而他所想象到的正也是大众所要想象出来的。所以，他每到一处，学校即贴出布告，禁止学生出去，因为他的玩意中有些不干净的地方。可是，布告虽然贴出，到晚间连校长带先生也出去听他了。真正好的大众文艺，在知识分子中也一样地吃得开。

　　这告诉了我们大众文艺必须有充实的内容，也教我们知道，民间的艺人是从大众的生活中搜集材料，所以尽管说着武松而忽然岔到榜地上去，大家也还爱听，因为那说得有根有据，有滋有味。再看我们呢，我们往往是由朋友的口中，或新闻纸上的记载，得到一个小故事，便根据这故事去写一段短的小说，或鼓儿词。结果是，写了几十句便再也没的可说，只好多喊几句口号，充充数儿了。我们在这里犯了两个错误：第一，我们并没从大众的生活里去找资料，而偏要替大众写东西；第二，我们以为从友人口中或报纸上得到的资料虽然很短，却正好去写一段鼓词，因为鼓词有一百句左右便可成章啊。殊不知，在文艺创作里，为写一件事须知道十件事，为写一个人须认识许多人，才能左右逢源，笔下生花。若只见过一个茶盘，而想去写茶盘问题，便永远写不出。从多少多少经验中，用心地去组织，把它们炼成一小段文字，才能见出精彩。不错，鼓词可以写得很短，但句句言之有物，入情入理，就不是一点点资料所能支持住的了。我们为写一百行鼓词，须预备下写一万行的材料才好。文艺写作是由一大堆资料中取精去粗的事，不是好歹一齐收，熬一锅稀粥的事。你若以为大众只配吃稀粥，便是污辱了大众，而且你自己也不会有出息。

在旧有的民间文艺里，说的唱的是老年间的故事，而寓意多半是提倡忠孝节义等等的老道德，替封建势力做宣传。我们现在在写新的大众文艺首先应向这方面斗争。可是，我们不能只扯着脖子喊口号。我们得用有内容的新东西斗争那些有内容的旧东西。旧东西有趣味，我们的新东西得更有趣味；旧东西有的很幽默，我们也有幽默；这样，我们才是以子之矛，攻子之盾，得到胜利。这是以文艺斗争文艺，不是拿标语口号斗争文艺，要是标语口号能有那份儿能力，我们还搞文艺干什么呢？

文艺作品是要发生一定的效果的，它教人哭就哭，教人笑就笑。技巧与内容二者兼而有之，才能发生这样的效果。内容不充实，对人情世故揣摩得不深，便无此作用。吹胡子瞪眼地去宣传，其效果必远不及从容不迫地，入情入理地，以具体的充实的故事去劝导与说服。故事必须有情节，不能像小胡同赶猪，直来直去。情节如何得来？它来自人生的体验。比如我们要描写一个人听到他的爸爸死了，我们便不应像旧戏中那样，叫了一声哎呀，顺手倒在椅子上，昏过去。有的人，忽然听到那恶消息，便愣住了；愣了一会儿，眼泪一串串地流下来；而后，放声大哭。有的人，假若他和他父亲平日感情很坏，也许先糊糊涂涂地笑一下，可是紧跟着泪就在眼眶里转，而后哭起来；父亲到底是父亲，没法儿不哭。有的人……这样的一个简单的情景，我们若能认真地去体会，便有了不同的情节，既不千篇一律，而且委婉动人。一个较长的故事，其中有许多情节，我们也须先从人生经验中去体会，而后依着人情真理去排列先后，使故事处处动人，而看不出穿插安排的痕迹。最庸俗的办法是依照侦探小说的套子，故作惊奇，把人物像些傀儡似的牵来牵去。旧戏、旧小说中往往因把情节弄得太离奇了，无法再写下去，就搬来了天兵天将或琉璃鬼代为解决问题。这要不得！我们要晓得，情节的离奇远不及情节的入情入理。情节离奇不过是技巧上的一些小把戏，使故事近情近理地发展才是专家的真本事。

　　在旧有的大众文艺里，所说与所唱的多数是老年间的故事。大众为什么那样爱替古人担忧呢？事实上，艺人们虽然说唱远年的老事，在人情上他们却把古人当作了现在的人。大众深恨那做了高官便抛弃了共过患难的老婆，另娶宦门之女的人，于是《铡美案》便连驸马爷也要铡成两半了。在乡间，包公不单决定铡死驸马爷，而且撩胡子挽袖子亲自下手去铡，大众看着非常的过瘾。他们不问以包公的身份是否应该变成刽子手，而只管这样办才泄恨解气。把古人的举动与感情都大众化了，大众才爱听那些老故事，而大众文艺也就尽到将古比今的责任。现在我们若写老年间的故事，是否也应袭用此法呢？这不是今天所能讲的，即不在话下。我们今天所应注意的是要写大众文艺必须接近大众，极仔细地观察，体验；不单学习了大众的语言，也要揣摩出语言后面的感情与心思。假若我们能明白了在思想上、感情上、行动上，大众对事对人的反应，我们可就算能替大家写东西了。

现在，我们结束这个小报告：在现阶段中，为了普及，我们应当由学习而把握住大众文艺的语言与形式，了解大众的生活与心理去写作大众文艺。我们学习，试作，我们也要鉴别旧有大众文艺中什么可取，什么该去掉，以便不完全教旧东西拖住，失去向前进步的力气。这叫作在普及中渐次提高。我们一面学习，试作大众文艺，另一方面也要关心一切文艺的理论，学习在现今所有的大众文艺以外的文艺技巧与形式，以便在适当的时机，把现在所谓的大众文艺与非大众文艺的界限抹去，而使所有的文艺都成为大众的。那便是达到了提高的日子。

我们不可钻在牛犄角里，抱着一篇短短的自己写的鼓词，翻来覆去地告诉自己：我成功了！我们必须知道先求普及，由普及逐渐提高，以便达到真正普遍的提高，是我们必经之路。我们不可小看今天的工作，也不可忘了明天重大的发展。我们今天，打个比喻说，是学习给人民盖茅草房。为什么盖茅草房？因为大家还没地方住。为什么要学习？因为我们根本不会，只好按照老草房的样式去盖。盖过两三间之后，我们有了自信心，就该开始去设计改进，教屋中如何更多得阳光空气，地上如何不潮湿。然后，我们更去学习盖造瓦房，以便日新月异，使民众都有瓦房住。赶到大家都有了瓦房住，我们就更进一步计划花园、游戏场、游泳池，使每个小村都像一座小公园似的美丽。那时候，茅草房完全不见了，全中国成为地上的乐园。那时候，旧草房时期的旧鼓词，新草房时期的半新半旧的鼓词，和瓦房时期的新鼓词，或者都不见了，而是大家在地上的乐园里，读或听世界上最伟大、最美妙的诗歌。它们既是大众的、民族的，也是世界的。

关于业余曲艺创作的几个问题^①

1956 年

一、有人问：曲艺在民间文学的范围中，占什么地位呢？

现把它分开来谈谈，也好让大家明确一下曲艺到底是什么东西，在民间文学中占什么地位。民间文学的范围很广泛。如鼓词、评书、单弦、相声，甚至笑话、谜语、对联，都可算民间文学。曲艺只是民间文学的一部分。曲艺形式的特点是能说、能唱、能表演的；谜语就不能表演，对联也不能表演。曲艺更便于传播思想，谜语就不过让人猜猜，不能传播什么思想，对联的思想性也不大。写一段鼓词、快板、相声，就要传播一种思想。如有人结婚，你送一副对联，上面仅能表示祝贺祝贺，不便谈及婚姻法的政策；而曲艺就可以做到这一点。

---

① 本文系老舍在全国职工业余曲艺观摩会上所作的报告。

二、曲艺与一般文学有什么分别？

（一）曲艺与小说、话剧、歌剧、诗等有什么分别呢？曲艺有它自己的特色，它通俗易懂，人人喜闻乐见，语言也是雅俗共赏的，比别的作品更富于通俗性。话剧是很好的文艺形式，很利于宣传，但话剧在中国只有五十年的历史，是后起的，不像曲艺那样富于普遍性、历史悠久、人人喜爱。

假如有人认为《人民文学》刊登出来的，就是高级文学；你们写的曲艺只能在职工业余会演大会上演一演，是低级的，于是有些青年业余创作者也认为写鼓词、快板等小东西，不能登大雅之堂，有自卑感，这个态度是不对的。不能把通俗和提高对立起来看。《红楼梦》《水浒》《三国演义》非常通俗，但为一般人民和学者共同喜爱，是不朽的经典的伟大著作。

如果有的作家认为你们写的是低级的，他们给《文艺报》《人民文学》写的就是高级的，你可以告诉他，他错了。一个作家不应该有对文艺作品分出等级的看法。通俗与提高不是对立的。曲艺与其他文学形式也不是对立的。我们有一些人的毛病是光有通俗，没有创造出通俗而伟大的作品来，不是下了很大功夫，而是草率地一写就是一篇。曲艺这种形式，劳动人民都喜欢，怎么能说它低级呢？它是通俗的，它容易普及。事实证明，全国工人在搞曲艺会演，有这么多人写，有这么多人演，可以说是普及了，但更重要的是提高，在现有水平上要提高一步。我们所说的提高，不是把通俗性与普及性不要了，而是要在通俗与普及的基础上不断提高。要把我们的鼓词写成好的诗，把我们的小说写得像《红楼梦》一样通俗伟大才好。

在清代末年曲艺很盛行，那时不但劳动人民写鼓词、单弦、岔曲等，就是许多文人也在写鼓词、单弦、岔曲；可是文人们写的方向不对，他们以为表现了自己的文学典雅就是提高了，可是一表演，观众就都走了，因为人家听不懂，这样提高只有文人们自己能欣赏。我们所说的提高不是从文学上写得文绉绉的，用许多典故，而要在通俗易懂的基础上来提高，如《红楼梦》完全用的是白话，但是伟大的作品。从近二三十年来看，有些地方戏与京剧，对于提高的看法也不对，不是从本质上、从技巧上来提高，而是要字眼，文绉绉的，似通不通，使人听了莫名其妙，这不是提高的好方法。

（二）曲艺的突击性很强，因为曲艺简短明快、短小精悍，因此它永远是宣传的先锋，这是它的一个特点。为什么宣传卫生、打老鼠、打麻雀、买公债等都不去找小说家、话剧家，而先来找我们呢？因为我们掌握了一个武器，而且利用起来效力非常快，我们写二十句鼓词、八十句快板，就可以愉快地胜任这个宣传任务，这有什么不好呢？我们为什么要自卑呢？小说家没写捉老鼠，那是他不会写；如果会写而没有写，那是他没尽到责任。我们尽到责任，有什么不好呢？大炮是好的，步枪也同样重要，不能永远放炮，一枪不打。我们是冲锋部队，打白刃战的；徒手肉搏，取决胜负，要靠我们。

有人说曲艺就是赶任务，这话不对！但即使是赶任务，又有什么不对呢？全国为了社会主义建设都在赶任务，谁不忙？我们为什么不拿着我们的武器，及时迎上前去呢？当然啦，赶任务因为时间仓促，写得粗糙是很难得到文学奖金的，但我们就为了得奖金吗？我们的文章帮助了捕老鼠运动就行了，何必要得奖呢！

我们不必强调曲艺和别的文艺形式有分别，而要有了任务就去做！一本话剧也许要写一年，而曲艺要快得多。在形式上、技巧上是有不同，但都是文艺，完成任务就好！我不反对写新诗，但现在新诗在语言上还存在一个缺点，就是不能完全合乎民族风格，一般人民不能拿起来就念就唱（当然将来会弥补这个缺点的）。而曲艺就可以，它有良好的传统，语言有辙有韵、有节奏，能念能唱，为人民喜闻乐见。我们为什么不能利用这种形式写成很好的诗呢？我们的鼓词要写成很好的诗，就不会有人说鼓词永远不能成为诗了。我保证假如我们的鼓词写得比新诗更好，则比新诗的宣传作用要大得多，宣传范围要广得多。

曲艺有它自己的特点，但是不能强调和别的文学一刀两断地隔开，这边是小说、话剧、诗，那边是曲艺，不应当这样。因为普及和提高不是对立的，曲艺和别的文学形式也不是对立的。我们要求普及，也要求能写出像诗一样好的鼓词来！既不要有曲艺永远成不了高级文学的自卑感，也不要满足于过去那样的水平，我们要求自己不因为写相声，就不能写出好的讽刺文章，不因为写鼓词，就不能写出好的诗。我们写不好，不是先天的，而是我们功夫下得不够，仅仅照猫画虎，照着旧形式把内容填进去就得了，没有更大的创造，没有更高的思想性艺术性。我们用的虽然是人民的语言，但是没有提炼，啰唆不精，我们仅知道继承传统，只知保存，而没有把它发扬、提高。

曲艺有它的特有形式，如：相声有相声的形式，鼓词有鼓词的形式，这并不妨碍写作时要具有一般文艺的优点，如语言要美，人物要活，内容要丰富，思想要深刻，不应因为这是曲艺，在这些方面就可以打折扣了。

我们现在写鼓词只写百十句，但也可以写长的呀，写成本大套的故事过去已有，如《杨家将》《隋唐》《梁祝》等。我们也可以写长的。也不能因为特殊形式就有特殊的体验生活的方法，写相声的体验生活，正如写话剧的体验生活一样。必须要有生活，谁不体验生活，也写不出东西来。所不同的只在体裁上，不能认为我是写相声的，就要体验相声生活，事实上生活中没有专供体验相声生活的。如果在工厂中大家都不工作，坐在那儿嘻嘻哈哈的，为了叫你体验相声生活，岂不糟了！曲艺作品中的缺点，如公式化、概念化、自然主义等，这都和话剧会演中所发现的问题以及其他文艺作品的缺点一样。

三、故事性的问题。

大家都觉得老的作品故事性强，我们写的故事性弱，这个问题我想应该先看一看这是什么性质的故事。如《黛玉葬花》，这里边几乎没有故事，就是黛玉一个人把落下的花扫起来，这有什么故事性呢？难道因此就不写它吗？所以说故事性强是好的，但也要看故事本身的性质是什么。如果今天要求我们写《黛玉葬花》这样故事情节简单的东

256

西，我们就要用悲哀的情调写出诗来，通过小小的动作，写出人的性格及黛玉心中的悲哀就可以了，不要为了故事性强而乱加情节，节外生枝。如果故事本身很简单，勉强乱加情节，反而不好了。

在形式上我们不必强调与其他的形式相比。应该承认形式各有不同，如相声只能说十分钟、十五分钟，到现在为止还是一个人或两个人合说一段故事，很少有三个人说的。它不像话剧那样，有正面人物、反面人物、不反不正的人物、半反半正的人物，而只是两个人合说一桩事，不是一个是正面人物，一个是反面人物。我们若是强调捧的老正面地说些正面的话，严肃不笑；逗的刚把观众逗笑了，又给压下，谈五分钟政策，这还能成什么相声呢？我们不要机械地说话剧有正面人物、反面人物，相声也一定要有，因为话剧形式可以演三个钟头，它有时间尽量地发挥；可是现在谁有本事能写一段三个钟头的相声呢？连着三个钟头不停地说，人能受得了吗？所以相声只能集中地讽刺一点，不能像小说、话剧那样从容不迫地慢慢交代。如《买猴儿》中的马大哈，我们的机关中哪儿能有这么个人呢？不能的，这就是集中地讽刺。全国工人都很熟悉他，他已经成了形容工作马虎的典型了。如果你硬说：我们的机关中没有这么个人；我们说：这是艺术的真实，不是生活的真实。假如在《买猴儿》相声中你一定要搁上个领导来明确政策，那就不好办了。谁也不能让一段相声担负话剧的任务，也不能让鼓词担负小说的任务，不要让它担负胜任不了的任务。

我写的剧本《西望长安》，不是个好剧本，但它是讽刺剧，所以正面人物也要配合讽刺戏的风格，正面人物也要有风趣，这是形式的要求，否则风格就不统一了。

怎么才算有故事性呢？三个人斗争，有故事性；两个人斗争，有故事性；一个人心里斗争，也有故事性。所以故事性强不强，不在于情节复杂、人多，而在于冲突是否强烈。冲突不强烈，矛盾不尖锐，就是五十个人满台乱打，也同样没有故事性。我们写的所以故事性不强，最大的毛病在于写得太多，太分散，没有重点。写一个英雄人物总是家住哪里，姓字名谁，父母是谁，在哪里工作，什么技术，开了几次会等等，都从头到尾，写在一篇一二百句的曲艺中，因而把重要的冲突，应该充分发挥的地方，反而忽略了。这样，故事性当然不会强。

老段子为什么故事性强呢？譬如《武松打虎》《十字坡》《武松杀嫂》《鸳鸯楼》等，都是一段一段地抓住了冲突最强烈的地方，每一个段子都有一个中心情节，围绕着这个去充分发挥的。我们写东西也要这样。假如有人要在二百句的一个段子中，把武松从头到尾都写了，故事性同样也不会强。

在写作品时，乱加不必要的情节、标语口号，或者给人物片面地找动机，都是不好的。如写一位英雄人物在战场上遇到困难时，不顾个人生命去英勇杀敌，是什么思想促使他这样做呢？作者给找动机了，让这位英雄在枪炮声中把爱人相片掏出来，还想着：你在家里做劳动模范，这回我在战争激烈的时候，可得争取做个英雄。这都是画蛇添足、节外生枝，不能够感动任何人的。

人物是怎样写出来的呢？必须抓住矛盾最尖锐的地方去充分发挥，这样一定会感动人，人物也能写活了。如《武松打虎》不说从前，也不说以后，只集中说这一段，这样就好发挥了。或者先写武松在酒店吃了许多酒，假如他不喝酒，就是这样一位英雄，也不会去碰老虎，因此写他喝酒是必要的，酒家拦他也是必要的，这样一步一步逼出来老虎，不打也不行了，棍子打断了，须得就用拳头打，这也是很自然的。这样布置，有力地说服了观众，使观众相信了，事实上用拳头是不易打死老虎的。

我们写东西就犯了不集中、罗列现象的毛病，话剧会演中也暴露了这一缺点，有些戏没有戏剧冲突，平铺直叙，看了开始，就知道结尾，自然主义地往舞台上搬，服装道具也这样，凡家中有的，都搬到了台上，这都是自然形态的东西，不是艺术。艺术的真实，不是要把什么都搬到台上，什么事都像生活中一样地直述出来。情节多了，并不等于故事性强；事情少，只要有发展的余地，留出空隙让人物充分发挥，把人物突出来，这也是好的。如果罗列事实，没有选择，什么都写，就是犯了自然主义的毛病，是非常不好的。

我们怎么才能写好呢？如果有时间，我们最好把要写的故事先用散文写一遍，写过之后，你心里也许会有好多好多主意了，看哪是要点哪是要害，就抓哪一段；从哪个角度上写，矛盾尖锐，便于发挥，你就哪样写，写出一定会好。如果不能这样做，而直接就写成韵文，也不要按着初稿死改，因故事有了雏形，怎么改也是词句的变动，也改不出好东西来。你不妨再用散文写一遍，等到考虑周到了，心中有数了，再改成韵文，不要怕麻烦。我常常一篇稿子不知改多少遍，有时改不好，就丢掉。文艺生活就是死干，自古以来文艺生活就是非常艰苦的。

四、什么是民族形式？

所谓民族形式，主要是语言。如我们有单弦、大鼓、相声，人家外国也有人家自己的民间歌曲；我们有小说，外国也有小说。可是我们的语言是唯一的，世界上只有我们说这种语言，其他国家都不说，因此说民族形式，语言是最主要的。我们写曲艺应该特别注意语言。

曲艺是韵文，它与古诗是有血统关系的。我希望同志们念念古诗，最好能背下几首，因为古诗也是韵文，它与曲艺语言之美是有共同之点的，念一念对我们写曲艺就有好处。当然古诗是不好念的，但是我们可以找些陶渊明、白居易、李白、杜甫等人的比较容易念的诗来念。背下来有什么好处呢？我们知道，外国翻译我们的诗只能译意，而不能保持原来语言之美。我们不背下来，仅记下来大意，就不足以体会原诗的全部之美了。因此我们有责任在语言上尽职，把它写好。

语言不好，不合标准，就不能充分表现民族风格，因此我们不能不谈到汉语规范化的问题了，统一语言（包括语音、语法、词汇），是一项政治任务，因为语言越分歧，越不利于我们国家经济建设和国家的发展。因此我们写东西一定要用普通话来写，我们要走在前面，带动大家使用普通话。有人说如果用标准音来写东西，就不适合地方上表演了，这不过是暂时的困难，因为语言仅是地方戏曲、曲艺中之一部分，地方戏曲、曲艺中还包括服装、道具、曲词、音乐等特色。如川剧就是用普通话唱，也还是川剧；金钱板用普通话唱，也还是金钱板。也许暂时不能完全用普通话，但我们应该了解这不过是暂时的，为了长久之计，一定要用普通话才好。谁爱惜土语方言，就是保守，方言迟早是一定要灭亡的。

现在政府正在大力推广普通话，大、中、小学正在学习，将来就要推行全国，我们作为写东西的人——语言的使用者，难道不应该在前面带头吗？在推广普通话的运动中，我们与话剧演员、广播员有着同样的责任。

词汇与语音将来要出词典，词汇统一起来，如玉米到底叫什么好呢？是叫玉米、棒子，还是叫苞谷、珍珠米呢？将来是会统一的。如让我推荐，我以为叫玉米、苞谷较好。棒子不好，它能够使人误解为木棒。

语法也同样，要使它合乎我们语言的规则、语言的逻辑。这次我看了同志们几篇作品，在语法上是很欠功夫的，有些是不好的。写出的语言，是加了工的语言，就一定要完整、精练、正确，这是咱们必须努力的。

浅谈作文叙述与描写①

1962 年

　　写文章须善于叙述。不论文章大小，在动笔之前，须先决定给人家的总印象是什么。这就是说，一篇文章里以什么为主导，以便妥善安排。定好何者为主，何者为副，便不会东一句西一句，杂乱无章。比如以西山为题，即须先决定，是写西山的地质，还是植物，或是专写风景。写地质即以地质为主导，写植物即以植物为主导，在适当的地方，略道岩石或花木之美，但不使喧宾夺主。这样，既能给人家以清晰的印象，又能显出文笔，不至全篇干巴巴的。这样，也就容易安排资料和陈述的层次了。要不然，西山可写的东西很多，从何落笔呢？

　　若是写风景，则与前面所说的相反，应以写景为主，写出诗情画意，而不妨于适当的地方写点实物，如岩石与植物，以免过于空洞。

---

① 本文系老舍对北京大学学生的讲话摘要。

是的，写实物，即以实物为主，而略加抒情的描写，使文章生动空灵一些。写诗情画意呢，要略加实物，以期虚中有实。

做文章有如绘画，要先安排好，以什么为主体，以什么烘托，使它有实有虚，实而不板，虚而不空。叙述必先设计，而如何设计即看要给人家的主要印象是什么。

叙述一事一景，须知其全貌。心中无数，便写不下去。知其全貌，便写几句之后即能总结一下，使人极清楚地看到事物的本质。比如说我们叙述北京春天的大风，在写了几句如何刮法之后，便说出：北京的春风似乎不是把春天送来，而是狂暴地要把春天吹跑。这个小的总结便容易使人记住，知道了北京的春风的特点。这样的句子是知其全貌才能写出来的。若无此种的结论式的句子，则说得很多，而不着边际，使人厌烦。又比如：《赤壁赋》中的"山高月小，水落石出"这八个字，便是完整地画出一幅画来，有许多画家以此为题去作画。有了这八个字，我们便看到某一地方的全景，也正是因为作者对这一地方知其全貌，这才能给人以不可磨灭的印象，这才能够写得简练精彩。

"山高月小，水落石出"这八个字，连小学生也认识。可是，它们又是那么了不起的八个字。这是作者真认识了山川全貌的结果。我们在动笔之前，应当全盘想过，到底对我们所要写的知道多少，提得出提不出一些带总结性的句子来。若是知道得太少，心中无数，我们便叙述不好。叙述不是枝枝节节地随便说，而是把事物的本质说出来，使人得到确实的知识。

或问：叙述宜细，还是宜简？细写不算不对，但容易流于冗长。为矫此弊，细写须要命得起，推得开。古人说，写文章要精骛八极，心游万仞。这是什么意思呢？就是作者观察事物，无微不入，而后在叙述的时候，又善于调配，使小事大事都能联系到一处，一笔写下狂风由沙漠而来，天昏地暗，一笔又写到连屋中熬着的豆汁也当中翻着白浪，而锅边上浮动着一圈黑沫。大开大合，大起大落，便不至于冗细拖拉。这就是说，叙述不怕细致，而怕不生动。在细致处，要显出才华。文笔如放风筝，要飞起来，不可趴伏在地上。要自己有想象，而且使读者的想象也活跃起来。

内容决定形式，但形式亦足左右内容。同一内容，用此形式去写就得此效果，用另一形式去写则效果即异。前几天，我写了一篇《敬悼郝寿臣老先生》短文。我所用的那点资料，和写郝老先生生平事迹的相同。可是，我是要写一篇悼文，所以我就通过群众的眼睛来看老先生的一生。这便亲切。从群众眼中看出他如何认真严肃地演剧，如何成名之后，还孜孜不息，排演新戏。这就写出了他是人民的演员。因为是写悼文，我就不必用写生平事迹所必用的某些资料，而选用了与群众有关的那一些。这就加强了悼文的效果。形式不同，资料的选取与安排便也不同，而效果亦异。

叙述与描写本不易分开。现在我把它们分开，为了说着方便。下面谈描写。

描写也首先决定于要求什么效果，是喜剧的，还是正面的。假若是要喜剧效果，就应放手描写，夸张一些。比如介绍老张，头一句就说老张的鼻子天下第一。若是正面描写，就不该用此法。我们往往描写得不生动、不明确，原因之一即由于事先没有决定要什么效果，所以选材不合适，安排欠妥当。描写的方法是依效果而定。决定要喜剧效果，则利用夸张等手法，取得此效果。反之，要介绍一位正面人物或严肃的事体，则须取严肃的描写方法。语言文字是要配合文章情调的，使人发笑或肃然起敬。

在一篇小说中，有不少的人，不少的事，都要先想好：哪个人滑稽，哪个人严肃，哪件事可笑，哪件事可悲。而后依此决定，进行描写。还要看主导是什么，是喜剧，则少写悲的；是悲剧，则少写喜的。

一篇作品中若有好几个人，描写他们的方法要各有不同，不要都先介绍履历，而后模样，而后衣冠。有的人可以先介绍模样，有的人可以先介绍他正在做些什么，把他的性格烘托出来——此法在剧本中更适用，在短篇小说中也常见，因为舞台上的人物一出来已打扮停妥，用不着描写，那么叫他先做点什么，便能显露他的性格；短篇小说篇幅有限，不能详细介绍衣冠相貌，那么，就先叫他做点事情，顺手儿简单地描写他的形象，有那么几句就差不多了。

练习描写人物，似应先用写小说的办法，音容衣帽与精神面貌可以双管齐下，都写下来。这么练习了之后，要再学习戏剧中的人物描写方法，即用动作、语言，表现出人物的特点与性格来。这比写小说中人物要难得多了。我们不妨这么练习：先把人物的内心与外貌都详细地写出来，像写小说那样；而后，再写一段对话，要凭着这段对话表现出人物的精神面貌来，像写剧本那样。这么练习，对写小说与剧本都有益处。

这也是知其全貌的办法。我们先知道了这个人的一生，而后在描写时，才能由小见大，用一句话或一个动作，表现出他的性格来。一个老实人，在划火柴点烟而没点燃的时节，便会说："唉！真没用，连根烟也点不着！"一个性情暴躁的人呢，就不是这样，而也许高叫："他妈的！"这样，知其全貌，我们就能用三言五语写出个人物来。

写景的方法很多，可以从古今的诗句散文中学习，描写人物较难，故不多谈写景。

描写人物要注意他的四围，把时间地点等跟人物合在一处。要有人，还有画面。《水浒传》中的林冲去沽酒，既有人物，又有雪景，非常出色。武松打虎也有景阳冈作背景。《红楼梦》中的公子小姐们，连居住的地方，如潇湘馆等，都暗示出人物的性格。一切须为人物服务，使人物突出。

一篇小说中有好多人物，要分别主宾，有的细写，有的简写。虽然是简写，也要活生活现，这须用剧本中塑造人物的方法，三言五语就描画出个人物来。我们平时要经常仔细观察人，且不断地把他们记下来。

在描写时，不能不设喻。但设喻必须精到。不精到，不必设喻。要切忌泛泛地比喻。生活经验不丰富，知识不广博，不易写出精彩的比喻来。

以上所说的，都不大具体，因为要具体地说，就很难不讲些修辞学中的道理。而同学们的修辞学知识比我还丰富，故无须我再说。我所说的这些，也并不都正确，请批评指正！

戏剧语言①

1962 年 3 月

这次我来参加会议，实在是为向青年剧作家们学习。这并不是说，我不愿意向老剧作家们学习。事实是这样：对老剧作家们和他们的作品，我已略知一二，得到过教益与启发；今后还应当继续向他们学习。对青年剧作家呢，或相识较晚，或请益乏缘，理应乘此机会取经学艺。是呀，近几年来的剧坛上主要是仗着他们的努力而活跃，深入工农兵生活的多半是他们，接触创作问题较多的也是他们。不向他们学习，便不易摸清楚问题所在，也就难以学到解决问题的办法。是的，我是抱着这种学习热情而来的。那么，叫我也作个报告，我就不能不感到惶恐！不过，礼尚往来，不容推却。好吧，既来取经，理应献宝，就谈一谈戏剧语言上的一知半解吧。

---

① 本文系老舍在全国话剧、歌剧、儿童剧创作座谈会上发表的演讲。

我没有入过大学，文化水平不高，对经典文学没有做过有系统的钻研。因此，执笔为文，我无从做到出经入史，典雅富丽。可是，我也有一个长处：我的爱好是多方面的。因为我知道自己学疏才浅，所以我要学习旧体诗歌，也要学习鼓词。我没有什么成见，不偏重这个，轻视那个。这与其说是学习方法问题，还不如说是学习态度问题。心中若先有成见，只要这个，不要那个，便把学习的范围缩小，也许是一种损失。

　　我没有诗才，既没有写成惊人的诗歌，也没有生产过出色的鼓词。可是，诗歌的格律限制叫我懂了一些造句遣词应如何严谨，这就大有助于我在写散文的时候也试求精简，不厌推敲。我没有写出好的诗歌，可是学会一点把写诗的方法运用到写散文中来。我不是为学诗而学诗，我把学诗看成文字练习的一种基本功夫。习写散文，文字须在我脑中转一个圈儿或几个圈儿；习写诗歌，每个字都须转十个圈儿或几十个圈儿。并不因为多转圈儿就生产绝妙好诗，但是学会多转圈儿的确有好处。一位文人起码应当学会脑子多转圈儿，习惯了脑子多转圈儿，笔下便会精致一些。

　　习写鼓词，也给我不少好处。鼓词既有韵语的形式限制，在文字上又须雅俗共赏，文俚结合。白话的散文并不排斥文言中的用语，但必须巧为运用，善于结合，天衣无缝。习写鼓词，会教给我们这种善于结合的方法。习写戏曲的唱词，也有同样的益处。

　　我也习写相声。一段出色的相声须至少写两三个月。

我没有那么多的时间。因此，我没有写出过一段反复加工，值得保留下来的相声。但是，作为语言运用的练习，这给了我不少好处。相声的语言非极精练、极生动不可。它的每一句都须起承前启后的作用，以便发生前后呼应的效果。不这样，便会前言不搭后语，枝冗啰唆，不能成为相声。写别的文章，可以从容不迫地叙述，到适当的地方拿出一二警句，振动全段，画龙点睛。相声不满足于此。它是遍体长满了大大小小眼睛的龙，要求每一句都有些风趣。这样，尽管没写出过完美的相声段子，我可是得到一个写文章的好方法：句句要打埋伏。这就是说：我要求自己用字造句都眼观六路，耳听八方，不单纯地、孤立地去用一字、造一句，而是力求前呼后应，血脉流通，字与字，句与句全挂上钩，如下棋之布子。这样，我就能够写得较比简练。意思贯串，前后呼应，就能说得少，而包括得多。这样，前面所说的，是为后面打埋伏，到时候就必有效果，使人发笑。是的，写相声的时候，往往是先想好一个包袱，而用一些话把它引出来，这就是好比先有了第五句，而后去想前四句，巧妙地把第五句逗出来。这样写，前后便必定连贯，叫人家到什么时候发笑，就得发笑。写相声，说笑话，以至写喜剧，都用得着这个办法。先想好包袱，而后设法用几句话把它引逗出来，便能有效果。反之，先把底亮了出来，而后再解释：您听明白没有？这句非常可笑啊！怎么？您不笑？好吧，我再给您细讲讲！恐怕呀，越讲越不会招笑了！喜剧不就是相声，但在语言的运用上不无相通之处。

明白了作文要前呼后应，脉络相通，才不厌修改，不怕删减。狠心地修改、删减，正是为叫部分服从全体。假若有那么一句，单独地看起来非常精美，而对全段并没有什么好处，我们就该删掉它，切莫心疼。我自己是有这个狠心的。倒是有时候因朋友的劝阻，而耳软起来，把删去的又添上，费不少的事叫上下贯串，结果还是不大妥当。与其这样，还不如干脆删去！

我并非在这里推销旧体诗、鼓词或相声。我是想说明一个问题：语言练习不专仗着写剧本或某一种文体，而是需要全面学习。在写戏写小说之外，还须练基本功，诗词歌赋都拿得起来。郭老、田汉老的散文好，诗歌好，所以戏剧台词也好。他们的基本功结实，所以在语言文字上无往不利。相反地，某剧作家或小说家，既富生活经验，又有创作天才，可是缺乏语言的基本功，他的作品便只能在内容上充实，而在表达上缺少文艺性，不能情文并茂，使人爱不释手。优秀的文学作品必须是内容既充实，语言又精美，缺一不可。缺乏基本功的，理应设法补课。

说到这里，我必须郑重声明：我不提倡专考究语言，而允许言之无物。

我们须从两方面来看问题：一方面是，近几年来，我们似乎有些不大重视文学语言的偏向，力求思想正确，而默认语言可以差不多就行。这不大妥当。高深的思想与精辟的语言应当是互为表里，相得益彰的。假若我们把关汉卿与曹雪芹的语言都扔掉，我们还怎么去了解他们呢？在文学作品里，思想内容与语言是血之于肉，分割不开的。

没有高度的语言艺术，表达不出高深的思想。

在另一方面，过于偏重语言，以至专以语言支持作品，也是不对的。我自己就往往犯这个毛病，特别是在写喜剧的时候。这是因为我的生活经验贫乏，不能不求救于语言，而作品势必轻飘飘的，有时候不过是游戏文章而已。不错，写写游戏文章，乃至于编写灯谜与诗钟，也是一种语言练习；不过，把喜剧的分量减轻到只有笔墨，全无内容，便是个很大的偏差。我应当在新的生活方面去补课。轻视语言，正如轻视思想内容，都是不对的。

这样交代清楚，我才敢往下说，而不至于心中老藏着个小鬼了。

我没有写出过出色的小说，但是我写过小说。这对于我创造（请原谅我的言过其实！）戏剧中的人物大有帮助。从写小说的经验中，我得到两条有用的办法：第一是作者的眼睛要老盯住书中人物，不因事而忘了人；事无大小，都是为人物服务的。第二是到了适当的地方必须叫人物开口说话；对话是人物性格最有力的说明书。

我把这两条办法运用到剧本写作中来。当然，小说与剧本有不同之处：在小说中，介绍人物较比方便，可以从服装、面貌、职业、阶级各方面描写；戏剧无此方便。假若小说中人物可以逐渐渲染烘托，戏剧中的人物就一出来已经打扮停妥，五官俱全，用不着再介绍。我们的任务是要看住他。这一点却与写小说相同，从始至终，不许人物离开我们的眼睛，包括着他不在台上的时候。能够紧紧地盯住人物，我们便不会受情节的引诱，而忘了主持情节的人。故事重情节，小说与戏剧既要故事，更重人物。

前面提到，在小说中，应在适当的时机利用对话，揭示人物性格。这是作者一边叙述，一边加上人物的对话，双管齐下，容易叫好。剧本通体是对话，没有作者插口的地方。这就比写小说多些困难了。假若小说家须老盯住人物，使人物的性格越来越鲜明，剧作者则须在人物头一次开口，便显出他的性格来。这很不容易。剧作者必须知道他的人物的全部生活，才能三言五语便使人物站立起来，闻其声，知其人。不错，小说家在动笔之前也顶好是已知人物的全貌，但是，既是小说，作者总可以从容叙述，前面没写足，后面可再补充。戏剧的篇幅既较短，而且要在短短的表演时间内看出人物的发展，故不能不在人物一露面便性格鲜明，以便给他留有发展的余地。假若一个人物出现了好大半天还没有确定不移的性格，他可怎么发展变化呢？有的人物须隐藏起真面貌，说假话。这很不易写。我们似乎应当适时地给他机会，叫他说出庐山真面目来，否则很容易始终被情节所驱使，而看不清他是何许人也。在以情节见胜的剧本里，往往有此毛病。

我们几乎无从避免借着对话说明问题或交代情节。可是，正是这种地方，我们才应设尽方法写好对话，使说明与交代具有足以表现人物性格的能力。这个人物必须有这个独特的说明问题与交代情节的办法与说法。这样，尽管他说的是"今天天气，哈哈哈"，也能开口就响，说明他的性格。根据剧情，他说的虽是一时一地的话，我们可是从他的生活全貌考虑这点话的。在《茶馆》的第一幕里，我一下子介绍出二十几个人。这一幕并不长，不许每个人说很多的话。可是据说在上演时，这一幕的效果相当好。相反地，在我的最失败的戏《青年突击队》里，我叫男女工人都说了不少的话，可是似乎一共没有几句足以感动听众的。人物都说了不少话，听众可是没见到一个工人。原因所在，就是我的确认识《茶馆》里的那些人，好像我给他们都批过"八字儿"与婚书，还知道他们的家谱。因此，他们在《茶馆》里那几十分钟里所说的那几句话都是从生命与生活的根源流出来的。反之，在《青年突击队》里，人物所说的差不多都是我临时在工地上借来的，我并没给他们批过"八字儿"。那些话只是话，没有生命的话，没有性格的话。以这种话拼凑成的话剧大概是"话锯"——话是由干木头上锯下来的，而后用以锯听众的耳朵！听众是聪明而和善的，在听到我由工地上借来的话语便轻声地说：老舍有两下子，准到工地去过两三次！是的，正因为是借来的语言，我们才越爱卖弄它们，结果呢，我们的作品就肉少而香菜、胡椒等等很多。孤立地去搜集语言分明是不大妥当的。这样得到的语言里，不可避免地包含着一些杂质，若不加以提炼，一定有害于语言的纯洁。文字的口语化不等于怎么听来的就怎么使，用不着再加工。

对话不能性格化，人物便变成剧作者的广播员。萧伯纳就是突出的一例。

那么，萧伯纳为什么还成为一代名家呢？这使我们更看清楚语言的重要性。以我个人来说，我是喜爱有人物、有性格化语言的剧作的。虽然如此，我可也无法否认萧伯纳的语言的魅力。不错，他的人物似乎是他的化身，都替他传播他的见解。可是，每个人物口中都是那么喜怒笑骂皆成文章，就使我无法不因佩服萧伯纳而也承认他的化身的存在了。不管我们赞成他的意见与否，我们几乎无法否认他的才华。我们不一定看重他的哲理，但是不能不佩服他的说法。一般地说来，我们的戏剧中的语言似乎有些平庸，仿佛不敢露出我们的才华。我们的语言往往既少含蓄，又无锋芒。

为什么少含蓄呢？据我看，也许有两个原因吧：第一，我们不用写诗的态度来写剧本的对话。莎士比亚是善于塑造人物的。可是，他写的是诗。他的确使人物按照自己的性格去说话，可是那些诗的对话总是莎士比亚写出来的。在日常生活中，那些人物并不出口成章，一天到晚老吟诗。莎士比亚是依据人物的性格，使他们说出提炼过的语言，呕尽心血的诗句。直到今天，英国人写文章、说话，还常常引用莎士比亚的名言妙语。我们写出不少的相当好的剧本，可惜没有留下多少足以传诵的名句。我们不必勉强去写诗剧（当然，试一试也没有什么坏处），可是应以写诗的态度去写对话。我们的剧本往往是结结实实，而看起来缺少些空灵之感，叫人觉得好像是逛了北海公园，而没有看见那矗立晴空的白塔。这与剧情、导演、演员都有关系，可是语言缺乏诗意恐怕也是原因之一。带有诗意的语言能够给听众以弦外之音，好像给舞台上留出一些空隙，耐人寻味。戏曲中的开打，若始终打得风雨不透，而没有美妙的亮相儿，便见不出武松或穆桂英的气概与风度。亮相儿时演员立定不动。这个静止给舞台上一些空隙，使听众更深刻地看到英雄形象。我想，话剧对话在一定的时候能够提出惊人的词句，也会发生亮相儿的效果，使听众深思默虑，想到些舞台以外的东西。我管这个叫"空灵"，不知妥当与否。

缺少含蓄的第二个原因，恐怕是我们以为人民的语言必是直言无隐，一泄无余的。不错，人民的语言若是和学生腔比一比，的确是干脆嘹亮，不别别扭扭。可是，我们还没忘记在五八年"大跃进"中，人民写的那些民歌吧？那也是人民的语言，可并不只是干脆直爽。那些语言里有很高的想象与诗情画意。那些民歌使我们的一些诗人吓了一大跳，而且愿意向它们学习。可惜，戏剧语言却似乎没有受到多少影响；即使受了些影响，也只在干脆痛快这一方面，而没有充分注意到人民的想象力与诗才如何丰富，从而使戏剧语言提高一步，不只记录人民的语言，而且要创造性地运用。

所谓锋芒，即是显露才华。在我们的剧本中，我们似乎只求平平妥妥，不敢出奇制胜。我们只求说得对，而不要求说得既正确又精彩。这若是因为我们的本领不够，我们就应该下苦功夫，使自己得心应手，能够以精辟的语言道出深湛的思想和真挚深厚的感情。若是因为有什么顾虑呢，我们便该去多读毛主席的诗词与散文。看，毛主席的文笔何等光彩，何等豪迈，真是光芒万丈，横扫千军！我们为什么不向毛主席学呢？怕有人说我们锋芒太外露吗？我们应当告诉他：剧本是文学作品，它的语言应当铿锵作金石声。写剧本不是打报告。毛主席说："数风流人物，还看今朝。"风流人物怎可以语言乏味，不见才华与智慧呢？是的，的确有人对我说过："老哥，你的语言太夸张了，一般人不那样说话。"是呀，一般人可也并不写喜剧！剧本的语言应是语言的精华，不是日常生活中你一言我一语的录音。一点不错，我们应当学习人民的语言，没有一位语言艺术大师是脱离群众的。但是，我们知道，也没有一位这样的大师只记录人民语言，而不给它加工的。

朋友们，我们多么幸福，能够做毛泽东时代的剧作家！我们有责任提高语言，以今日的关汉卿、王实甫自许，精骛八极，心游万仞，使语言艺术发出异彩！

我们缺乏喜剧。也和别种剧作一样，喜剧并不专靠着语言主持。可也不能想象，没有精彩的语言，而能成为优秀的喜剧。据我个人的体会，逗笑的语言已不易写，既逗笑而又"有味儿"就更难了。

亲切、充实会使语言有些味道。在适当的地方利用一二歇后语或谚语，能够发生亲切之感。但是，这是利用现成的话，用得过多就反而可厌。我们应当向评书与相声学习，不是学习它们的现成的话，而是学习它们的深入生活，无所不知的办法。在评书和相声里，状物绘声无不力求细致。艺人们知道的事情真多。多知多懂，语汇自然丰富，说起来便丝丝入扣，使人感到亲切充实。我们写的喜剧，往往是搭起个不错的架子，而没有足够的语言把它充实起来，叫人一看就看出我们的生活知识不多，语汇贫乏。别人没看到的，我们看到了，一说就会引人入胜。可是，事实上，我们看到的实在太少。于是，我们就不能不以泛泛的语言，勉强逗笑，效果定难圆满。我们必须扩大生活体验的范围，三教九流，五行八作，无所不知，像评书及相声演员那样，我们才能够应付裕如，有什么情节，就有什么语言来支持。没有一套现成的喜剧语言在图书馆里存放着，等待我们去借阅。喜剧作者自己须有极其渊博的生活知识，创造自己的喜剧语言。我们写的是一时一地的一件事，我们的语言资料却须从各方面得来，上至绸缎，下至葱蒜，包罗万象。当然，写别的戏也须有此准备，不过喜剧特别要如此。假若别种剧的语言像单响的爆竹，喜剧的语言就必须是双响的"二踢脚"，地上响过，又飞起来响入云霄。作者的想象必须能将山南联系到海北，才能出语惊人。生活知识不丰富，便很难运用想象。没有想象，语言都趴伏在地，老老实实，死死板板，恐怕难以发生喜剧效果。

喜剧的语言必须有味道，令人越咂摸越有意思，越有趣。这样的语言在我们的喜剧中似乎还不很多。我们须再加一把力！怎么才能有味道呢？我回答不出。我自己就还没写出这样的语言来。我只能在这里说说我的一些想法，不知有用处没有。我们应当设想自己是个哲学家，尽我们的思想水平之所能及，去思索我们的话语。聪明俏皮的话不是俯拾即是的，我们要苦心焦思把它们想出来。得到一句有些道理的话，而不俏皮漂亮，就须从新想过，如何使之深入浅出。做到了深入浅出，才能够既容易得到笑的效果，而又耐人寻味。喜剧语言之难，就难在这里。我们先设想自己是哲学家，而后还得变成幽默的语言艺术家，我们才能够找到有味道的喜剧语言——想得深而说得俏。想得不深，则语言泛泛，可有可无。想得深而说得不俏，则语言笨拙，无从得到幽默与讽刺的效果。喜剧的语言若是钢，这个钢便是由含有哲理、幽默与讽刺的才能等等的铁提炼出来的。

在京戏里，有不少丑角的小戏。其中有一部分只能叫作闹戏，不能算作喜剧。这些闹戏里的语言往往是起哄瞎吵，分明是为招笑而招笑。因此，这些戏能够引起哄堂大笑，可是笑完就完，没有回味。在我自己写的喜剧里，虽然在语言上也许比那些闹戏文明一些，可是也常常犯为招笑而招笑的毛病。我知道滑稽幽默不应是目的，可是因为思想的贫乏，不能不乱耍贫嘴，往往使人生厌。我们要避免为招笑而招笑，而以幽默的哲人与艺术家自期，在谈笑之中，道出深刻的道理，教幽默的语言发出智慧与真理的火花来。这很不容易做到，但是取法于上，还怕仅得其中，难道我们还该甘居下游吗？

语言，特别在喜剧里，是不大容易调动的。语言的来历不同，就给我们带来不少麻烦。从地域上说，一句山东的俏皮话，山西人听了也许根本不懂。从时间上说，二十年前的一段相声，今天已经不那么招笑了，因为那些曾经流行一时的话已经死去。从行业上说，某一句话会叫木匠师傅哈哈大笑，而厨师傅听了莫名其妙。我是北京人，六十年来，北京话有很大很大的变化。老的词儿不断死去，新的词儿不断产生。最近，小学生们很喜欢用"根本"。问他们什么，他们光答以"根本"，不知是根本肯定，还是根本否定。这类的例子恐怕到处都有，过些日子就又被放弃，另发明新的。我们怎么办呢？

据我看，为了使喜剧的语言生动活泼，我们几乎无法完全不用具有地方性与时间性限制的语汇与说法。不过，更要紧的是我们怎样做语言的主人。这有两层意思：一是假若具有地方性或时间性限制的语言而确能帮助我们，使我们的笔下增加一些色彩与味道，我们就不妨采用一些；二是最有味道的词句应是由我们自己创造出来的。这种创造可以用普通话作为基础。普通话是大家都知道的，用它来创造出最精彩的词句，便具有更多的光彩，不受地方与时间的限制。我是喜用地方土语的，但在推广普通话运动展开之后，我就开始尽量少用土语，而以普通话去写喜剧。这个尝试并没有因为不用土语而减少了幽默感与表现力。我觉得，具有创造性的语言，带着智慧与艺术的光彩，是要比借用些一时一地一行的俏皮话儿高超得多的。看看"李白斗酒诗百篇，长安市上酒家眠，天子呼来不上船，自称臣是酒中仙"这几句吧，里边没有用任何土语与当时流行的俏皮话，而全是到今天还人人能懂的普通话，可是多么幽默，多么生动，多么简练！只是这么四句，便刻画出一位诗仙来了。这叫创造，这叫语言的主人！不借助于典故，也不倚赖土语、行话，而只凭那么一些人人都懂的俗字，经过锤炼琢磨，便成为精金美玉。这虽然是诗，可是颇足以使我们明白些创造喜剧语言的道理。所谓语言的创造并不是自己闭门造车，硬造出只有自己能懂的一套语言，而是用普通的话，经过千锤百炼，使语言得到新的生命、新的光芒。就像人造丝那样，用的是极为平常的材料，而出来的是光泽柔美的丝。我们应当有点石成金的愿望，叫语言一经过我们的手就变了样儿，谁都能懂，谁又都感到惊异，拍案叫绝。特别是喜剧语言，它必须深刻，同时又要轻松明快，使大家容易明白，而又不忍忘掉，听的时候发笑，日后还咂着滋味发笑。喜剧的语言万不可成为听众的负担，有的地方听不懂，有的地方虽然听懂，而觉得别扭。听完喜剧而闹一肚子别扭，才不上算！喜剧语言必须馅儿多而皮薄，一咬即破，而味道无穷。相声演员懂得这个道理，应当跟他们多讨教。附带着说，相声演员在近几年来，也抛弃了不少地方土语，而力求以普通话逗哏。这不仅使更多的人能够欣赏相声，而且使演员不再专倚赖土语。这就使他们非多想不可，用尽方法使普通话成为可笑可爱的语言，给一般的语言加多思想性与艺术性。

现在，让我们谈谈语言的音乐性。

用文言写的散文讲究经得起朗诵。四五十年前，学生学习唐宋八大家的文章都是唱着念，唱着背诵的。我们写的白话散文，往往不能朗朗上口，这是个缺点。一般的散文不能上口，问题或者还不太大。话剧中的对话是要拿到舞台上，通过演员的口，送到听众的耳中去的。由口到耳，必涉及语言的音乐性。古体诗文的作者十分注意这个问题。他们都摇头晃脑地吟诗、做文章。他们用一个字，造一句，既考虑文字的意象，又顾到声音之美。他们把每个方块儿字都解剖得极为细致，意思合适而声音不美，不行，必须另换一个。旧体诗文之所以难写，就因为作者唯恐对不起"文字解剖学"。到了咱们这一代，似乎又嫌过于笼统了，用字有些平均主义，拍拍脑袋就算一个。我们往往似乎忘了方块儿字是有四声或更多的声的。字声的安排不妥，不幸，句子就听起来不大顺耳，有时候甚至念不出。解剖文字是知识，我们应该有这样的知识。怎样利用这点知识去实践，我们应当经常动笔，于写小说、剧本之外，还要写写诗、编编对联等等。我们要从语言学习中找出乐趣来。不要以为郭老编对联，田汉老作诗，是他们的爱好，与咱们无关。咱们都是同行，都是语言艺术的学习者与运用者。他们的乐趣也该成为咱们的乐趣。慢慢地，熟能生巧，我们也就习惯于将文字的意、形、音三者联合运用，一齐考虑，增长本领。我们应当全面利用语言，把语言的潜力都挖掘出来，听候使用。这样，文字才能既有意思，又有响声，还有光彩。

朗读自己的文稿，有很大的好处。词达意确，可以看出来。音调美好与否，必须念出来才晓得。朗读给自己听，不如朗读给别人听。文章是自己的好，自念自听容易给打五分。念给别人听，即使听者是最客气的人，也会在不易懂、不悦耳的地方皱皱眉。这大概也就是该加工的地方。当然，一个人有一个人的写作方法，我们并不强迫人人练习朗诵。有的人也许越不出声，越能写得声调铿锵，即不在话下。

我们的语汇似乎也有些贫乏。以我自己来说，病源有三：一个是写作虽勤，而往往把读书时间挤掉。这是很大的损失。久而久之，心中只剩下自己最熟识的那么一小撮语汇，像受了旱灾的庄稼那么枯窘可怜。在这种时候，我若是拿起一本伟大的古典作品读一读，就好似大旱之遇甘霖，胸中开阔了许多。即使我记不住那些文章中的辞藻，我也会得到一些启发，要求自己要露出些才华，时而万马奔腾，时而幽琴独奏，别老翻过来调过去耍弄那一小撮儿语汇。这么一来，说也奇怪，那些忘掉的字眼儿就又回来一些，叫笔下富裕了一些。特别是在心里干枯得像烧干了的锅的时候，字找不到，句子造不成，我就拿起古诗来朗读一番。这往往有奇效。诗中的警句使我狂悦。好，尽管我写的是散文，我也要写出有总结性的句子来，一针见血，像诗那样一说就说到家。所谓总结性的句子就是像"山高月小，水落石出"那样用八个字就画出一幅山水来，像"欲穷千里目，更上一层楼"那样用字不多，而道出要立得高、看得远的愿望来。这样的句子不是泛泛的叙述，而是叫大家以最少的代价，得到最珍贵的和最多的享受。我们不能叫剧本中的每一句话都是这样的明珠，但是应当在适当的地方这么献一献宝。

　　我的语汇不丰富的第二个原因是近几年来经常习写剧本，而没有写小说。写小说，我须描绘一切，人的相貌、服装、屋中的陈设，以及山川的景色等等。用不着说，描写什么就需要什么语汇。相反地，剧本只需要对话，即使交代地点与人物的景色与衣冠，也不过是三言五语。于是，我的语汇就越来越少，越贫乏了。近来，我正在写小说，受罪不小，要什么字都须想好久。这是我个人的经验，别人也许并不这样。不过，假若有人也有此情况，我愿建议：别老写剧本，也该练习练习别的文体，以写剧为主，而以写别种文体为副，也许不无好处。

第三，我的生活知识与艺术知识都太少，所以笔下枯涩。思想起来，好不伤心：音乐，不懂；绘画，不懂；芭蕾舞，不懂；对日常生活中不懂的事就更多了，没法在这儿报账。于是，形容个悦耳的声音，只能说"音乐似的"。什么音乐？不敢说具体了啊！万一说错了呢？只举此一例，已足见笔墨之枯窘，不须多说，以免泪如雨下！做一个剧作家，必须多知多懂。语言的丰富来自生活经验和知识的丰富。

朋友们，我的话已说了不少，不愿再多耽误大家的时间。请大家指教！

语言、人物、戏剧①

1963 年

　　要我来谈谈创作经验，我没有什么可谈的。说几句关于戏剧语言的话吧。创作经验，还是留给曹禺同志来谈。

　　写剧本，语言是一个要紧的部分。首先，语言性格化，很难掌握。我写得很快，但事先想得很多、很久。人物什么模样，说话的语气，以及他的思想、感情、环境，我都想得差不多了才动笔，写起来也就快了。剧中人的对话应该是人物自己应该说的语言，这就是性格化。对一个快人快语的人，要知道他是怎样快法，这就要考虑到人物的思想、感情和剧情等几个方面，然后再写对话。在特定时间、地点、情节下，人物说话快，思想也快，这是甲的性格。假如只是口齿快，而思想并不快，就不是甲，而是乙，另一个人了。有些人是快人而不快语，有些人是快语而不是快人，这要区别开。《水浒》中的李逵、武松、鲁智深等人

---

　　① 本文系老舍与青年剧作者的一次谈话。

物，都是农民革命英雄，性格有相近之处，却又各不相同，这在他们的说话中也可区别开。写现代戏，读读《水浒》，对我们有好处。尤其是写内部矛盾的戏，人物不能太坏，不能写成敌人。那么，语言性格化就要在相差不多而确有差度上注意了。这很不容易，必须事先把人物都先想好，以便甲说甲的话，乙说乙的话。

　　脾气古怪，好说怪话的人物，个性容易突出。这种人物作为次要角色，在一个戏里有一个两个，会使戏显得生动。不过，古怪人物是比较容易写的。要写出正常人物的思想、感情等等是不容易的；但作者的注意力却是应该放在这里。

　　写人物要"留有余地"，不要一下笔就全倾倒出来。要使人物有发展。我们的建设发展得极快，人人应有发展，否则跟不上去。这点是我写戏的一个大毛病。我总把力气都放在第一幕，痛快淋漓，而后难以为继。因此，第一幕戏很好，值五毛钱，后面几幕就一钱不值了。这有时候也证明我的人物确是从各方面都想好了的，故能一下笔就有声有色。可是，后面却声嘶力竭了。曹禺同志的戏却是一幕比一幕精彩，好戏在后面，最后一幕是高峰，这才是引人入胜的好戏。

　　再谈谈语言的地方化。先让我引《红楼梦》第三十九回刘姥姥进大观园和贾母的一段对话：

　　　　贾母道："老亲家，你今年多大年纪了？"
　　　　刘姥姥忙起身答道："我今年七十五了。"

贾母向众人道："这么大年纪了，还这么硬朗！比我大好几岁呢！我要到这个年纪，还不知怎么动不得呢！"

　　刘姥姥笑道："我们生来是受苦的人，老太太生来是享福的。我们要也这么着，那些庄稼活也没人做了。"

　　贾母道："眼睛牙齿还好？"

　　刘姥姥道："还都好，就是今年左边的槽牙活动了。"

　　贾母道："我老了，都不中用了，眼也花，耳也聋，记性也没了。你们这些老亲戚，我都记不得。亲戚们来了，我怕人笑话，我都不会。不过嚼得动的吃两口，睡一觉，闷了时，和这些孙子孙女儿玩笑会子就完了。"

　　刘姥姥笑道："这正是老太太的福了。我们想这么着不能。"

　　贾母道："什么福？不过是老废物罢咧！"说得大家都笑了。贾母又笑道："我才听见凤哥儿说，你带了好些瓜菜来，我叫她快收拾去了。我正想个地里现结的瓜儿菜儿吃，外头买的不像你们地里的好吃。"

　　刘姥姥笑道："这是野意儿，不过吃个新鲜；依我们倒想鱼肉吃，只是吃不起。"……

　　这里是两个老太太的对话。以语言的地方性而言，二人说的都是道地北京话。她们的话没有雕琢，没有棱角，但在表面平易之中，却语语针锋相对，两人的思想、性格、阶级都鲜明地表现出来了。贾母的话是假谦虚，倚老卖老；刘姥姥的话则是表面奉承，内藏讽刺。"依我们倒想鱼肉吃，只是吃不起"，这句话是多么厉害！作者没有把贾母和刘姥姥的话写得一雅一俗，说的是同样的语言，却表现了尖锐的阶级对立。这是高度的语言技巧。所谓语言的地方性，我以为就是对语言熟悉，要熟悉地方上的一切事物，熟悉各阶层人物的语言，才能得心应手，用语精当。同时，也只有熟悉人物性格，才能通过对话准确地表现不同身份、地位的人物性格特征。

戏剧语言还要富于哲理。含有哲理的语言，往往是作者的思想通过人物的口说出来的。当然，不能每句话都如此。但在一幕戏中有那么三五句，这幕戏就会有些光彩。若不然，人物尽说一些平平常常的话，听众便昏昏欲睡。就是儿童剧也需要这种语言。当然写出一两句至理名言，不是轻而易举的。离开人物、情节，孤立地说出来，不行。我们对人物要想得多想得深，要从人物、情节出发去想。离开人物与情节，虽有好话而搁不到戏里来。这种闪烁着真理光芒的语言，并非只是文化水平高的人才能说的。一般人都能说。读读《水浒》《红楼梦》，很有好处。特别是《水浒》，许多人物是没有文化的，但说出的一些语言却富有哲理。这种语言一定是作者想了又想，改了又改的。一句话想了又想，改了又改，使其鲜明，既富有哲理，又表现性格，人物也就站起来了。一个平常的人说了一句看来是平常的话，而道出了一个真理，这个人物便会给观众留下个难忘的印象。

以上说的语言性格化、地方性、哲理性，三者是统一的，都是为了塑造鲜明的人物形象。

平易近人的语言，往往是作家费了心血写出来的。如刚才谈的《红楼梦》中那段对话，自然平易，抹去棱角，表面没有剑拔弩张的斗争，只是写一个想吃鲜菜、一个想吃肉食的两位老太太的话，但内中却表现了阶级的对立。这种语言看着平易，却是用尽力气写出来的。杜甫、白居易、陆放翁的诗也有时如此，看来越似乎是信手拈来，越见功夫。写一句剧词，要像写诗那样，千锤百炼。当然，小说中的语言还可以容人去细细揣摩、体会，而舞台上的语言是要立竿见影，发生效果，就更不容易。所以戏剧语言要既俗（通俗易懂）而又富于诗意，才是好语言。

儿童剧的语言也要富于诗意。因为在孩子们的眼里，什么都是诗。一个小瓜子皮放在水杯中，孩子们就会想到船行万里，乘风破浪。我在《宝船》中写到，孩子们不知道"驸马"是什么，因而猜想是"驴"。这是符合儿童心理的。这当中寓有作者的讽刺。如果在清朝末年我这样写，就要挨四十大板。儿童剧要写出孩子们心里的诗意，且含有作家对事物的褒贬。

要多想，创造性地想；还要多学，各方面都学。见多识广，知识丰富，写起来就从容。学习不是生搬硬套，生活中的语言也不能原封不动地运用，需要提炼。如今天写刘胡兰、黄继光这些英雄人物，他们生活中说了些什么，我们知道的不太多，这需要作家创造性地去想象，写出符合英雄性格的语言。

语言要准确、生动、鲜明，即使像"的、了、吗、呢……"这些词的运用也不能忽视。日本朋友已拟用我的《宝船》作为汉语课本，要求我在语法上作一些注解。其中摘出"开船喽！"这句话，问我为什么不用"啦"，而用"喽"。我写的时候只是觉得要用"喽"，道理却说不清，这就整得我够受。我朗读的时候，发现大概"喽"字是对大伙说的，如一个人喊"开船喽！"是表示招呼大家。如果说"开船啦"便只是对一个人说的，没有许多人在场。区别也许就在这里。

语言是人物思想、感情的反映，要把人物说话时的神色都表现出来，需要给语言以音乐和色彩，才能使其美丽、活泼、生动。

我的话说完了，浪费了大家的时间，对不起！

（有一位青年作家递条子要求老舍同志谈谈《全家福》的创作）

《全家福》的材料是北京市公安局供给的。当时正在"大跃进"运动中，北京市公安局有一万多找人的案件要处理。我首先被这些材料所感动。我看了些材料，有些案件的当事人不在北京，不能进一步了解，无法选用。后来选用了三个材料，当事人都在北京。当然，原材料是三个各不相关的故事：一个是儿子找妈，一个是妈妈找女儿，一个是丈夫找老婆。前两件事大体如剧本中写的那样，而后面丈夫找老婆的事例和剧本中写的很不相同。

我想文艺不是照抄真人真事，而是要运用想象的，因此我就把这三个各不相关的故事拼在一起。我把他们三人想象成一家人，互有联系，这样，情节既显得丰富，又能集中、概括。

　　我写这个戏是为了表扬今天的人民警察，但我对今天人民警察的生活不大熟悉，他们又都很忙，我也不好意思去多打搅他们。所以在这个戏里，人民警察没有写好。戏里那个母亲、姐姐的生活我是了解的，她们的痛苦我也有所体会，写起来就比较得心应手。

　　我也访问过当事人。剧院有一次把那个找妈妈的姑娘请了来。她来到，一想起从前的遭遇，虽已相隔五六年，却伤心得连一句话都说不出。她愣了一刻钟，只落泪，说不出话。后来我请剧院的同志送她回去，而由她的母亲把她的遭遇介绍了一下。那位姑娘一语未发，却比开口还更感人，我深受了感动，产生一股强烈的写作冲动，欲罢不能。我体会到，光有材料还不行，还要受感动，产生写作激情。不动感情，写不出带感情的作品。

　　写戏，还不能怕有时候出废品，不能像母鸡下蛋那样一下一个。要勇敢地写出来，不成功，就勇敢地扔掉。我扔掉过不少稿子。这是我工作的一部分。我写过一个戏叫《人民代表》，花了许多劳动，后来扔掉了，我没感到可惜。废品并不是完全没有用的，劳动不会完全白费。后来我写的《茶馆》中的第一幕，就是用了《人民代表》中的一场戏，虽然不完全一样，但因为相似的场面写过一次了，所以再写就感到熟练，有人说《茶馆》第一幕戏好，也许就是出过一次废品的功劳。在我的经验中，写过一次的事物，再写一次，可能完全不一样，但总是更成熟、更精练。

写作需要有生活。《全家福》中的人物，是我在旧社会的生活中常常见到的，比较熟悉，所以写出来就有生活味道。《女店员》就写得差些。这个题材是我到妇女商店里得到的。但是，我对新做店员的姑娘们的生活还不十分熟悉，所以戏里面就感到缺少生活。我们得到一个题材，还需要安排生活情节，才能把思想烘托出来，也才能出"戏"。没有生活怎能表现时代精神呢？今天人与人的关系变了，是从生活各方面反映出来的。如最近看了电影《李双双》（据说剧本比电影还要好，可惜我没有看），就感到戏里的生活很丰富。甚至从一个老太太拿点劈柴这样的小事，也反映了个人与集体间关系的变化；生活丰富才能做到以小见大。赵树理同志的农村生活丰富，所以写来总是很从容，丝丝入扣。

随便地扯，请原谅，指教！

图书在版编目（CIP）数据

老舍：我敬爱学问／老舍著. -- 北京：中国文史
出版社，2023.5

（百年中国名人演讲）

ISBN 978-7-5205-3817-6

Ⅰ．①老… Ⅱ．①老… Ⅲ．①演讲-中国-现代-选
集 Ⅳ．①I266

中国版本图书馆 CIP 数据核字（2022）第 186804 号

责任编辑：薛媛媛

出版发行：中国文史出版社

社　　址：北京市海淀区西八里庄路 69 号院　　邮编：100142

电　　话：010-81136606　81136602　81136603（发行部）

传　　真：010-81136655

印　　装：北京新华印刷有限公司

经　　销：全国新华书店

开　　本：880×1230　1/32

印　　张：9.5　　　　字数：185 千字

版　　次：2023 年 5 月第 1 版

印　　次：2023 年 5 月第 1 次印刷

定　　价：63.80 元